—————— 阅读之前 没有真相

午夜文库

安东尼·霍洛维茨作品

安东尼·霍洛维茨
Anthony Horowitz (1955—)

安东尼·霍洛维茨，英国知名侦探小说作家、编剧。

一九五五年四月，霍洛维茨出生于伦敦一个富裕的犹太家庭。童年时期虽生活优渥，但并不快乐。据他回忆，作为一个超重又内向的孩子，经常遭到校长体罚，在学校的经历也被他描述成"残酷的体验"。八岁时，他就意识到自己会成为一名作家；他说："只有在写作时，我才会感到由衷的快乐。"母亲是霍洛维茨在文学世界的启蒙者，不仅引导他阅读大量书籍，甚至在他十三岁生日时送给他一副人类骸骨。他表示，这件礼物让他意识到"所有人的最终结局都不过是白骨一具"。其父与时任英国首相哈罗德·威尔逊的政客圈子过从甚密，为了自保，将财产秘密转入瑞士的隐秘账户。结果在霍洛维茨二十二岁时，父亲因癌症去世，大额财产下落不明使霍洛维茨与母亲陷入困境，自此家境一落千丈。

一九七七年，霍洛维茨毕业于约克大学英国文学与艺术史专业。之后他果然朝着作家之路迈进：先以《少年间谍》系列享誉国际文坛，全球畅销千万册，继而成为众人皆知的福尔摩斯专家，是柯南·道尔产权会有史以来唯一授权续写福尔摩斯故事的作家。代表作《丝之屋》畅销全球三十五个国家。此外，之后创作的《莫里亚蒂》和《关键词是谋杀》也广受好评。还被伊恩·弗莱明产权会选为"007系列"的续写者，二〇一五年出版了《触发死亡》一书。

同时，对侦探女王阿加莎·克里斯蒂的热爱，也给了霍洛维茨接连不断的创作灵感。他曾为独立电视台（ITV）的《大侦探波洛》系列多部剧集担纲编剧。二〇一六年，他向阿加莎致敬的小说《喜鹊谋杀案》，一经面世就在欧美文坛引起巨大轰动，荣获亚马逊、美国国家公共电台、《华盛顿邮报》、*Esquire* 年度最佳图书，被《纽约时报》《时代周刊》等媒体盛赞为"一场为黄金时代侦探小说爱好者而设的盛宴"。在日本更是史无前例地横扫五大推理榜单，均以绝对优势荣登第一名的宝座。

作为知名电视编剧，霍洛维茨还撰写了大量剧本。除波洛系列外，他的编剧作品《战地神探》（*Foyle's War*）获得英国电影和电视艺术学院奖（BAFTA）。

二〇一四年，他因在文学领域里的杰出贡献而获颁大英帝国官佐勋章（OBE）。

安东尼·霍洛维茨 重要作品年表

歇洛克·福尔摩斯系列
2011 The House of Silk《丝之屋》
2014 Moriarty《莫里亚蒂》

苏珊·赖兰系列
2016 Magpie Murders《喜鹊谋杀案》
2020 Moonflower Murders《猫头鹰谋杀案》

丹尼尔·霍桑系列
2017 The Word is Murder《关键词是谋杀》
2018 The Sentence is Death《关键句是死亡》
2021 A Line to Kill《一句杀人的台词》（暂译）

詹姆斯·邦德系列
2015 Trigger Mortis《触发死亡》
2018 Forever and a Day《比永恒多一天》

格洛沙姆庄园系列
1988 Groosham Grange《格洛沙姆庄园》
1990 The Unholy Grail《被污染的圣杯》

少年间谍系列
2000 Stormbreaker《风暴突击者》
2001 Point Blanc《直射点》
2002 Skeleton Key《万能钥匙》
2003 Eagle Strike《鹰击》
2004 Scorpia《毒蝎党》
2005 Ark Angel《天使飞船》
2007 Snakehead《蛇头》
2009 Crocodile Tears《鳄鱼之泪》
2011 Scorpia Rising《毒蝎党崛起》
2013 Russian Roulette《俄罗斯轮盘赌》
2017 Never Say Die《永不言败》
2020 Nightshade《夜幕》

安东尼·霍洛维茨 重要作品年表

钻石兄弟系列

1986 The Falcon's Malteser《鹰之马耳他》
1987 Public Enemy Number Two《二号公敌》
1991 South By South East《东南偏南》
2003 The Blurred Man《模糊的人》
2003 The French Confection《法国甜点》
2003 I Know What You Did Last Wednesday《周三谎言》
2007 The Greek Who Stole Christmas《偷走圣诞的希腊人》
2021 Where Seagulls Dare《海鸥奋起的地方》

五角星系列

1983 The Devil's Door-Bell《恶魔的门铃》
1983 The Night of the Scorpion《毒蝎之夜》
1986 The Silver Citadel《白银之城》
1986 Day of the Dragon《巨龙之日》

守门人系列

2005 Raven's Gate《乌鸦之门》
2006 Evil Star《邪恶之星》
2007 Nightrise《夜幕升起》
2008 Necropolis《大墓场》
2012 Oblivion《遗忘之地》

关键词是谋杀
The Word is Murder

[英] 安东尼·霍洛维茨 著
梁清新 译

新 星 出 版 社　NEW STAR PRESS

第一章　葬礼安排

一个春光明媚的上午,是那种天光近乎泛白,暖意融融的日子;刚过十一点,黛安娜·考珀穿过富勒姆路,走进了一家殡仪馆。

黛安娜身材娇小,气质干练。她的眼神、修剪过的发型,还有走路的姿势,无一不透露着一股坚定。如果你大老远看见她走来,你的第一反应会是退到一边,给她让路。然而,她并不惹人讨厌。她已是花甲之年,长着一张颇有亲和力的圆脸,一身名牌服饰,灰白风衣微敞,露出里面的粉红色针织衫和灰色裙子。她脖子上戴着一条沉甸甸的宝石项链,这条项链也许价格不菲,手上那几枚钻戒无疑货真价实。在富勒姆和南肯辛顿大街上,时常能看见像她这样的女人,正在前往美术馆或午餐赴约的路上。

那家殡仪馆名叫"康沃利斯父子殡仪馆",开在排屋的尽头,门脸和建筑一侧用古雅的字体漆着招牌,无论你从哪个方向来,都能注意到它。为了防止两处招牌的字连上,正门上方挂了一个维多利亚风格的钟表,指针已经不走了,停在约莫晚上十一点五十九分的位置,差一分钟就到子夜。招牌下方,同样漆了两行小字,道出殡仪馆的历史——独立殡葬业务承接;家族企业,始于一八二〇年。临街的一面有三扇窗户,其中两扇挂着窗帘,最后那扇橱窗内摆着一本摊开的书本雕塑，由大理石雕刻而成，上面镌刻着一句名言：悲伤降临时，从不形单影只，而是气势汹汹。①店铺的所有木材，无论是窗框、门脸，还是大门，都漆成了深蓝色，接近黑色。

考珀太太推开大门，旧式的弹簧装置触发，一声清脆的门铃声响起。门口就是一片小小的接待区，里面摆着两张沙发、一张矮桌和几层书架，书籍散发着无人问津的悲伤气质。一截楼梯通向其他楼层，前面是一条狭长的走廊。

眨眼的工夫，一个女人露面了。她身材结实，顺着她粗壮的双腿可以看到一双黑色的皮鞋，她正向楼下走来，脸上挂着礼貌亲切的微笑。那微笑昭示着她处理的生意虽然棘手、令人痛苦，但她会用专业的态度冷静而高效地办好。她叫艾琳·劳斯，是丧葬承接人罗伯特·康沃利斯的私人助理，同时也担任接待员。

"早上好，您需要帮忙吗？"她问道。

"对。我想安排一场葬礼。"

"您是代表死者前来吗？"她用的是"死"这个字，很直白。不是"过世"，也不是"已故"。直言不讳是她的一个职业习惯，接受大限已至的事实，反而能让死者的亲朋好友减轻一些悲痛。

"不是，"考珀太太回答说，"是替我自己。"

"我明白了。"艾琳·劳斯眼睛都没眨一下。她为什么要惊讶呢？人们亲自为自己安排葬礼的情形并不少见。"您有预约吗？"她问道。

"没有，我不知道需要预约。"

"我去看看康沃利斯先生是否有空，请稍坐片刻。您想喝茶

---

①出自《哈姆雷特》。

还是咖啡？"

"不了，谢谢。"

戴安娜·考珀坐下来。艾琳·劳斯的身影消失在走廊深处，几分钟后，她再次出现，跟在一个男人的身后，男人的形象完美地符合人们对殡仪馆馆长的印象，仿佛是在扮演这一角色。当然，还有那身标志性的着装：深色西装搭配暮气沉沉的领带。他的站姿似乎在暗示，他为必须出现在这里而感到抱歉。他的双手交叠，像是在深表遗憾。他的脸皱巴巴的，悲伤之情溢于言表。在秃顶边缘试探的稀疏头发和仿佛试验失败的络腮胡更添几分凄惨。他戴着一副有色眼镜，镜架滑到了鼻梁上，不只是框住眼睛，还遮住了它们。他看起来四十岁左右，脸上挂着微笑。

"早上好，"他说，"我叫罗伯特·康沃利斯。您希望与我们讨论一下葬礼的安排吗？"

"是的。"

"有人给您提供咖啡或茶水了吗？请这边走。"

新来的客人被领着穿过走廊，来到尽头的一个房间，这里和接待区一样装修得很不起眼。唯一的区别是，书架上摆的不是书，而是文件夹和小册子。如果打开它们，你会看见不同式样的棺材、灵车（传统的或马拉的）图片，还有价目表。如果您倾心火葬的话，两排架子上还陈列着骨灰盒。两把扶手椅面对面摆放在一起，旁边各有一张小桌子。康沃利斯坐在其中一把扶手椅上，取出一支万宝龙钢笔，放在记事本上。

"葬礼是为你自己准备的？"他开门见山地说。

"是的。"考珀太太的语速忽然变得轻快起来，想要直奔主题，"细节我已经考虑过了，您应该没有意见吧。"

"恰恰相反，客户的个人要求对我们而言至关重要。如今，提前规划好的葬礼——您也可以称之为定制葬礼或是主题葬礼，几乎可以说是我们的主要业务。满足客户的需求是我们的荣幸。我们在这里讨论结束后，假设您接受我们的条款，我们将为您提供一张完整的发票和约定条款的明细。您的亲朋好友只需要前来参加葬礼就行，什么都不用操心。根据我们的经验，我可以向您保证，当他们得知一切事宜已完全按照您的意愿安排妥当时会倍感安慰的。"

考珀太太点点头。"好极了。好吧，让我们开始吧，可以吗？"她调整了一下呼吸，"我想要在纸板棺材里下葬。"

康沃利斯正要记录第一条内容，却停下了笔，笔尖悬在纸的上方。"如果您在考虑环保葬礼，我会建议您使用再生木材，甚至可以选择龙爪柳枝，而不是纸板。有些情况下，纸板……并不能完全发挥作用。"他谨慎地措辞，给自己的表达留下各种悬而未决的可能性，"柳藤的价格不会更高，却更具性价比。"

"好吧。我想被安葬在布朗普顿公墓，挨着我丈夫的墓。"

"您最近送走他的？"

"十二年前吧。我们有自己的墓地，所以不会有问题。这是我列好的仪式清单……"她打开手提包，取出一张纸，放在桌子上。

殡仪馆馆长瞥了一眼。"我看到您对此做了精心的准备，"他说，"要我说的话，您对葬礼仪式的安排经过了深思熟虑，既有宗教氛围，又能体现人道主义关怀。"

"嗯，念一章《诗篇》，还要放披头士乐队的歌。一首诗，几段古典音乐，再加上几篇悼词。我不希望葬礼持续太长时间。"

"我们可以控制好时间……"

* * *

戴安娜·考珀安排好了自己的葬礼，而不久之后，它就派上了用场。就在当天，大约六小时后，她被人谋杀了。

此前我从没听说过她，也几乎对她的死亡经过一无所知。我可能留意过报纸头条新闻的标题——《男星之母遭人谋杀》——但是照片和报道的大部分篇幅都集中在那位更有名的儿子身上。他最近刚刚主演了一部新播出的美国电视剧。上文中我描述的对话内容仅仅是个大概。因为，当然了，我不在现场。但是我确实去过康沃利斯父子殡仪馆，并与罗伯特·康沃利斯和他的助手（也是他的表亲）艾琳·劳斯详细交谈过。如果你沿着富勒姆街走，轻易就能找到那家殡仪馆。房间完全符合我的描述。其余的大部分细节均来自证人证词和警方卷宗。

我们知道考珀太太何时进入殡仪馆，因为街上的视频监控和她当天上午出门后乘坐的那辆公交车视频监控记录了她的行踪。她的怪癖之一就是总爱乘坐公共交通出行。尽管雇一位司机接送她，对她而言本是件轻而易举的事。

上午十一点四十五分，她离开殡仪馆，步行至南肯辛顿地铁站，乘坐皮卡迪利线前往格林公园。她在穆拉诺咖啡厅和一个朋友吃了早午餐，那是一家高消费的餐厅，位于圣詹姆斯街，福南梅森①附近。接着，她从那里打车前往南岸的莎士比亚环形剧院。她不是去看戏的。她是董事会的成员，当天是去剧场二层开会，从下午两点一直开到将近五点。她六点零五分回到家，碰巧赶上下雨，但她随身带了把伞，并将伞放在了家门口的仿维多利亚风格置物架上。

三十分钟后，有人勒死了她。

---

①福南梅森（Fortnum & Mason），位于伦敦奢华的梅费尔区，是英国皇室、贵族以及上流社会经常光顾的体验式购物天堂。

她住在不列颠尼亚路的一栋联排别墅里,离著名的"世界尽头"切尔西区不远,就她的遭遇来看,几乎一语成谶。街上没有道路监控设备,所以无法得知作案时段是否有可疑人物进出。附近的别墅都无人居住,其中一栋房产的主人是一家本部驻迪拜的财团。通常房子会出租,但在案发时是空置状态。另一栋别墅是一位退休律师和妻子的住宅,可案发时他们正在法国南部。所以没人听到什么动静。

她的尸体是两天后才被人发现的。发现人是安德莉亚·卡卢瓦涅克。她是一名斯洛伐克裔的清洁工,每周为考珀太太打扫两次卫生。星期三一早来上班的时候,她发现戴安娜·考珀面朝下倒在客厅地板上,脖子上缠着一截红绳(是用来系窗帘的绳子)。验尸报告里用一贯冷漠的口吻记录着尸体表征,详细描述了颈部钝器所致的伤痕、舌骨骨折和结膜充血。安德莉亚看到的场面更加惨烈。她已经在这栋房子里工作了两年,对她的雇主也慢慢产生了感情。考珀太太一向待她宽厚,经常抽空和她一起喝咖啡。星期三,她照旧来打扫卫生,打开大门,猝不及防地看到了一具尸体,而且那具尸体已经躺了一段时间了。她可以看见那张脸变成了绛紫色,眼神空洞地盯着某处,舌头怪异地伸出来,是平时长度的两倍。她的一只胳膊伸展着,戴着钻石戒指的手指刚巧指向她,仿佛在谴责她一样。中央供暖系统一直在运转,尸体已经开始散发气味。

据她提供的证词来看,安德莉亚没有尖叫,也没有吐。她安静地走出别墅,用手机报了警。直到警察赶来,她才再次进入别墅。

一开始,警察认为戴安娜·考珀的死与入室盗窃有关。一些物品(包括首饰和一台笔记本电脑)被人拿走了。许多房间被人翻过，物品散落一地。可是，没有破门而入的痕迹。显然，考珀太太为袭击者开了门，尽管我们还不清楚她是否认识这个人。她没有提防，被人从身后勒死。她几乎没做什么抵抗。房间里没有留下指纹，提取不出DNA，没有留下任何线索，这表明作案人事前经过周密的计划。他趁考珀太太不备，从客厅的天鹅绒窗帘旁边的钩托上取下红绳，潜伏到她身后，将红绳猛地绕过她的脑袋，用力勒紧脖子。只需一分钟左右，她就断气了。

然而，随后警方发现她死前曾去过康沃利斯父子殡仪馆，终于意识到事情没有他们想得那么简单。试想，某人刚为自己安排了葬礼，就在同一天被人谋杀了。这绝不是巧合，一定有所关联。她会不会事先已经知道自己会不久于人世？会不会有人在她进出殡仪馆的时候撞见了她，然后出于某种动机，临时起意采取了行动？有谁知道她去过那里呢？

这绝对是一桩谜案，需要一位专业人士来侦破。可是，这桩案子与我毫无瓜葛。

然而，让我意想不到的事情发生了，改变了这一切。

第二章　霍桑

我轻而易举就能回想起戴安娜·考珀被谋杀当晚的情形。当时我正和妻子一起庆祝，我们在埃克斯茅斯市场的莫罗餐厅吃晚餐，喝了不少酒。那天下午，我终于按下了电脑上的发送键，用电子邮件将刚完稿的小说发送给了出版社，结束了为期八个月的工作。

《丝之屋》是歇洛克·福尔摩斯系列的续集，我从未想过会由我执笔。柯南·道尔产权会出乎意料地找到我，史无前例地授权让我撰写福尔摩斯系列的全新续集。我欣然抓住了这次机会。我第一次读福尔摩斯系列是十七岁那年，自那之后它们就一直陪伴着我。我不单爱其中的人物——尽管福尔摩斯是当之无愧的现代侦探之父——或是被其中曲折的迷案折服，让我为之着迷的是福尔摩斯和华生身处的那个世界：泰晤士河，马车咔嗒咔嗒驶过鹅卵石路，煤气灯，雾气缭绕的伦敦。就像是受邀搬进了贝克街221B号，不声不响地见证了文学作品中最伟大的友谊。这让我如何能拒绝？

从一开始我就意识到，我扮演着一个隐形的角色，因为我的工作要求我尽可能地隐藏在柯南·道尔的影子之中，模仿他的文学修辞和独特的风格，永远不要强加自己的风格。他本人可能不会写的内容，我都不会写。之所以提到这些，是因为我非常担心自己在书中变得很显眼。但是这一次，我没有选择。我要原封不动地写下事情的经过。

此时此刻，我终于不用再创作电视剧本了。我写的战时侦探系列电视剧《战地神探》已经完结，是否回归还要打一个问号。我创作了超过二十集，每集两个小时的剧本，时间跨度长达十六年，几乎是"二战"时长的三倍。我筋疲力尽。更糟糕的是，等终于写到一九四五年八月十五日对日作战取得了胜利时，我已经词穷了。我不确定该怎么写下去。剧中的某位演员建议我不如写写"弗伊尔的和平"①。我觉得这个主意不可行。

我也没有开始动笔创作新小说。此时，我主要的身份还是一名儿童作家，虽然我暗暗希望《丝之屋》将会改变这种状况。二〇〇〇年，我出版了少年间谍系列中的第一部，如今这个系列已经畅销世界各地。我喜欢创作关于孩子们的故事，但我担心年复一年，随着时间流逝，我会距离我的观众越来越远。我刚满五十五岁，是时候向前看了。碰巧我正要去参加海伊文学节，与读者分享《毒蝎党崛起》这本书，它是少年间谍系列中的第十本，应该也是最后一本。

也许我书桌上最激动人心的项目是一个电影剧本的初稿：《丁丁历险记》（第二部）。令我惊讶的是，聘用我的竟然是史蒂芬·斯皮尔伯格，他目前正在读我的初稿。这部电影将由彼得·杰克逊执导。这让我感到难以置信，怎么突然之间我就和世界上两位最大牌的导演合作了。我承认我很紧张。我大概读了十二遍剧本，竭尽所能说服自己，一切正朝着正确的方向发展。

---

① 《战地神探》为广泛接受的译名，根据原文直译，剧名为《弗伊尔的战争》（*Foyle's War*），此处"弗伊尔的和平"是文字游戏。

人物塑造是否合理？情节发展是否吸引人？杰克逊和斯皮尔伯格一周后碰巧来伦敦，我打算和他们见一面，设法拿到他们的笔记。

因此，当手机铃声响起，我看到那个陌生的电话时，还在想是不是其中某位导演打来的——当然，不是他们亲自打给我。他们的助手会先与我确认，然后再转接给他们。当时大概是上午十点，我正坐在公寓顶层的办公室里阅读丽贝卡·韦斯特的《背叛的意义》，这是一部研究"二战"后英国人生活的经典作品。我渐渐觉得这也许是弗伊尔正确的走向。冷战。我会把他扔进一个充斥着间谍、叛徒、原子弹科学家的世界里。我合上书，接起电话。

"是托尼吗？"一个声音问道。

这肯定不是斯皮尔伯格打来的。很少有人叫我托尼。老实说，我不喜欢这个昵称。大家都叫我安东尼，一些朋友也会叫我安。

"嗯？"我说。

"老兄，你最近怎么样？我是霍桑。"

事实上，在他说出名字之前，我就已经知道他是谁了。圆唇元音、奇怪的重音，伦敦腔掺杂着北部口音，不可能听错。对了，还有"老兄"这个词。

"霍桑先生。"我说，他被介绍给我时用的是丹尼尔这个名字，但我打一开始就不是很想直呼他的名字。他本人也从未使用过……实际上我也没见其他人这样喊过他。"很高兴接到你的电话。"

"是的，是的。"他语气有些不耐烦，"是这样的——你有时间吗？"

"抱歉，有什么事吗？"

"不知道我们能否见一面，你今天下午有事吗？"

顺便说一句，他就是这样，某种程度上有些自负，总认为世界会自动适应他的时间。他问的不是能不能明天或下周和他见面，而是根据他的需要马上见面。如前文所述，我那天下午其实没有什么事情要做，但我不打算这么回复他。"呃，我不确定……"我犹豫道。

"下午三点在我们之前去的那家咖啡店见面怎么样？"

"J&A？"

"就是那家。有件事我想问问你，真的很感激。"

J&A在克拉肯韦尔区，从我的住处步行过去只要十分钟。如果他是要我穿过整个伦敦，我可能会犹豫，但事实上我很感兴趣。"好，"我说，"三点见。"

"太好了，老兄。那里见。"

他挂断电话。我面前的电脑屏幕上显示着《丁丁历险记》的脚本，我关掉页面，开始回想霍桑这个人。

我去年与他初次见面，当时我正在创作一部五集电视剧的剧本，几个月后就会被搬上荧幕，名叫《正义与否》，是一部律政剧，由詹姆斯·普尔弗伊主演。

《正义与否》的灵感来源于编剧在四处寻找灵感时经常会问自己的一个经典问题。当辩护律师明知客户有罪时该如何为其辩护？顺便说一句，答案很简单，他们做不到。如果客户在审判前承认有罪，辩护律师会拒绝代表他打官司……至少，必须有一个无罪推定。所以我构思出了一个故事：一位动物保护活动家在他的辩护律师——威廉姆·特拉韦尔（普尔弗伊饰）设法证明其无罪后不久，就沾沾自喜地向一个孩子供认了犯罪事实。结果，特拉韦尔精神崩溃了，搬到了萨福克郡。然而，有一天，他在伊普斯维奇车站等火车时，再次与那位活动家不期而遇。几天后，活动家被人谋杀，留下一个疑问：凶手是特拉韦尔吗？

这个故事是辩护律师和正在调查他的侦探之间的交锋。特拉韦尔是一个黑暗的人物，受过创伤，甚至可能很危险，但是他仍然不失英雄本色，很有观众缘。所以我精心塑造了一个不讨喜的侦探。观众会发现他是个狠角色，咄咄逼人，还疑似种族主义者，暴躁易怒。这个人的原型就是霍桑。

说句公道话，这些缺点霍桑都没有。好吧，反正他不是种族主义者。但是，他异常烦人，以致我一度不敢和他见面。他和我是截然不同的两种人。我只是不能理解他的思维方式。

他是电视剧监制推荐给我的。那位监制告诉我，他是伦敦警察厅普特尼支队的一名督察，是一名谋杀案侦破专家，在支队效力十年，却在某天职业生涯戛然而止，突然被开除出警察队伍，原因不明。制片公司的刑侦剧顾问绝大部分是前警察，数量惊人。他们帮助完善了案件的细节部分，让剧情显得更加真实。说句公道话，霍桑很擅长这份工作。他很快就能理解我需要的是什么，什么适合搬上荧幕。我记得一个例子。在最初的一个场景中，我笔下虚构的侦探要检查放置一周的尸体，犯罪现场调查员递给他一管伤风膏，让他涂在鼻子下面。薄荷脑的味道掩盖了现场的气味。这一细节是霍桑告诉我的，如果你看过那一幕，就会留意到这个细节，让那一幕变得活灵活现起来。

我第一次见到他是在十一小时电影公司的制片室，当时是由这家公司负责制作《正义与否》这部连续剧。我们接触过后，我随时都能与他联系，向他抛出各种各样的问题，然后将答案写进剧本里。所有这些通过电话沟通就能实现。这次见面只是走个形式，介绍我们认识。我到的时候，他已经坐在接待区，跷着腿，大衣叠好放在腿上。我立刻就知道他是我要见的那个人。

他算不上身材高大，看上去也并不是特别咄咄逼人。可他一个不经意的动作、起身时的姿势，就让我不禁陷入思考。他身上有豹子一样敏捷的特质，眼睛里有说不清道不明的恶意——他的瞳孔是柔和的棕色——仿佛是在质疑，甚至是在威胁我。他大约四十岁，头发是杂色的，剪得非常短，到耳朵附近，有开始变得花白的迹象。他的胡子刮得很干净，皮肤苍白。我能看得出，他年轻的时候可能很英俊，但后来不知怎么生活中发生了某种变故，因此虽然他现在仍算不上相貌丑陋，却出乎意料地不再有魅力，仿佛把自己活成了一张没拍成功的照片。他穿着精干的西装，内搭白衬衫，系着领带，大衣搭在胳膊上。他饶有兴致地盯着我，甚至有些失礼，仿佛我不知怎么让他感到惊讶。甚至当我进门时，我仍然能感觉到他死死盯着我，仿佛要把我从里到外看穿一般。

"你好，安东尼。"他说，"很高兴见到你。"

他怎么知道我是谁？办公室进进出出很多人，没有人介绍我，我也没有告诉他我的名字。

"我很喜欢你写的东西。"他说，语气却出卖了他，他从未读过我写的只言片语，事实上他也不介意被我看穿。

"谢谢。"我说。

"我听说了你目前负责的项目，听起来真的很有意思。"他是在故意讽刺我吗？即使他嘴上这么说，无聊还是写在了他的脸上。

我露出一个微笑："我很期待与您合作。"

"那会很有趣。"他说。

但事实上从未有趣过。

我们经常打电话，也见过五六次面，主要是在办公室或 J&A 外面的庭院里（他有抽烟的习惯，有时会抽手工卷的雪茄，其他时候也抽 L&B 或里士满这种便宜货）。我听说霍桑住在埃塞克斯郡，但我不知道具体在哪里。他从未谈论过自己的事，也不说他在警察局任职时的经历，绝口不提当年离职的经过。推荐他的监制告诉我，他曾破获过一些备受瞩目的大案，享有很高的声誉，但我在谷歌上搜不到任何关于他的信息。显然他智商卓绝。虽然他明确地表示自己不是作家，对我试图创作的系列剧兴趣索然，可每次我还没张嘴，他就总能构思出完美的剧情。《正义与否》开头的情节里还有一个例子：威廉姆·特拉韦尔为一个黑人男孩辩护，男孩被警察陷害盗窃勋章，他们声称在男孩的夹克里找到了赃物。但是勋章最近被清理过，检测男孩的口袋时，并没有测出氨基磺酸或氨——银器抛光过程中最常见的物质——这证明它没有在男孩的口袋里出现过。这完全是警察在栽赃嫁祸。

我不能否认他帮过我，但还是有点害怕见他。他总是直奔主题，几乎没空闲聊。你可能以为他会就某件事发表自己的看法——天气、政府、福岛地震或是威廉王子的婚姻之类的。但是他除了就事论事没有发表过任何意见。他喝咖啡（黑咖啡，两块方糖），也抽烟，但是和我在一起时从不吃东西，甚至连饼干都不吃。而且他总是穿同一身衣服。老实说，他每次出现，我就像是在看他的同一张照片。他就像照片一样一成不变。

然而，有趣之处在于，他似乎知道我的很多事。我前一天晚上出去喝酒了。我的助手生病了。我整个周末都在写作。我都不需要告诉他这些事情。是他告诉我的！我以前还疑惑他是否一直在和办公室里的人聊天，可他似乎都只是随口一提，无心之举。

我从未搞懂过他。

我犯的最大错误就是给他看了剧本的第二稿。通常我会在剧本拍摄前润色十几稿。我会从制片人、广播公司（这次是独立电视台）或是我的经纪人那里要到剧本笔记，之后还会征求导演和演员的意见。这是一个协作过程，尽管有时这会让我不堪重负。这磨人的剧本就不能顺利一回吗？但是它修改了这么多次，我感觉项目正在向前推进，每一稿都比上一稿更加完善。这一过程必定包含一定的付出与收获，在剧本定稿的那一天，每个参与过的人都是在努力让剧本变得更加完善。想到这些，我倍感欣慰。

霍桑不明白这一点。一旦他确定什么是错的，事无大小，他都不会让步，就像砖头砌成的围墙一样坚固。我写过一个场景，我的警探和上级长官见面，一位总警司，就在那位动物保护活动家的尸体在偏远的农场被发现之后不久。总警司请他坐下，警探回答说："长官，如果您不介意，我站着就好。"这只是一个不起眼的小细节，我只是在试图表现主人公是一个敢于挑战权威的人，但霍桑一点儿都不买账。

"这种事不会发生，"他断然否定。我们当时正坐在星巴克外面——我忘记具体位置了——我们之间有一张桌子，上面放着剧本。像往常一样，他穿着西装，系着领带。他在抽最后一支烟，把空烟盒当作烟灰缸。

"为什么不会？"

"因为长官叫你坐下，你就得坐下。"

"他确实坐下了。"

"是的，但是他先交涉了一番。该死，这有什么意义？他只是在出洋相。"

霍桑爱说脏话，顺便说一句，如果我要一字一句地复述他的话，每隔一行就得写一个F开头的单词。

我试图解释。"演员们会明白我想要表达的意思，"我说，"这只是一个细节，它引出了场景，但它是暗示两个人如何相处的关键线索。"

"但这不真实，托尼。那就是一堆废话。"

我试图向他解释，真相有很多种，荧幕真相可能与现实生活没有什么关联。我说，我们对警察、医生、护士，甚至是罪犯的了解在很大程度上是受到他们荧幕形象的启发，而不是反过来。但是霍桑下定了决心。他曾帮助我完善过剧本，但现在他正在阅读的内容让他无法信服，所以他不喜欢。每一个涉及警察的细节和场景我们都在争论。他只能看到文书工作、制服、角铁灯，无法走进这个故事。

五集剧本终于完结交稿后，我长舒了一口气，我终于再也不用和他打交道了。若是有其他疑问，我会请制作团队直接给他发邮件。我们在萨福克郡和伦敦拍摄了这部剧。侦探角色（也就是警探）是由出色的演员查理·克里德·迈尔斯扮演的。有趣的是，单看外形，他和霍桑很是相像。但事情并没有到此为止。霍桑让我很不爽，我故意把他的诸多阴暗面融入了这一角色。我还给这个角色起了一个非常相似的名字。无论是丹尼尔还是改名后的马克——都是《圣经》中的人物。我把霍桑这个姓改成了温伯恩。我经常会在作品中融入这些小设计。第四集结束时我让他领了便当，然后忍不住得意地笑了。

我很好奇他想干什么，但与此同时，那天下午我去咖啡厅赴约途中漫步的时候，又隐约有些担忧。霍桑不属于我的世界，坦白说，我那时并不需要他帮我看剧本。不过我也没有吃午餐，碰巧J&A店里供应美味绝伦的蛋糕。店家在一条小巷里，要从克拉肯韦尔路过去。因为店铺位置隐蔽，通常生意不会红火到忙不过来。霍桑在店外等我，坐在一张桌子旁，点了一杯咖啡，抽着烟。他还穿着我上次见他时穿的那身衣服，一模一样的西装、领带和大衣。我到的时候他正抬起头，冲我点头致意——这就是我能得到的全部问候。

"剧本写得怎么样了？"他问。

"主创和剧组放映会你该来看看的。"我寒暄道。我们包下了伦敦的一家酒店，播放了前两集。霍桑收到了邀请。

"我很忙。"他回答说。

一名女侍者出来，我点了一杯茶和一块维多利亚海绵蛋糕。我知道我不应该贪嘴，但你试试看每天独自待八个小时。我曾经试过每写完一章就抽一支烟，但三十年前就戒了。蛋糕可能也好不到哪儿去。

"你怎么样？"我问他。

他耸了耸肩。"没什么可抱怨的。"他看了我一眼，"你去乡下了？"

碰巧的是，当天早上我刚从萨福克郡回来。我和妻子去那里待了几天。

"是的。"我警惕地说。

"你又收养了一只小狗！"

我好奇地盯着他。这绝对是他的专长。我没有告诉任何人我离开过伦敦，也没有在推特上发过相关的消息。至于小狗，是我邻居养的。他们不在家，我们一直在照顾它。"你怎么知道的？"我问他。

"只是些有根据的猜测。"他轻描淡写地忽略了我的问题，"我希望你能帮助我。"

"怎么帮？"

"我想让你写我。"

每次见到他，霍桑总是有办法让我大吃一惊。和大部分人相处的时候，我们心里都有数。我们建立一段关系，慢慢地了解彼此，然后或多或少会定下相处的规则。但是和霍桑打交道却不是这样。他身上有种不同寻常的、令人捉摸不定的特点。就在我以为自己摸清了聊天的走向时，他却出其不意地证明我错了。

"你这是什么意思？"我不解道。

"我要你写一本关于我的书。"

"我为什么要这么做？"

"为了钱。"

"你想花钱雇我？"

"不是，我想过，之后收益我们五五分成。"

店里又有几位客人光临，坐在我们旁边那桌。趁他们经过我们时沉默的间隙，我努力思考该怎么回答他。拒绝霍桑，让我很紧张。即便如此，我已经知道——我立刻就有了答案——接下来该怎么办了。

"我不明白，"我说，"你指的是哪种类型的书？"

霍桑用那双浑浊的眼睛殷切地凝视着我。"我和你解释一下。"他说，仿佛这是一件显而易见的事，"你知道我时不时给电视剧制作团队帮帮忙什么的。你可能听说过我被踢出了警察局。好吧，那是他们的损失——我不想再谈这件事。重点是，我也提供一些咨询服务。协助警方，非正式的。他们遇到不寻常的案子就会雇用我。大多数案子很简单，但有时候也会遇上棘手的。当他们遇到超出日常经验之外的情况，就会来找我。"

"真的吗？"我很难相信他说的话。

"这年头警察就是这样办案的。他们裁了不少警员,干活的人没了。你听说过杰富仕和信佳吗?[①] 他们就是一群笨蛋,但来来回回总能看到他们的身影。那些侦查员,把证据箱给他都找不出线索。不仅如此,我们曾经在兰贝斯区有一个大型化验室,用来化验血液样本之类的东西,但是他们把它卖掉了,现在他们和私人公司合作。花两倍的时间,两倍的费用,但这似乎并没有给他们造成什么困扰。我也一样,我是外部人手。"

他停下来,似乎是为了确认我在听他说话。我点点头。他点了一支烟,继续说道:"这份工作的回报还算丰厚。薪水按天发放,外加费用报销之类的。但问题是——你看——我就老实和你说吧,虽然我不想说——我手头有点紧。毕竟,不是每天都能遇上谋杀案。当我因为那个电视剧与你结识,听说你写书,就冒出了这个想法,其实我们可以互相帮助。对半分。我提供一些有意思的素材。你可以写我。"

"可我对你几乎一无所知。"我说。

"你会慢慢了解我的。事实上,我现在就有一个案子。案子才处于初步调查阶段,但我认为刚好可以让你大显身手。"

女侍者端着蛋糕和茶来到我们桌边,可现在我真希望我没有点它们。我只想回家。

"你为什么会认为有人对你的故事感兴趣?"我问他。

"我是一名侦探,人们喜欢读侦探小说。"

"但你不算是名副其实的侦探,你被开除了。顺便问一下,你为什么被开除了?"

"我不想谈这件事。"

---

① 杰富仕和信佳都是私营安保公司。

"好吧，如果我要写关于你的事情，你必须告诉我。我必须知道你住在哪里，结婚与否，早餐吃什么，空闲时如何消遣。这就是人们阅读侦探小说的原因。"

"你是这么想的？"

"是的！"

他摇了摇头："我不同意。关键词是谋杀。这才是重点。"

"听我说——非常抱歉。"我斟酌着措辞，小心翼翼地打断他，"这是个好主意，我敢肯定你手上的案件非常有趣。但恐怕我太忙了。总之，这不是我擅长的。我写虚构的侦探。我刚刚写完一个关于歇洛克·福尔摩斯的故事。我之前还写过《大侦探波洛系列》和《骇人命案事件簿》。我是一名小说家。你需要一个写真实命案的作家。"

"有什么不同？"

"天渊之别。我掌控着我笔下的故事。我喜欢知道自己在写什么。设计罪案、编织线索，诸如此类的事——是一半的乐趣所在。我要是跟着你，只是写下你的所见所感，那我成了什么？很抱歉，我不感兴趣。"

他的目光掠过烟头上方，瞥向我，表情并不惊讶，也没有恼羞成怒，仿佛早已预料到我会这么说。"我猜这本书可以大卖，"他言之凿凿地说，"而且写起来也轻松。我会把你需要了解的内容事无巨细地告诉你。你难道不想听我讲讲我正在调查的那个案件吗？"我不想——但我还没来得及阻止他，他就自顾自地讲了下去。"一个女人走进了一家殡仪馆，就在伦敦另一头，南肯辛顿区。她为自己安排了葬礼，事无巨细。而就在同一天，也就是六小时之后，有人杀死了她……那人进了她家，勒死了她。事情有些蹊跷，你怎么看？"

"她是谁？"我问道。

"她是谁暂时不重要，但是她很富有。她儿子是个名人。还有一点，就目前我们调查所知，她在这世上没有树敌。人人都喜欢她。这就是警方通知我协助调查的原因，案件疑点重重。"

有那么短暂的片刻，我心动了。

写谋杀案最艰难的部分就是构思情节，但在听他讲述的时候，我没有丝毫头绪。毕竟，杀人的动机有很多种。你对被害人有所图谋：贪恋他的钱财，觊觎他的妻子，嫉妒他的工作。恐惧也会招致杀意。他们知道了你的秘密，也许在威胁你。或是你出于报复心理痛下杀手，因为他们有意无意间对你造成了伤害。抑或是，我猜，误杀也是一种可能性。在创作了二十二集《战地神探》后，几乎各种各样的动机我都考虑过。

接下来就是搜集素材。如果我把凶手的身份设定为一名酒店厨师，就必须还原他的生活。我必须去酒店做调研。我要了解餐饮行业。想让一个角色活灵活现、令观众信服，就要进行大量辛苦的工作，而他只是我需要塑造的二十或三十个人物之一，他们都潜伏在我的脑海里。我必须了解警察的工作程序：指纹、法医、DNA，诸如此类。可能几个月过去了，我才动笔写下一个字。我感到精疲力竭，不确定自己是否有毅力在刚写完《丝之屋》不久就开始创作一本新书。

在某种程度上，霍桑的确为我提供了一条捷径。他把所有素材都放进盘子里，然后把现成的东西端给我。而且他说得没错，那个案子听起来确实有意思。一个女人走进了一家殡仪馆。这的确是一个引人入胜的开头。第一章已经在我脑海里初具雏形。春光明媚，精致的城区里，一个女人穿过马路……

可我仍然难以想象我们的合作会变成什么样。

"你是怎么知道的?"我没头没脑地冒出一句。

"什么?"

"刚才,你说我去过乡下,还说我养了一只小狗。是谁告诉你这些的?"

"没人告诉我。"

"那你是怎么知道的?"

他蹙起眉头——就像不想告诉我似的。但与此同时他又有求于我,因此,简而言之,是我占了上风。"你鞋底的纹路里卡了一粒沙子,"他说,"你跷起腿的时候我看见了。所以你要么是穿过了一处工地,要么是去过海滨。我听说你在奥福德有一处落脚的地方,所以猜你一定是去了那里。"

"那小狗呢?"

"你的牛仔裤上有一个爪印,就在膝盖下方。"

我检查了一下牛仔布料。果然在膝盖下面有一个浅浅的印记,肉眼几乎不可辨,所以我没有注意到,他却看见了。

"等一下,"我说,"你怎么知道那是一只小狗?也可能是一只小型犬。而且,你怎么知道我不是在街上遇见的?"

他用同情的目光看着我。"有人坐下来啃过你左脚的鞋带,"他说,"我想那不是你干的吧。"

我没有去看我的鞋带。我不得不承认,他这番话令我印象深刻。但与此同时我很生气,因为我自己没有想明白。

"对不起,"我说,"听完你说的话,我相信这是一个有趣的案子,我相信你可以找到愿意合作的作家。但就像我说的,你需要问问记者之类的人。我心有余而力不足,我还在跟进别的项目。"

我不知道他会如何回应,可他又一次给了我个措手不及。他只是无所谓地耸了耸肩。"嗯，好。这只是一个想法。"他站起来，手伸进口袋里，"需要我来付吗？"

他指的是茶和蛋糕。"不用，没关系。我来付。"我说。

"我喝了一杯咖啡。"

"我会一起结的。"

"好吧，如果你改变主意，你知道怎么找到我。"

"好的，当然。我可以和我的文学经纪人谈谈，如果你愿意的话。她也许可以推荐别人帮助你。"

"不用了。不用担心，我自己会找到的。"他转身离去。

我吃完了那块蛋糕，浪费是可耻的，然后回到家，利用下午剩余的时间读书。我试图不去想霍桑，但他在我的脑海中挥之不去。

当你成为一名全职作家，最艰难的事情之一就是拒绝工作邀约。假如错过机会，之后你就是砸门，大门可能都不会再次为你敞开。担心会错过大好的机会，这种恐惧总是如影随形。几年前，一个制片人致电，问我是否对一个改编自瑞典某流行乐队的歌曲的音乐剧项目感兴趣，我拒绝了——这就是为什么我没能上《妈妈咪呀》的海报（稿酬也一分钱都没享受到）！顺带一提，我没有任何遗憾。就算最终是由我创作剧本，也很难说这部音乐剧能像现在这样一炮而红。但这件事揭示出一个事实：许多作家都需要日复一日地忍受这种患得患失的生活。一桩匪夷所思的案件真实地发生了。一个女人光顾了一家殡仪馆。霍桑，一个古怪、复杂但确实聪明绝顶的侦探被警方召唤，多少算是个顾问的角色。拒绝他的邀请，我是不是又一次犯了错？我拿起书，继续投入工作。

*　*　*

两天后，我去参加海伊文学节。

有趣的是，世界上有很多文学节。我知道，有些作家其实已经不再继续创作，他们只是把时间花在四处旅行上，赶赴一场又一场盛大的聚会。常常会想，如果我天生就患有口吃，或者生来性格内向，我该如何应对这类场合。现代作家必须要会表演，通常要面对一大群观众，几乎就像是一个脱口秀演员，最后总是重复讲同样的笑话——区别在于作家常常要回答同样的问题。

我们有哈罗盖特的犯罪小说节、巴斯儿童文学节、格拉斯哥的科幻小说节、奥尔德堡诗歌节……仿佛英国每个城市都会举办一场文学节。而在这个小小的集镇边陲、一片泥泞的土地上举办的海伊文学节已经成了备受瞩目的国际文学节之一。各个地方的人们会集于此。在海伊文学节上演讲过的名人包括两位美国总统、《火车大劫案》的主演和J.K.罗琳。我很激动能受邀参加，在一个大帐篷里和五百多个孩子分享写作心得。像往常一样，我不时会看到几个成年人的身影。关注我剧本创作的一些读者经常会参加我的活动，他们会愉快地坐着听我分享四十分钟的《少年间谍》系列，只为最后有机会聊聊《战地神探》。

分享进展顺利。孩子们很活跃，提出了一些不错的问题。我抽空穿插了一些关于《战地神探》的内容。就在分享进行了整整一小时后，突然发生了一件颇为奇怪的事，我接收到信号，停止了分享。

是一个坐在前排的女人。一开始，我以为她是一名教师或图书管理员。她相貌平平，年纪大约四十岁，圆脸，留着长长的金发，眼镜挂在颈链上，晃来晃去。我注意到她，是因为她似乎是独自一人，而且她好像对我说的任何内容都不太感兴趣。我讲的笑话她一次都没有笑。我担心过，她可能是一名记者。这年头报社经常派记者去参加作家的分享会，你讲的任何一个笑话、随口说的一句话，都可能被断章取义，用来攻击你。所以当她举起手，工作人员将麦克风递给她的过程中，我一直保持警惕。

"我想知道，"她说，"为什么你总是创作虚构的作品？为什么不写写真实的东西？"

我在文学节上被问到的问题，大多之前已经被问过许多次。我的创意从何而来？我最喜欢哪个角色？写一本书需要多长时间？从来没人问过我这个问题，我感觉有些心烦意乱。她的语气并无冒犯之意，但她提出的那个问题仍然有某些说不清道不明的原因让我感到不快。

"《战地神探》是真实的。"我回答道，"每集都是根据真实故事创作的。"我正打算继续解释之前做了多少研究——上周我全部的时间都在阅读有关艾伦·纽恩·梅的资料，他和苏维埃政府分享了原子弹的秘密；还有，如果《战地神探》新系列要开拍，他可能就是我下一集的灵感之源。但是她打断了我。"我相信您确实利用了真实的故事，但是我想说的是，那些犯罪案件不是真实的。还有你的其他电视剧——《大侦探波洛系列》和《骇人命案事件簿》——都是完全虚构的。您创作了十四岁少年间谍的故事，我知道很多孩子都喜欢这些故事，但问题也还是一样。我无意冒犯，但我想知道为什么你不对现实世界更感兴趣。"

"现实世界是什么？"我反问她。

"我的意思是真实的人。"

一些孩子变得坐立不安，是时候绕过这个话题了。"我喜欢写小说。"我说，"这就是我的工作。"

"您不担心您的书籍可能会被认为是没有意义的作品吗？"

"我不认为它们必须是真实的才有意义。"

"对不起。我很喜欢你的作品,但我不同意你的说法。"

联想到霍桑几天前的提议,这真是一次奇怪的巧合。离开之前,我再次找寻那个女人的身影,却没有看到她,她也没有拿书来找我签名。在回伦敦的火车上,我不禁想起她说的话。她说得对吗?我的作品是否过于关注虚构的内容?我正想要转型,成为一名成人作家,但我首次转型的作品《丝之屋》,却距离它可能描绘的现实世界很远。我的一些电视剧作品——比如《正义与否》,可以看出是以二十一世纪的伦敦为背景。但也许我确实花了太长时间活在自己的想象中,稍有不慎,我就会迷路。也许,我早就迷路了。也许,现实给我上的这意想不到的一课,是在提醒我。

从海伊到帕丁顿站有很长的一段路。当我回到家时,我已经下定了决心。我一进门,就拿起电话。

"霍桑?"

"托尼!"

"好吧。五五分,我入伙。"

第三章　第一章

霍桑不会喜欢我写的第一章。

我先把话撂这儿,因为实际上我待会儿才拿给他看,即便如此,也是心不甘情不愿。他对《正义与否》的挑剔我至今记忆犹新,我宁愿先保密——但是他坚持要看,因为这本来就意味着一次平等的合作。我怎么能拒绝?但我认为解释清楚如何创作这本书是至关重要的,约法三章,可以这么说。这本书是由我执笔,而记录的却是他实实在在的举动,事实上,一开始,这两者就不匹配。

我们坐在星巴克店里,星巴克似乎串联起了我们的调查过程。我已经把第一章用邮件发给了他,当他从公文包里取出一沓纸时,我知道我惹上了麻烦。我看见他已经将稿件打印了出来,上面标记着红色的叉叉圈圈。我对我的作品有很强的保护欲。说句公道话,我写的每一个字都经过斟酌。(我需要强调"每一个"字吗?是否"真实"比"恰当"更重要呢?)

当我同意与霍桑合作时,我有设想过,尽管案件由他负责,但涉及实际的讲述时,他就得靠后站了。不过很快他就让我清醒了。

"都错了,托尼。"霍桑开口说,"你把人们引到岔路上去了。"

"你这话什么意思?"

"开头的第一句话,这么写不对。"

我读了我写的那句话:

> 一个春光明媚的上午,是那种天光近乎泛白,暖意融融的日子,刚过十一点,黛安娜·考珀穿过富勒姆路,走进了一家殡仪馆。

"我看不出有什么问题。"我说,"是在上午十一点左右,她走进了一家殡仪馆。"

"但不是你说的这样。"

"她是坐公交车去的!"

"她在街口乘上公交车。我们之所以知道,是因为道路监控拍到了她。公交司机也记得她,配合警方录了口供。但是问题就出在这儿,老兄。你为什么说她穿过马路?"

"我为什么不能这么说呢?"

"因为她没有。我们说的是十四路公交线,她在切尔西村上车,就是不列颠尼亚路正对面的 U 形公交站。沿途经过切尔西足球俱乐部、伊迪丝格罗夫、霍滕西亚路、伊迪丝路、切尔西与威斯敏斯特医院、柏福特街,最后在老教堂街 HJ 站下车。"

"你对伦敦的公交线路了如指掌。"我说,"但我还是不太明白你的意思。"

"她不必过马路,她下车后就已经在马路右侧了。"

"这真的有什么区别吗?"

"嗯,是的,也许会。如果你说她穿过马路,那就意味着她在光顾殡仪馆前一定去过其他地方——这一细节可能包含重要信息。她原本可能去过银行,取出了一大笔钱。当天早上她可能和某人大吵过一架,也许那就是她被害的原因;某个人有可能尾随她穿过马路,看见她去了什么地方。她可能挡住了一辆行驶中的车辆,由此发生了一场口角。别那样看着我!马路上的口角引发的谋杀案比你想象中更普遍。但事实上,她是独自在家中起床后,吃过早餐,坐上了一辆公交车。这是她早上起来做的第一件事。"

"那你要我写什么?"

他已经在纸上潦草地记录了一些内容。他把纸递给我,我读道:

> 上午十一点十七分,戴安娜·简·考珀在老教堂街(HJ)站从十四路公交车下车,沿着人行道折返了二十五米。然后,她走进了康沃利斯父子殡仪馆。

"我不会这么写。"我说,"读起来就像警方报告。"

"至少它是准确的。还有,怎么会有一个门铃?"

"什么门铃?"

"第四段,就在这儿。你说有个弹簧装置,进入殡仪馆前门铃声响起。可是,我没注意到店里有什么门铃。因为它并不存在。"

我试图保持冷静。我早就应该想到他会这样。当他用心钻研剧本时,他会比我认识的其他人更能轻而易举地惹恼我。

"增加门铃是为了烘托氛围," 我解释说,"你得允许我做一些戏剧性的改编。我想要展示殡葬业是一个多么传统和古老的行当——康沃利斯父子——这是一种简单有效的方法。"

"也许吧,但会与事实出入很大。假设有人尾随她去了那里,假设有人无意间听到了她说话。"

"你说的是和她发生口角的那个男人吗?"我故意讽刺道,"或者是她在银行遇到的人?你是这么想的吗?"

霍桑耸了耸肩。"是你暗示考珀太太为自己安排葬礼和当天被人谋杀这两件事有所关联,至少你是这么向读者暗示的。"他拖长音调,吐出"读者"这个词,就像是在说脏话。"但你必须考虑其他可能性。也许葬礼和谋杀发生在同一天只是一个巧合。我不喜欢巧合。我调查犯罪案件二十年了,总是发现一切都不会凭空发生。也许考珀太太知道她命不久矣。她受到了威胁,所以为自己安排了葬礼,因为她知道没有活路了。有这种可能,但这说不通,她为什么不去报警呢?还有第三种可能性:有人发现了她的秘密。任何人都有可能。他们也许在街上尾随她进入了殡仪馆,听她安排了葬礼的全部细节,因为那家殡仪馆门上连个该死的门铃都没有。任何人都可以随意进出,不被发现。但是在你的故事里不行。"

"好吧,"我说,"我把门铃删掉。"

"还有万宝龙钢笔。"

"为什么?"趁他回答之前我阻止了他,"好吧,没关系。这处我也会删掉。"

他推开纸页,在上面戳戳点点,仿佛在努力寻找一处他喜欢的句子。"你对信息做了选择性的处理。"他沉思片刻,终于说道。

"你这么说是什么意思?"

"嗯,你说考珀太太只乘坐公共交通工具,却没解释原因。"

"我说她很古怪!"

"我想你会发现不只如此,老兄。还有一处关于葬礼的问题。她对葬礼仪式提出的要求你明明一清二楚,却没有写清楚。"

"我写了,《诗篇》!还有披头士的歌曲!"

"《诗篇》哪一章?披头士的哪一首歌?你不觉得它们也许是重要线索吗?"他拿出一个笔记本,打开它,"是《诗篇》第三十四章。我要时时称颂耶和华,赞美他的话必常在我口中。那首歌名叫《埃莉诺·里格比》①。还有一首西尔维娅·普拉斯写的诗。也许你可以帮我分析一下这首诗,托尼,我读过它,该死的,没有一个词说得通。古典乐是耶利米·克拉克的《小号即兴前奏曲》②。她希望由她的儿子来致辞,你们的说法是什么?"

"悼词。"

"随便吧。还有你应该提到那个她在穆拉诺咖啡厅共进午餐的人。他叫雷蒙德·克鲁尼斯,是戏剧制片人。"

"他是嫌疑犯吗?"

"他制作的一部音乐剧刚刚损失了五万英镑。根据我的经验,金钱和谋杀往往形影不离。"

"我还有其他遗漏吗?"

"你认为考珀太太同一天从莎士比亚环形剧院董事会辞职这件事不重要吗?她当了六年的董事,而就在她去世的当天,她决定抛下一切。还有安德莉亚·卡卢瓦涅克,那名清洁工。你从哪儿得知她是安静地走出门,然后才报警的?"

---

① 这首歌一共分三节:第一小节描写了一个名叫埃莉诺·里格比的老妇人寄住在教堂里做清洁工;第二小节描写了一个叫作麦肯齐的神父,他主持这间教堂,可是已经很久没人来听他布道了;第三小节描写了两个孤独的人终于相遇了,然而却是因为埃莉诺的葬礼。她同名字一起被埋葬,没人会记得她存在过。
② 《小号即兴前奏曲》,又名"丹麦王子进行曲",由巴洛克时期英国作曲家耶利米·克拉克作于一七〇〇年。这是一首著名的庆典音乐,是当年英国查尔斯王子与黛安娜王妃的婚礼庆典曲目。

"从她的口供中。"

"我也读过。但是你怎么知道她不是在撒谎?"

"她为什么要撒谎?"

"因为我调查过。最后,还有她儿子,达米安·考珀。值得指出的一点是,他刚刚从年迈的母亲那里继承了两百五十万英镑。而这笔钱刚好能派上用场,我听人说,他在洛杉矶陷入了财务危机。"

我陷入了沉默,心中有种不祥的预感。"什么财务危机?"我问他。

"据我了解,都快火烧眉毛了。但是他名下还有好莱坞的泳池别墅和保时捷九一一。他和他的英国女友同居,但她对他一定也不太满意,也许是因为他还和很多女人暧昧不清……暧昧不清是关键。"

"那这章就没有可取之处吗?"

霍桑思考了片刻:"我喜欢那个关于世界尽头的笑话。"

我看着面前散乱的纸稿。"也许这不是个好点子。"我说。

霍桑第一次对我露出了微笑。他笑起来的时候,我仿佛瞥见了他孩提时的样子。仿佛他身体里有什么东西正在挣扎,想要挣脱束缚,它被困在了那身西装、领带,以及他苍白的面孔和犀利的目光里。"这才刚刚开始,老兄。这只是第一章。你可以把它撕了,重新写。重点是,我们必须找到一种合作方式,一种……"他斟酌着用词。

"工作方法[①]。"我提示道。

他又开始指手画脚:"你不会想用这类高级字眼的。这会让

[①]霍洛维茨说的是拉丁语,modus operandi。

人忍不住挺直腰板，不行。你只要陈述发生的事实就够了。我们之后会和嫌疑人交谈，我会确保你获得了所有信息，你需要做的就是按照正确的顺序排列。"

"如果你破不了案会怎么样？"我说，"也许警方会先你一步找出杀害戴安娜·考珀的凶手。"

我言语之间似乎对他有所冒犯。"伦敦警部都是一群酒囊饭袋，他们要是有线索，也不会雇我了。我之前和你解释过，许多谋杀案在案发后的四十八小时之内就破获了。为什么呢？因为大多数凶手不知道他们在做什么。他们一气之下，痛下杀手，是激情作案。等他们回过神来思考飞溅的血迹、车牌号和监控设备的时候已经太迟了。其中一些人会尝试掩盖自己留下的痕迹，但是在现代法医学面前，他们没有任何希望。

"但有时也有少数谋杀案——也许只有百分之二的案件——是有预谋的作案。案件事先经过计划，可能是买凶杀人。还有一些疯子纯属找乐子。警方心知肚明，清楚什么时候碰上了硬骨头……他们是这么称呼这类谋杀案的。这时他们就会与我这样的人接触。他们知道自己需要帮助。所以我的意思是，你必须信任我。如果你想补充额外的细节，那就事先询问我。不然，就看到什么记录什么。这不是《丁丁历险记》，好吗？"

"等等！"霍桑又一次让我大惊失色，"我从未告诉过你我在写《丁丁历险记》。"

"你告诉我你正为斯皮尔伯格工作，而那就是他执导的影片。"

"制片。"

"总之，是什么让你改变主意同意写这本书的？是你妻子说服了你吗？我敢打赌，是她告诉了你什么才是对的选择。"

"就此打住，"我说，"如果我们要约法三章，最重要的一条规矩就是，你永远不要过问我的私生活：我的书，我的电视剧，我的家人，我的朋友。"

"有意思，原来你是这么排序的……"

"我会写你，我会写这个案子。当你破案后——如果你能破案的话——我会看看能否找到感兴趣的出版方。但我不会受你欺负。这仍然是我的书，而我才是那个决定该写什么的人。"

他睁大眼睛："冷静点，托尼。我只是想提供帮助。"

这就是我们达成的协议。我不会再给霍桑看其余的章节；至少在我创作期间不行，甚至在我完成之后，可能也不会。我会写我想写的东西，所以如果我要批评他，或者写一些自己的想法，就会畅所欲言。但如果涉及犯罪现场、审讯之类的，我会忠于事实。我不会凭空想象，轻易下定论或是画蛇添足，进行误导性的描述。

至于第一章，忘记那个门铃和万宝龙钢笔吧。戴安娜·考珀和雷蒙德·克鲁尼斯曾共进午餐。安德莉亚·卡卢瓦涅克可能没有说实话。但诸位大可放心，其余的信息，包括其中已经十分清楚地表明凶手身份的那条信息，是准确无误的。

第四章　犯罪现场

周一早上,当我出现在戴安娜·考珀家门外时,看见门口站着一个穿制服的警察。大门前围着蓝白条纹的胶带,上面写着:禁止越过警戒线。但肯定已经有人告诉过他我会来,因为他甚至都没问我的名字就让我进去了。今天是谋杀案发生后的第五天。霍桑事先把案件卷宗的复印件寄了一份给我,我周末已经浏览过一遍了。他还附了一个简短的便笺,告诉我早上九点在这里见面。我绕过脚下的一处水坑,沿着一段小径向大门口走去,进入了案发现场。

通常,我参观的某处犯罪现场都是出自我的想象。我不需描述:导演、外联制片、设计师和道具部门将为我完成大部分工作,从挑选家具到敲定墙壁的颜色,事无巨细。我通常只需要确认最重要的细节——有裂缝的玻璃、窗台上的血指纹,任何对故事至关重要的细节——然而,它们可能还是无法呈现。这取决于摄像机对准的方向。我时常会担心房间对于居住在里面的受害者来说似乎太过宽敞——但在拍摄过程中它需要能够容纳十到二十人,观众从来注意不到这点。事实上,房间里会挤满演员、技术人员、灯光、电缆、轨道、移动式摄影车,林林总总,不一而足;以至于要搞清楚这些细节在电视荧幕上会呈现出什么样的效果是非常困难的。

担任片场编剧是一种奇特的经历。我很难描述那种兴奋的感觉,你走进一处片场,而它完全取决于你的想象。诚然,在这里我完全帮不上忙,无论站在哪里,我十有八九是碍事的那一个,但剧组的人见到我总是彬彬有礼、亲切友好,即便实际上我们可能无话可说。我的工作几周前就结束了,而他们的工作却刚刚开始。所以我会坐在一张折叠椅上,椅背上从来不会贴我的名字。我会在一旁观看拍摄,偶尔和演员们闲聊几句。有时剧组的工作人员会用一次性塑料杯递给我一杯茶。坐在片场的时候,我知道这一切都是我的故事,这让我感到欣慰。我是片场的一部分,而它又是我的一部分。

考珀太太的起居室和我想象中几乎一样。我踏上厚厚的地毯(上面编织着粉色、灰色的花纹),打量着眼前的起居室:水晶枝形吊灯、舒适的仿古家具、茶几上随意地摆放着几本《乡村生活与名利场》杂志,内嵌的书架上是各种书籍(现代小说,精装本,没有我的作品),我感觉像个入侵者。我独自一人,恍若漫步于一家正在展览的博物馆中,而不久前这里还有人居住。

犯罪现场被警方侦查员贴上了各种塑料标签,上面用黄色的数字加以区分,但数量不多,说明没有发现太多证据。满满一杯看起来像是盛着水的杯子(12)放在一张古董餐具柜上,而在水杯旁边,我注意到,放着一张信用卡(14),上面写着戴安娜·考珀的名字。它们是线索吗?只是看见它们在那里,很难下定论。这个房间有三扇窗户,每扇窗户都挂着天鹅绒窗帘,窗帘一直垂到地面。五幅窗帘都用红绳和流苏收拢起来。离大门最近的那幅窗帘(6)松松垮垮地垂下,提醒我不久前,一个中老年妇人就在我站立的地方被人勒死了。我不费吹灰之力就能想象她站在我面前，眼睛瞪着某处，拳头在空中挥舞。我低头看去，发现地毯上有一处血迹，还标着两个号码。在她死前，肠道会失去控制，这类细节我通常会考虑到独立电视台的观众，在播放的剧集中省略。

霍桑穿着往常那身衣服（这句话我绝对不要再写一遍）走进起居室。他正在吃一个三明治，我反应了半天才意识到，他一定是刚才在考珀太太的厨房里用她的炊具自己做的。我盯着他。

"怎么了？"他问我。

"没事。"我说。

"你吃早餐了吗？"

"不用了，谢谢。"

他一定是听出了我的语气不善。"浪费可耻，"他说，"而且她再也用不上了。"他在房间里边走，边拿着三明治吃。"所以，你怎么看？"

我不确定该怎么回答。房间很整洁。除了平板电视——放在电视柜上，而不是装在墙上——房间里其余的物品都属于上个时代。戴安娜·考珀过着井井有条的生活，杂志摆放得整整齐齐，装饰品——玻璃花瓶和陶瓷雕像——定期除尘。她甚至死的时候都衣衫整洁，没有挣扎过后的狼狈迹象。没有打翻的家具。袭击者只留下了一个痕迹：在门附近的地毯上留下了半个泥脚印。我可以想象，她看见了定会皱起眉头。她死前没有被人殴打或强奸过。从多个方面来看，这都是一场安静的谋杀。

"她认识凶手。"霍桑说，"但他不是熟人。是一名男子，身高至少有六英尺，体格强健，视力不好。他来这里的意图明确，就是为了杀她，而且他在屋里没有逗留过久。她留下他独处了一会儿，然后走进厨房。她希望他自行离开——但就在这时，他动手杀了她。杀死她之后，他搜查过整栋房子，拿走了几样东西，但这不是他来这里的理由。杀人是出于私怨。"

"这些你是怎么知道的？"虽然话已脱口而出，但我还是生自己的气。我知道这正中他的下怀，他就是想让我开口问他。

"他到这里时天已经黑了。"霍桑说，"这片区域发生过好几起入室盗窃案。一个中老年妇人，独自居住在市内昂贵的地段，不会轻易向陌生人敞开大门。几乎可以肯定，作案人是一名男子。我听说过有女人勒死女人的案例，但就我的经验，这种情况并不常见。戴安娜·考珀身高有五英尺三英寸，如果凶手的个头比她高，会更方便作案。他杀害她时，致使她舌骨骨折。从这一点判断，他很强壮，尽管我承认她上了年纪，老人家舌骨更容易骨折。

"我怎么知道他是专门来杀她的？原因有三。他没有留下指纹。那天晚上天气温暖，但他特意戴了手套。他没在这里逗留很久。他只待在这个房间里，如你所见，房间里没有咖啡杯，也没有装过杜松子酒的空杯子。如果他是熟人，晚上六点钟，他们也许会一起喝一杯。"

"他可能有急事。"我说。

"看看垫子，托尼。他甚至都没有坐下。"

我走过去看了一眼之前留意到的那个玻璃杯，克制住拿起它的冲动。警察和法医一定来过这里，他们把它留下了，这让我颇为惊讶。他们难道不用取走杯子，立刻做检测吗？我如实向霍桑表达了疑惑。

"他们把它带回来了。"他说。

"为什么？"

"为了我。"他露出标志性的冷淡笑容，然后吃完了剩下的三明治。

"这么说，确实有人喝过东西。"我说。

"只是水。"他咀嚼着咽下嘴里的三明治，"我猜测，他离开之前向她要了一杯水。于是她离开房间，留给他充足的时间解开窗帘，解下了绑窗帘的绳子。如果她在一旁看着，他不可能有机会这么做。"

"但是他没有喝那杯水。"

"他不想留下DNA。"

"那信用卡呢？"我读出卡上印着的名字：戴安娜·J.考珀太太。是巴克莱银行的信用卡。截止日期是十一月。比她的"人生截止日期"晚六个月。

"这个证据很有趣。它为什么没有和其他银行卡一起放在她的钱包里呢？她当时取出这张信用卡是为了付钱吗？这也就解释了她为什么会开门。上面除了她自己的指纹没有留下其他人的指纹。因此，你可以还原出一个可能的作案情形：有人要求她付款。她拿出信用卡，就在这时，他溜到她身后勒死了她。可是，为什么卡没掉在地板上？"他摇了摇头，"另一方面，它也可能与案件没有什么关系。我们拭目以待。"

"你说凶手视力不好。"我说。

"是的——"

"因为他没看见她手上戴的那枚钻石戒指。"我赶在霍桑把一切解释得明明白白之前打断了他，"那枚戒指一定值一大笔钱。"

"不，不，老兄。你全都搞错了。凶手显然对戒指不感兴趣。无论他是谁，他顺走了几件珠宝和一台笔记本电脑，让整个案件看起来像是入室盗窃，他要么是忘记了那枚戒指，要么是摘不下来，所以决定不再费力气找一把修枝剪来。他不可能没看见。他勒死她的时候，与她近在咫尺。"

"那你怎么知道他视力不好?"

"因为他踏进了门外的水坑,这才在地毯上留下了泥脚印。那脚印看起来像是男士鞋留下的,而且,他在其他各个方面都很谨慎。那是他唯一的疏忽。你要把这些全都记下来吗?"

"大部分我都记得住。"我拿出苹果手机,"但如果可以的话,我想拍几张照片。"

"你去吧。"他指着餐具柜上的一张黑白照片,上面是一个四十多岁的男人。"记得把他拍进去。"

"他是谁?"

"她的丈夫,我猜测。劳伦斯·考珀。"

"离婚了?"

他用同情的眼神看着我。"他们要是离婚了,她就不会留着他的照片,对吧!他十二年前过世了。癌症。"

我拍了张照片。

在那之后,我跟随霍桑在屋子里查看,逐一进入每个房间,拍下他指给我看的东西。我们从厨房开始,那间厨房外表上就像一间样板房:配置昂贵但鲜少使用。里面的厨具一应俱全,足以让她尽情施展厨艺,准备一顿供十人享用的米其林大餐,但也许她只是煮个鸡蛋,烤两片吐司,将就一顿晚餐后便上床睡觉。冰箱表面贴满了印着古典艺术品和莎士比亚名言的冰箱贴,上方摆着一个金属罐,是纳尼亚系列影片《里海王子》里的同款。为了防止手与金属表面接触,霍桑垫着布,打开金属罐看了看里面。除了几枚硬币外,别无他物。

房间里的一切都井井有条。窗台上放着杰米·奥利弗[①]和奥

[①]杰米·奥利弗:英国知名主厨,BBC美食系列《原味主厨》(*The Naked Chef*)的主持人,擅长使用有机食材还原食物的本味。

托伦吉①的食谱，烤面包机旁边的架子上放着笔记本和最近收到的信件，还有一块黑板，写着本周的购物清单。霍桑浏览了一遍信件，又将它们放回原处。料理台上方的墙上挂着一条木质的鱼，上面有五个挂钩，黛安娜平时用来挂钥匙，他似乎对这几把钥匙格外感兴趣。钥匙一共有四把，每一把都贴着标签，我适时地拍了一张照片，发现按照上面的标签，它们分别是正门、后门、地窖和另一处名为斯托纳之家的房产的钥匙。

"这是什么？"我疑惑道。

"在搬到伦敦之前，她曾经住在那儿。那处房产位于肯特郡的沃尔默。"

"她竟然还保留着钥匙，奇怪……"

我们还找到了一个装满旧信件和账单的家用抽屉，霍桑全部浏览了一遍。里面还有一个音乐剧《摩洛哥之夜》的小册子。封面上是一把卡拉什尼科夫机枪的图片，肩带摆成心形。首页署着制片人的名字，作为其中一员，雷蒙德·克鲁尼斯的名字赫然在列。

我们离开厨房，向楼上的卧室走去，楼梯一侧的墙壁上贴着浅色条纹图案的壁纸，清一色的画框里是经典戏剧《哈姆雷特》《暴风雨》《不可儿戏》《亨利五世》《生日聚会》的海报。全是达米安·考珀出演过的戏剧。霍桑大步流星地往前走，可当我走进卧室的时候，内心却有一种说不清道不明的忐忑，这让我感到意外。那种熟悉的感觉再次袭来，我就像是一位未经主人同意就贸然闯入的不速之客。就在一周前，一位中老年妇人还生活在这里，也许就站在那面全身镜前换衣服，躺在那张气派奢华的床

---

① 奥托伦吉：风靡伦敦的以色列主厨，《卫报》专栏作者，著有食谱《丰盛》(*Plenty*)，他在伦敦开了两家很受欢迎的餐厅。

41

上，翻着斯蒂格·拉森①的《玩火的女孩》入睡，如今那本书就安静地躺在床头柜上。好吧，至少考珀太太不必面对那个乏味的、不免让人有些扫兴的结局。床上有两只枕头。其中一只上有明显的压痕，应该是头枕在上面留下的。我可以想象她在温暖的被窝中醒来，浑身散发着薰衣草的芳香。可她再也不会醒来了。来这里之前，死亡在我看来只是一个必经的阶段，是推进剧情发展的一环。但是站在这个刚去世不久的女人的卧室里，我能感觉到死神就蛰伏在周围。

霍桑翻箱倒柜，把抽屉、衣柜和床头柜都检查了一遍。他的目光掠过梳妆台上摆着的一个相框，里面是达米安·考珀的照片。看起来像他。虽然说实话，我有些脸盲，而大部分年轻、英俊的英国演员在我眼里都长得很像……尤其是当他们全都进军好莱坞后。霍桑在考珀太太的鞋架后发现了一个保险箱，发现它仍然锁着时，不由得皱起眉头，但转眼就将它抛诸脑后。我被他寻找线索的样子吸引了。他不跟我说话，几乎没有注意到我的存在，那副模样让我不知怎么想起了机场的警犬。虽然不知道箱子里是否存在毒品或爆炸物，但警犬不会放过任何一只箱子，若有异常也一定能发现。霍桑面临同样的不确定因素，也有着同样的笃定。

他离开卧室，进入浴室。浴缸周围摆放着大约二十个小瓶子：戴安娜有把酒店提供的洗发水和沐浴露带回家的习惯。他打开洗手池上方的柜子，取出三包羟基安定，也就是安眠药，拿给我看。

"有意思。"他说。这是他这么长时间以来说的第一句话。

---

①斯蒂格·拉森(Stieg Larsson)：瑞典畅销书作家，著有"千禧年"系列，《玩火的女孩》是继《龙文身的女孩》后的第二部。

"她有心事。"我说,"睡不着觉。"

霍桑继续在房子里边走边找线索,我跟在他身后。二楼有两间客卧,不过显然很长时间没有用过了。房间异常整洁,空气中隐隐透着一股凉意,为了节省电费,中央空调关上了。他简单地环视四周,然后再次回到走廊里。

"你说猫去哪儿了?"他喃喃地说。

"猫?"我有些摸不着头脑。

"老太太的猫。一只灰色的波斯猫。那可怕的小畜生,长得就像只毛茸茸的药丸。"

"我没有看到猫的照片。"

"我也没有。"

他没再说话,我瞬间有些气恼。"你要是想让我写你,就必须告诉我你是怎么查案的。发表观点是件好事,但你不能话说一半就没了下文。"

他皱着眉头,好像在试图理解我说的话,然后点了点头:"该死,再明显不过了,托尼。厨房里有一只宠物食盆。还有枕头上的痕迹,你没注意到吗?"

"你是说压痕?我以为那是她的脑袋枕的。"

"我表示怀疑,老兄。除非她的头发又短又光滑,闻起来还有股鱼腥味。她睡在床的左侧,书就在那一侧。猫陪她睡在另一侧。明显是只体形硕大,有些分量的猫。我猜是只波斯猫,是她这样的女人会养的宠物,但没看见它。"

"也许是警察带走了。"

"有可能。"

我们回到楼下,再次走进起居室时,房间里不再只有我们两个人。一个身着廉价西装的男人坐在沙发上,双腿分开,文件夹摊开放在腿上。他的领带有些歪,衬衫上的两粒纽扣没有扣上。直觉告诉我,他是个烟民。他身上没有一处看起来是健康的:肤色、稀疏的头发、塌陷的鼻梁、顶起裤带的大肚腩。他年龄与霍桑相近,块头更大,身材更虚胖,看起来像是退役的拳击手,但我猜他一定是名警察。我经常在电视上看到这样的人——不是在电视剧中,而是在新闻里,他们站在法庭外,在摄像机面前笨拙地念着事先准备好的稿件。

"霍桑。"他语气里没有丝毫热情。

"梅多斯督察!"霍桑故意用正式的头衔称呼这个人,听起来就像在讽刺他名不副实一样。"你好呀,杰克。"他补充了一句。

"他们告诉我找了你来办这个案子时,我简直不敢相信。这案子在我看来似乎很好办。"这时,他才注意到我,"你是谁?"

正当我踌躇不定,不知该如何自我介绍时,霍桑替我解了围。

"他是位作家。"他说,"他是和我一起来的。"

"什么?来写你吗?"

"写案子。"

"我希望你取得授权了。"他稍作停顿,"我已经按照指示,把东西全留给你了。把证物带回来,按照发现时的样子放回原处。要是让我说,这纯属浪费时间。"

"我没有问你,杰克。没人问过你。"

他咽下了这口气。"你已经抽空看过了吧?看完了吗?"

"我正打算离开。"但是霍桑待在原地没有动,"你说这案子很好办。所以,你怎么想?"

"我不打算和你分享我的看法,如果你不介意的话。"他懒洋洋地起身,我这才发现,他比我想象中还要高大。他像座塔一样屹立在我们面前，居高临下地俯视着我们。他把文件里的资料收好，又像突然想起来什么似的，把文件递给我们。"他们让我把这个给你。"

文件里包含了案发现场的照片、法医报告、证人证词，还有过去两周戴安娜·考珀家里座机和手机的全部通话记录。霍桑的目光扫过第一页："她在晚上六点三十一分发了一条短信。"

"没错，就在她被勒死之前。我的杀手……啊！"警督先生把自己逗笑了，"我读过短信内容。没发现什么线索，打算留给你破解。"他向餐具柜走去，拿起我之前注意到的那杯水，就在信用卡旁边。"我要把它拿走，如果你不介意的话。"

"请自便。"

我这才注意到梅多斯手上还戴着一副手套。他用类似塑料盖的东西将玻璃杯密封好，然后小心翼翼地拿起来。

"上面唯一的指纹是她的。"霍桑说，"而且检测不到DNA，没有人喝过这杯水。"

"你看过检测报告了吗？"梅多斯似乎很困惑。

"没必要看，老兄。这很明显。"他微笑道，"你看见厨房里的那个罐子了吗？《里海王子》同款？"

"里面只有几枚硬币。没有指纹，什么都没有。"

"也没有惊喜。"霍桑瞥了一眼餐具柜，"信用卡呢？"

"信用卡怎么了？"

"上次使用是什么时候？"

"你可以在文件里找到她的全部财务细节。"梅多斯冲文件点点头，"她的私人账户里有一万五千英镑存款，另外还有二十万英镑的存款，财务状况良好。"他回想起霍桑刚才的问题，补充道，"她最后一次用信用卡是一周前。在哈罗德百货，那是她买杂货的地方。"

"熏鲑鱼和奶油芝士。"

"你怎么知道?"

"就在厨房里,我当早饭吃了。"

"那是证据!"

"不再是了。"

梅多斯面有愠色:"你还想知道什么?"

"有,你们找到猫了吗?"

"什么猫?"

"我知道答案了。"

"那我就不打扰了。"梅多斯拿着杯子,就像是要在杯子里变出一条金鱼的魔术师。他冲我点点头。"很高兴认识你,"他说,"和这个人在一起,我真替你捏把汗,尤其是靠近楼梯的时候。"

说完,他最后在房间里扫视了一圈,沾沾自喜地离开了,还小心翼翼地端着那杯水。

第五章　受伤的男人

"他这话什么意思……楼梯上有裂缝吗?"

"查理·梅多斯是个傻瓜。他的话没什么深意。"

"查理?可你叫他杰克。"

"大家都这么叫。"

我们坐在富勒姆百老汇站附近的一家咖啡馆外。幸运的是,阳光明媚,所以霍桑能抽烟。他已经浏览了一遍梅多斯给他的文件,也和我分享了。里面有戴安娜·考珀生前和死后的照片,前后的差异让我感到震惊。安德莉亚·卡卢瓦涅克发现的那具尸体已经完全认不出是那个时髦精致、热衷社交、投资剧院、在梅菲尔上流餐厅吃午餐的女士。

> 我进门十一点钟。是我开工的时间。我看见她,立刻知道出事了。[①]

里面附带了安德莉亚的口供,原封不动地保留了她蹩脚的英语。还有一张她的照片:是个身材苗条的女人,圆脸,气质偏中

[①] 因安德莉亚·卡卢瓦涅克的学识有限,涉及她口述的部分,原文有大量语法错误,翻译力求通俗的情况下尽量传达原文蹩脚的感觉。

性,头发又短又硬,神色戒备地盯着摄像头。霍桑告诉我她有前科,但我很难想象她就是杀害戴安娜·考珀的凶手。她身材太瘦小了。

里面还有很多其他材料。我的确想过,就在这张桌子前,也许霍桑喝着咖啡,抽着雪茄就能把案子破了。但愿他不会。如果发生这种情况,那这本书随手翻几页就结束了。也许正是出于这种想法,我想先和他聊聊别的事情。

"你是怎么认识他的?"我问他。

"谁?"

"梅多斯。"

"我们在普特尼的同一支队。他的办公室就在我隔壁,尽管我总是压下火气,有几次我还是忍不住爆发了。"

"这是什么意思?"

"当你不得不寻求其他团队的帮助,或者挨家挨户走访,诸如此类的事。"霍桑似乎急于结束这个话题,"你想聊聊戴安娜·考珀吗?"

"不想,"我说,"我想聊聊你的事。"

他凝视着桌子上摊开的文件资料。他不必开口,这些就是他心中的头等大事。但这一次,我要守住自己的主场,我心意已决。"我们的合作能继续下去的唯一方法就是允许我进入你的生活。"我说,"我必须了解你。"

"没人对我感兴趣。"

"要真像你说的,我也不会出现在这里,书也卖不好的。"

我看着霍桑又点了一支烟,这是我三十年来头一次忍不住想为自己据理力争。"听我说。"我斟酌着用词,"我要写的不叫被害人的故事,也不叫犯罪故事,它叫侦探故事。之所以这么叫是有理由的。我冒着很大的风险。如果你现在就把案子破了，我就没有什么可供写作的素材。更糟糕的是，你要是破不了案，那这纯粹是浪费时间。因此，了解你是很重要的。如果我了解你，从你身上发掘出一些凸显人性的东西，至少能开个好头。所以你不能毫不理会我问你的每个问题，你不能躲在这堵墙后。"

霍桑躲闪了一下。有趣的是，他脸色苍白，用那双孩子般的眼睛不安地打量着我，整个人看上去脆弱而无助。"我不想谈论杰克·梅多斯这个人。他不喜欢我。出了事，他巴不得我滚蛋。"

"什么事？"

"我离开警局的时候。"

他只说了这么多，所以我暗暗记在心里，想着之后再追问。显然，现在不是合适的时机。我打开随身携带的笔记本，拿出一支笔。"好吧。趁这个工夫，我想问几个关于你的问题。我甚至连你住在哪里都不知道。"

他犹豫了，撬开他的嘴真是比钻木取火还要难。"我在间士丘有个住处，"他终于开口说道，"开车经常会经过间士丘，伦敦东北郊，去萨福克郡的方向。"

"你结婚了吗？"

"结了。"我能感觉到还有下文，但过了一会儿，他才继续说道，"我们不在一起了，不要追问了。"

"你是球迷吗？"

"我是阿森纳队的球迷。"语气不冷不热，我怀疑，如果他是球迷的话，也是非常随意的那种。

"会去看电影吗？"

"偶尔。"他开始有些不耐烦了。

"那音乐呢？"

"怎么了?"

"古典?爵士?"

"我不怎么听音乐。"

我脑子里一直在想莫尔斯[①]，还有他对歌剧的热爱，但是这种可能性也被打消了。"你有孩子吗?"

他把叼在唇间的烟抖了抖，就像含着一枚毒飞镖，我意识到我太用力、太急切了。"这是行不通的。"他不耐烦地说，这一刻，我轻易就能想象出他在警察局审讯室里的模样。他注视我的目光里有近乎鄙夷的神色。"你想怎么写我就怎么写。只要你乐意，全都可以编。有什么区别呢?但我现在或以后都不会和你玩什么该死的大学生知识竞赛。一个女人死了，有人在她家客厅里勒死了她，眼下没有比这更重要的事。"他一把抓过一页文件，"你要不要看看这个?"

我原本可以起身离开，把这一切抛诸脑后——而鉴于之后的遭遇，如果我当时就离开也许是更明智的选择。但那时我刚从案发现场出来，感觉戴安娜·考珀就像是我的一位故人，出于某些原因——也许是因为那些我看过的照片，还有她死后的惨状——我总觉得自己欠她点什么。

我想要了解更多案情。

"好吧，"我说着放下了笔，"给我看看。"

那张纸上有一张截图，上面是戴安娜·考珀死前给儿子发的那条短信。

> 我看见了那个脑损伤的男孩，我很害怕

[①]塞缪尔·莫尔斯：美国画家、发明家，发明了莫斯码，被誉为"电报之父"。

"你怎么想?"他问我。

"她短信还没发完就被打断了。"我说,"没有句号,她没来得及说她害怕什么。"

"也许她就只是害怕。也许她太害怕了,以至于忘记在结尾处加上句号。"

"梅多斯说得没错,这没有任何意义。"

"那么也许这个会有所帮助。"霍桑又抽出三页纸,是十年前刊登在报纸上的文章的复印件。

《每日邮报》
二〇〇一年六月八日,星期五

双胞胎男孩在一起肇事逃逸的惨案中丧命。
孪生哥哥病情危急,但医生说他有望康复。

八岁男孩正与死神搏斗。他与孪生弟弟被一辆迎面驶来的汽车撞上,弟弟当场死亡,驾驶者肇事后逃逸,眼部患有近视。

杰里米·戈德温受伤严重,颅骨骨折、大脑严重受损。他的弟弟蒂莫西当场死亡。

事故发生在星期四下午四点半,在肯特郡的海滨度假胜地迪尔。

这两名形影不离的男孩当时正在回酒店的路上。二十五岁的保姆玛丽·奥布莱恩与他们同行。她告诉警方:"汽车在拐角处转弯时甚至都没有减速,撞倒孩子们后,立刻开走了。我已经和这家人相处三年了,实在很痛心。我简直不敢相信,她竟然都没有停车。"

警察逮捕了一名五十二岁的女子。

《每日电讯报》

二〇〇一年六月九日,星期六

警方逮捕了撞死双胞胎男孩的近视司机。

撞死八岁双胞胎弟弟蒂莫西·戈德温,致其哥哥重伤、生命垂危的肇事者名为戴安娜·考珀。考珀太太,五十二岁,是肯特郡沃尔默的居民,事故发生时正从皇家第五港口高尔夫俱乐部返回家中。

考珀太太在俱乐部和朋友喝过酒,当时并没有违规行驶,目击者证实她没有超速。然而,她开车时没戴眼镜,在警察安排的视力测试中,在二十五英尺(约七点六米)开外,她看不清车牌号。

她的律师发表了以下声明。"我的委托人一下午都在打高尔夫球,事故发生时正在回家的路上。不幸的是,她把眼镜落在了俱乐部里,但因为驾驶距离相对较短,她认为自己无须戴眼镜也能胜任。她承认自己在事故发生后惊慌失措,径直把车开回了家。但是,她完全意识到了自己的行为所造成的严重后果,在当天晚上案发后两小时内投案自首。"

警方根据一九八八年《道路交通法》第一条[①]和第

[①] 英国一九八八年颁布实施的《道路交通法》第一条:因在道路上鲁莽驾驶机动车,导致他人死亡,是有罪行为。

一七〇条① 第二款、第四款，对考珀太太提出指控。她面临危险驾驶致死和没有在事故现场停车两项指控。

考珀太太所留的住址是沃尔默，利物浦路。她的丈夫在饱受病痛折磨后已经去世。她二十三岁的儿子达米安·考珀是一名演员，曾在皇家莎士比亚剧团演出，最近一次参演了戏剧《生日聚会》，在西区②上演。

《泰晤士报》
二〇〇一年十一月六日，星期二

肇事逃逸司机无罪释放，家庭呼吁修改法律条款。

八岁男孩在肯特郡海边小镇迪尔过马路时被撞身亡，肇事司机无罪释放，男孩母亲公开抗议。

司机是五十二岁的戴安娜·考珀，当时没看见两兄弟，蒂莫西·戈德温当场身亡，他的双胞胎哥哥杰里米大脑严重受损。经调查证实，考珀太太把眼镜落在了之前打高尔夫球的俱乐部，不戴眼镜无法看清二十英尺开外的事物。

就考珀不戴眼镜有没有违法这一争议，坎特伯雷皇家法院的法律顾问奈杰尔·威斯顿法官说："不戴眼镜驾驶是不明智的举动，但不是违法行为，毫无疑问，肇事者有悔过念头。有鉴于此，服刑并不妥当。"

---

① 英国一九八八年颁布实施的《道路交通法》第一七〇条：(2) 机动车驾驶员当被有正当权力者提出要求时，必须停车，并且按要求给出自己的姓名、地址及车主的姓名地址和车辆标志。(4) 违反第（2）项规定是有罪行为。
② 伦敦西区是与纽约百老汇齐名的世界两大戏剧中心之一，西区剧院特指由伦敦剧院协会的会员管理、拥有或使用的四十九个剧院。大多数集中在夏夫茨伯里和黑马克两个街区，这一剧院区也称为西区。《生日聚会》是英国剧作家哈罗德·品特的代表作之一。

考珀太太被取消驾驶资格一年，驾照上扣除九分，并且赔偿九百英镑。法官还建议恢复性司法①三个月，但两个男孩的父母拒绝见她。

朱迪思·戈德温在法庭外说："任何人在看不清的情况下都不应被允许坐在方向盘后。如果这么做不违法，那法律应该得到修正。我的一个儿子死了，另一个儿子残废了。而她只是被象征性地惩罚了一下。这是不对的。"

道路安全慈善机构的发言人说："如果不能胜任驾驶，任何人都不应该开车。"

我查看了三篇报道上方的日期，找到了其中的关联。"这场车祸刚巧发生在十年前。"我惊呼道。

"九年零十一个月，"霍桑纠正了我，"事故发生在六月初。"

"很接近事故周年纪念日。"我把印着第三篇报道的那页递给他，"还有那个幸存的男孩……他的大脑受损。"我想起了戴安娜·考珀发的那条短信："……脑损伤的男孩"。

"你认为这两件事有关联？"

我猜他是在讽刺我，但我没有上钩。"你知道她住在哪里吗？"我反问他，"朱迪思·戈德温？"

霍桑在其他几页纸上搜寻："这里有一个地址，在哈罗山丘。"

"不在肯特郡吗？"

"他们当时可能正在度假。六月的第一个星期……正好是夏

---

①恢复性司法是对刑事犯罪通过在犯罪方和被害方之间建立一种对话关系，以被告人主动承担责任消弭双方冲突，从深层次化解矛盾，并通过社区等有关方面的参与，修复受损社会关系的一种替代性司法活动。

季学期的期中假期①。"

这么看来,也许霍桑有孩子,不然他怎么会知道这些?但我不敢再次提起这个话题,于是我问他:"我们要去见她吗?"

"不用着急。我们一会儿要和康沃利斯先生见面,就在这条路上。"我的大脑一片空白,我不知道他说的是谁。"殡葬承办人。"他提醒我。说着,他开始整理文件,就像赌场上拿着一沓牌的荷官一样,把纸一张张收回来。有趣的是,虽然梅多斯警督不喜欢他,伦敦警察厅更高一级的长官却对他另眼相看。犯罪现场原封不动地供他勘验,一切进展都让他知晓。

霍桑捻灭烟头,说:"我们走吧。"

我发现,咖啡钱又是由我来付。

我们再次乘十四号公交车回到富勒姆街,就是戴安娜·考珀死亡那天乘坐的公交车。用霍桑的话说,我们是在中午十二点二十六分下车,沿原路折返,步行来到殡仪馆。

自打我父亲去世后,我就没去过殡仪馆——而那也是很久以前的事了。当时我才二十一岁。尽管他长期与病魔做斗争,大限将至那天却突如其来,让全家人措手不及。出于某种我仍然搞不清楚的原因,一位叔叔介入了,全权负责操办父亲的葬礼。虽然父亲是个不可知论者,却渴望在最后举办一个正统的葬礼。我相信,叔叔自认是在帮我们的忙,但不幸的是,他大喊大叫、固执己见,我向来不怎么喜欢他。尽管如此,我还是陪他去了伦敦北部的一家殡仪馆。在犹太家族里,葬礼很快就结束了。我还没来

---

①英国的私立学校一年有三个学期,分别为:秋季学期、春季学期和夏季学期。每一个学期之间会有一到两周的假期,称为期中假期。

得及消化眼前发生的一切，仍然感到震惊。我依稀记得，我身处一间宽敞的房间，与其说是殡仪馆，不如说更像是火车站里的失物招领处。深浅不一的棕色将我包围。接待柜台后面站着一个矮小的大胡子男人，穿着不合身的西装，戴着一顶圆顶小帽；他就是殡仪馆的馆长，或者是他的某位助理。我看到一群人围在我身边，仿佛置身于一场噩梦之中。他们是其他客户还是员工？我依稀记得，当时没有任何隐私可言。

葬礼第二天就要举行，我叔叔还在讨价还价。他没有问我的意见。他和柜台前的男人讨论着各种式样的棺材，以及棺木的材质，而我就站在那儿听他们对话。他们的讨论越来越激烈，我这才意识到，他们两个竟然正在为某事争执不下。我叔叔指责那位殡仪馆馆长欺骗我们，这成了接下来事态爆发的催化剂。而那个男子火冒三丈，面红耳赤，手指在我们面前指指点点，嘴里咆哮着，嘴唇上沾着亮晶晶的唾液。

"你想用红木，就付红木的钱！"

我不知道父亲最后是被葬在红木棺材还是胶合板棺材里，坦白说，我不在乎。四十年来，馆长愤怒的咆哮一直在我的记忆中回荡。他们让我下定决心，我自己的葬礼要一切从简，而且不涉及任何教派。当我跟随霍桑走进康沃利斯父子殡仪馆，大门在我身后（静悄悄地）关上时，我依然深陷回忆之中。

殡仪馆和我之前描述的非常像，它比我记忆中的那间办公室要小，也没那么吓人——不过当然，这次来与我本人没有关系。霍桑向艾琳·劳斯做了自我介绍，然后她直接带我们去了走廊尽头罗伯特·康沃利斯的办公室，戴安娜生前就是在这里为自己安排了没多久就派上了用场的那场葬礼。这次，艾琳留在办公室里，神情坚定地坐在一把椅子上，仿佛戴安娜·考珀的早逝是她的过错,她准备好了和她的表弟一起接受讯问。我不由得再次思考,每天在这里工作究竟是一种什么滋味,被大大小小的骨灰罐包围,它们无时无刻不在提醒你,迟早有一天,你,连同生前的一切成就,都会被装进这小巧的罐子中。顺便说一句,霍桑没有介绍我。他从来不这么做。他们一定以为我是他的助手。

康沃利斯开口道:"警察已经找我录过口供了。"

"是的,先生。"霍桑竟然称呼他先生,有意思。我立刻察觉,他在和证人、嫌疑人或是任何可能为查案提供帮助的人打交道时,都像变了一个人似的。他会表现得像个普通人,甚至有些谄媚。我越了解他,越是发现他在故意这么做。这样一来,他们在跟他说话时就会降低警惕。他们不知道他是什么样的人,不知道他只是在等待合适的时机对他们进行解剖。对他来说,礼貌是外科口罩,是他亮出手术刀之前迅速戴上的面具。"因为这起案件的特殊性,我被要求进行独立的协助调查。很抱歉占用你的时间……"他冲殡仪馆馆长露出假惺惺的微笑,"你介意我吸烟吗?"

"这,其实……"

已经太迟了。香烟已经夹在他的唇间,打火机腾起火苗。劳斯小姐皱着眉头,顺着桌面滑过来一个锡制碟子,让他弹烟灰。我注意到碟子侧面刻着一行字:授予罗伯特·丹尼尔·康沃利斯,二〇〇八年度最佳殡葬承办人。

"你介意回顾一下你与考珀太太见面那天的情形吗,从头开始?"

罗伯特·康沃利斯照做了,讲话时的语气一如既往的克制,是多年来与失去亲人的家属打交道练就的口吻。霍桑也许对我在第一章中画蛇添足的内容颇有微词,但康沃利斯的陈述或多或少印证了我写的内容。考珀太太通情达理，外表干练，说话有条不紊。她没有预约就来到了殡仪馆，临走前已经把一切安排妥当。

回想起来，我对罗伯特的描述可能有失公允。我笔下的他愁眉苦脸，也许我把这个人与他的职业混淆了。这次见面我惊讶地发现，他是如此平凡。抛开运尸、防腐液、下葬和眼泪，我相信他一定非常和蔼可亲，如果你在聚会上认识他，会很高兴和他聊聊天。不过最好不要问他的职业。

"考珀太太和你聊了多长时间？"霍桑问道。艾琳·劳斯回答得干脆利落，像报时钟一样精准，仿佛一直在等他这么问似的。"她在这里待了五十多分钟。"

"我正要说，大概有一个小时，"康沃利斯附和道，"我们详细地沟通了全部细节，还有价格。"

"她需要付多少钱？"

"艾琳可以为您提供一份完整的价格明细。考珀太太在布朗普顿公墓已经有了一块墓地，这省了一大笔钱。近年来，伦敦的墓地价格飞涨，赶上了房地产增长的速度。最终的价格，包括国教教会的埋葬费和掘墓人的报酬，一共是三千英镑。"

"三千一百七十英镑。"劳斯小姐纠正他。

"她是用信用卡付款的吗？"

"是的。她支付了全款，尽管我向她保证有十天的冷静期，万一她想法有变。在这方面，我们类似于双层玻璃推销员。"他开了个小玩笑，把自己逗乐了。艾琳·劳斯则皱起了眉头。

"那笔钱你们是怎么处理的？"我插了一句，"我是说，如果她没有死……"

"我们会把它托管。我们属于一家叫黄金宪章的信托公司，他们负责打理款项，当然，也可以计算通货膨胀。"在内心深处的某个角落，我突然冒出了一个念头。这家殡仪馆也许乐于看到考珀太太过世，因为通过为她举行葬礼，他们是最先能从中获利的一方。可如果她已经付过款了，那就是另外一回事了。我庆幸刚才没有提出这个想法。

即便如此，霍桑还是没好气地瞥了我一眼，提醒我，我刚才的"贡献"惹得他心烦。"你觉得她当时的心情怎么样？"他完全转换了话题，问道。

"和任何一位来这里的人是一样的，"康沃利斯回答说，"她有点局促，至少开始是这样。在这个国家，谈及死亡，我们擅长沉默以对。我总是说我们没效仿瑞士人的做法真是可惜了，他们发明了所谓的'死亡咖啡馆'①，给人们提供了一个边喝茶吃蛋糕边谈论死亡的机会。"

"如果有一杯茶，我不会拒绝。"霍桑说。

康沃利斯瞥了一眼劳斯小姐，劳斯起身，踩着重重的步子走出了房间。

"你说她早已计划好了葬礼的全部细节。"

"是的，她记录下来了。"

"你还有那份记录吗？"

"没有了，她是随身携带的。我留了一份复印件，附在了我寄给她的总结中。"

"你觉得她当时有紧迫感吗？她有没有告诉你为什么专门挑那天前来？"

"她似乎并没有认为自己身处危险之中，如果你是这个意思

---

①死亡咖啡馆（Café Mortel）这一概念起源于瑞士社会学家伯纳德·克瑞塔兹，二〇一一年由英国人乔恩·安德伍德在伦敦举办了全球第一场死亡咖啡馆的活动。在中国，"死亡咖啡馆"被更名为"死亡茶社"。

的话。"康沃利斯摇摇头,"为自己安排葬礼很常见,霍桑先生。她没有生病,既不紧张也不害怕。我已经和警察说过了。我还告诉他们,我和劳斯小姐得知她死亡的消息时非常震惊。"

"你为什么要给她打电话?"

"抱歉,你说什么?"

"我有她的电话记录。你下午两点零五分给她打了一个电话。她当时刚到环形剧院,参加一场董事会议。你跟她的通话时长约一分半钟。"

"你说得没错。我需要她丈夫的墓地号码,"康沃利斯微笑着说,"我必须联系皇家公园教堂办公室登记葬礼,她唯独漏掉了这条信息。有件事我也许应该提一下。我和她通话时,听到她正在和人争论,电话那头有争吵声。她说会给我回电话,当然,她没有再打来。"

艾琳·劳斯端着霍桑的茶回来了。她把茶杯放在桌上,杯碟碰撞,发出咔嗒咔嗒的声响。

"霍桑先生,还有什么可以为您效劳的吗?"康沃利斯问道。

"我很想知道……你们俩都跟她说过话吗?"

"艾琳领她来的这间办公室——"

"我在接待区和她简短地交谈过,但我没有留下来参加会议。"劳斯小姐一边坐下,一边打断了他说话。

"她独自在这个房间里待过吗?"

康沃利斯皱起眉头:"多么奇怪的问题啊!您为什么想知道这个?"

"我只是感兴趣。"

"没有,我一直陪着她。"

"就在她离开之前,去过盥洗室。"劳斯小姐说。

"你是说厕所。"

"是的,那是她唯一一次独处。我带她到厕所门口,就在走廊上,然后陪她一起回来拿东西。我还想要补充一句,她离开时的状态非常好。如果要说和之前有什么不同,那就是她整个人都舒了一口气——人们来这里通常都会这样。事实上,这也是我们应该提供的服务。"

霍桑咕咚咕咚三大口就把茶灌进了肚子。我们起身离开。这时,我脑海里突然冒出一个念头:"她没有提起过蒂莫西·戈德温这个人吧?"

"蒂莫西·戈德温?"康沃利斯摇了摇头,"他是谁?"

"是她在一场车祸中意外撞死的男孩,"我说,"他有个哥哥,叫杰里米·戈德温……"

"真是不幸。"康沃利斯转头看向艾琳,"她有和你提过其中哪个名字吗,艾琳?"

"没有。"

"我怀疑这两件事没有关系。"在对话进行下去前,霍桑打断了我们的讨论。

他伸出一只手:"谢谢你抽空与我们见面,康沃利斯先生。"

我们离开殡仪馆,走到大街上的时候,他突然把矛头对准了我。

"帮我一个忙,老兄。和我一起去了解情况时,永远不要问任何问题,什么都不要问,行吗?"

"你就希望我一声不吭地坐在那儿?"

"没错。"

"我不傻。"我说,"也许可以帮上忙。"

"好吧,你至少在某一点上犯了错。但关键是,你不是到这儿来帮忙的。你说这是一本侦探小说。而我才是侦探,就这么简单。"

"那你告诉我,你查到了什么?"我说,"你去过犯罪现场,查看过通话记录,还和殡仪馆馆长交谈过。你现在查到什么了吗?"

霍桑思考着我说的话。他面无表情,有那么一刻,我以为他要立刻和我拆伙。可他只是用同情的语气对我说。

"戴安娜·考珀知道她要死了。"

我等他继续说下去,可他只是转过身,怒气冲冲地沿着人行道头也不回地往前走。我思考了一下"手边的选项",最后还是跟了上去,努力追赶他的脚步。

第六章　证人证词

我对戴安娜·考珀不太了解，但是我早已心知肚明，不可能有一群人排着队想要谋杀她。她是一个老妇人，独居的寡妇，虽不是大富大贵，但也家境殷实。她是剧院的董事会成员，儿子还是小有名气的演员。她有睡眠障碍，养了一只猫。没错，她投资了一位制片人的戏剧，损失了一笔钱；雇用了一个有前科的清洁工，可是这两人有什么理由要勒死她呢？

值得注意的一件事是，她撞死过一个小男孩，致使他哥哥重伤。这起意外事故是她粗心大意所致——她没有戴眼镜。而且，更过分的是，她肇事逃逸了。尽管如此，她还是被释放了。如果我是蒂莫西·戈德温和杰里米·戈德温的父亲，或者和他们有任何关系，我可能都会恨不得杀了她。而这一切恰好发生在十年前。好吧，九年零十一个月前。差不多。

这是一个明显的谋杀动机。如果戈德温一家当时住在伦敦北部的哈罗山丘，我不明白为什么我们没有直奔那里，我向霍桑表达了这样的疑问。

"一步一步来，"他回答说，"我想先和其他人谈谈。"

"那名清洁工？"我们此时正坐在一辆出租车上，出租车绕过谢珀德－布什市广场附近的环岛，向艾顿驶去，安德莉亚·卡卢瓦涅克就住在那里。霍桑还给雷蒙德·克鲁尼斯打过电话,我们之后会和他见面。"你不是在怀疑她吧?"

"我怀疑她对警察撒了谎,是的。"

"还有克鲁尼斯?他和这个案子有什么关系?"

"他认识考珀太太。百分之七十八的女性谋杀案件都是熟人作案。"我还没来得及打断他,他就继续说道。

"真的吗?"

"你是电视剧编剧,我以为你早就知道了。"他按下车窗升降按钮,打开窗,点了一根烟,没有理睬车内禁止吸烟的标志。"丈夫、继父、情人……从统计学上讲,他们最有可能是凶手。"

"雷蒙德·克鲁尼斯都不是。"

"他有可能是她的情人。"

"她看见了那个脑损伤的男孩,杰里米·戈德温!她说她很害怕。我不知道你为什么要浪费时间。"

"禁止吸烟!"司机冲着对讲机不满地咕哝了一句。

"滚开。我是警察。"霍桑镇定自若地回答道,"你用的那个词是什么来着?套路。这是我的规矩。"他把嘴里的烟呼出窗外,但是风又把它吹回了出租车里。"从和她最亲近的人着手,向外排查,就像挨家挨户的走访。你得从被害人的邻居查起,而不是从巷尾的某户人家。"他转过头看着我,再次质问,"你有意见吗?"

"在伦敦闲逛似乎有点疯狂,还是我掏钱。"我悄悄地补上了后半句。

霍桑没再说话。

在经过一段似乎很漫长的车程之后,出租车在南艾顿庄园边停下,几处街区杂乱地分布在这片区域,房屋星罗棋布,耸立的塔楼在战争结束时如雨后春笋般陆续落成,如今已经有几十年的历史。草坪、树木、人行道、人造景观——但总体效果令人沮丧,因为有这么多房屋挤在一起。我们经过一座滑板公园,似乎多年无人问津,然后进入地下通道,墙壁上随意画着粗犷的涂鸦,首尾相连,彼此融合。没有班克西①的涂鸦作品。

一群二十多岁穿着连帽衫或运动衫的年轻人坐在阴影中,用阴沉怀疑的目光打量着我们。所幸,霍桑似乎认识路,我紧跟着他,不禁回想起海伊文学节上那个女人对我说过的话。也许这就是她口中所说的现实。

安德莉亚·卡卢瓦涅克住在其中一座塔楼的三层。霍桑事先给她打过电话,她知道我们要来。我看过警方卷宗,知道她有两个孩子,但现在是下午一点半,孩子们应该都在学校。她的公寓打扫得很干净,但是面积很小,餐桌旁摆着三把椅子,电视前放着一张沙发,除此之外没有多余的家具。甚至最能言善道的房产中介也不好意思说客厅是开放式的。厨房与客厅融为一体,分不出哪里是厨房的入口,哪里是客厅的尽头,这就是间一室一厅的公寓,我不知道他们晚上怎么睡觉。也许孩子们睡在卧室里,而她只能睡在沙发上。

我们和她隔着桌子面对面而坐。挂钩上挂着锅碗瓢盆,与后脑勺近在咫尺。安德莉亚没有为我们提供茶水或咖啡。她在铺着福米加塑料贴面板的餐桌对面狐疑地盯着我们。她个头娇小,肤色偏深,本人比之前照片里还要结实。她穿着一件T恤和破洞牛仔裤,一看就不是为了追求时尚而故意做出的设计。霍桑点了

---

① 班克西是一位匿名的英国涂鸦艺术家,他的街头作品经常带有讽刺意味,在旁附有一些颠覆性、玩世不恭的句子;其涂鸦大多运用独特的模板技术拓印而成。在世界各地不同城市的街道、墙壁与桥梁出现,甚至成为当地引人入胜的城市面貌。

一支烟,她也接过一支,我只好看着他们吞云吐雾,置身烟雾缭绕之中,暗暗揣度自己能否在身体被迫吸入二手烟导致病变前写完这本书。

一开始,霍桑表现得很客气。他用聊天般随意的口吻慢慢引导她吐露提供给警方的口供。之前我已经描述过,她当时走进屋子,看到了一具女尸,然后径直来到屋外报警,一直在外面等到警察来。

"你一定淋得很湿。"霍桑说。

"什么?"她狐疑地看着他。

"那天早上在下雨——你发现那具尸体的时候。如果我是你,就会在厨房里等。里面也有电话,没必要用自己的手机。"

"我去外面了。我全都说了。警察问我经过,我告诉了他们。"她的英语不是很好,她越是愤怒,就越是语无伦次。

"我知道,安德莉亚。"霍桑说,"我读过你在警察局的证词。但我大老远从伦敦那头过来和你当面交流,是因为我想让你告诉我真相。"

一阵沉默。

"我说的是实话。"她的话听起来没有什么说服力。

"不,你没有。"霍桑轻轻地叹了口气,好像他打心底并不想这么做,"你来这个国家多久了?"他问。

她神色立刻戒备起来:"五年。"

"给戴安娜·考珀工作了两年。"

"是的。"

"你一周为她工作几天?"

"两天。周三和周五。"

"你有没有告诉过她你遇到的小麻烦?"

"我没有麻烦。"

霍桑悲伤地摇摇头。"你遇到了很多麻烦事。在哈德斯菲尔德[①]——你之前落脚的地方。入店行窃。一百五十美元的罚款，外加支付商品价格。"

"你懂什么！"安德莉亚对他怒目而视。我暗自希望房间能再大一点，离她这么近让我有些不自在。"我吃不饱，没男人。我的两个孩子，小的四岁，大的六岁，饿着肚子。"

"所以你就从慈善商店偷东西。好吧，那家店名叫'拯救孩子'。我猜你是按字面意思理解的。"

"不是……"

"而且这是你第二次犯罪，"霍桑趁她来不及否认，继续说道，"你头上还顶着有条件不起诉的帽子，要我说，你很幸运，那位法官当时心情不错。"

安德莉亚仍然一副目中无人的表情。"我为考珀太太工作了两年。她很照顾我，我不需要偷东西。我是诚实的人。我照顾我的家人。"

"好吧，你要是进了监狱，就没办法照顾家人了。"霍桑留出时间让她慢慢消化这个事实，"你要是对我撒谎，这就是你的结局。你的孩子会被送去福利机构——或者被遣送回斯洛伐克。我想知道你拿了多少钱。"

"什么钱？"

"你的雇主存放在《里海王子》的铁罐里的钱。你知道里海王子是谁吗？他是纳尼亚传奇系列中的一个角色。她的儿子达米安·考珀出演过那部电影。她把那个罐子放在厨房里。我看过里

[①]哈德斯菲尔德是英国中北部的一座工业城市。

面，发现了几枚硬币。"

"没错，那是她存钱的地方。但不是我拿的。是小偷拿走了。"

"不对。"霍桑很生气。他瞳孔的颜色更深了，夹着香烟的手攥成拳头。"小偷去过那里，没错。翻箱倒柜，仿佛想让我们知道他来过一样。但这次不一样。罐子被放回原处，盖子也拧紧了。那人一定是在电视里看过太多犯罪连续剧，还清理了罐子上的指纹。我想你不明白，罐子表面上一定会留下一些指纹。你的、你雇主的，所以我猜测，你从中取出了一沓钞票，没有留意硬币。里面有多少钱？"

安德莉亚闷闷不乐地凝视着他。我不知道她听明白了多少。

"钱我拿的。"

她终于松口了。

"多少钱？"

"五十英镑。"

霍桑面露愠色："多少？"

"一百六。"

他点了点头："这就对了。而且你没有在外面等警察。外面下着瓢泼大雨，你为什么要这么做？我想知道的是，你还做了什么？还拿了什么东西？"

我看到安德莉亚内心在挣扎，她不得不做出决定，是承认有进一步的不轨举动，却可能让自己锒铛入狱；还是冒着再次激怒霍桑的风险欺骗他？最后，她向理智低了头。她站起来，从厨房抽屉里取出一张折叠起来的纸，交给了霍桑。他把纸展开，读道：

考珀太太：

你以为你可以摆脱我，但我不会放过你。我向你保证，我说的这些只是开始。我一直在盯着你,我知道你最宝贵的东西是什么。你要付出代价。相信我。

这是一封手写信,没有签名,也没有日期和地址。霍桑抬起头,探究的目光从信上移开,落在安德莉亚身上。

"三周前,"她解释说,"有人登门。他和考珀太太一起待在客厅,我在楼上的卧室,但我听到他们在说话。他非常生气……冲她大喊大叫。"

"什么时候的事?"

"星期三,大约一点钟。"

"你看清他的长相了吗?"

"他离开时,我从窗口往外看,但是外面在下雨,他打着伞。我什么也没看见。"

"你确定是个男人?"

安德莉亚考虑了一会儿:"我想是的,没错。"

"那这个呢?"霍桑举起手中的那封信。

"在她卧室的桌子上。"安德莉亚竭力表现得有些羞愧,但我想她只是害怕霍桑会对她做出什么举动。"她死后,我四处看了看,发现了这个。"她稍作停顿,"我认为是这个男人杀了蒂布斯先生。"

"蒂布斯先生是谁?"

"考珀太太养了只猫,是只灰色的大猫。"她伸出手,给我们比了比它的大小。"她星期四给我打过电话,告诉我不要过来。她非常难过,说她的蒂布斯先生走了。"

"你为什么要拿走这封信?"我问她。

安德莉亚看着霍桑,似乎是在征求他的同意,无视我的问题。

霍桑点了点头，把信折起来，塞进口袋。我们离开了。

"她拿走这封信，是因为她认为自己能从中赚一笔。"霍桑说，"也许她认识那个拜访戴安娜·考珀，打着雨伞的男人。或是她以为能找到他。不过，她是个投机分子。她知道警方会调查这起谋杀案，觉得可以拿这件东西做做文章。"

我们在回程途中又打了一辆出租车，因为还有一个人要见：雷蒙德·克鲁尼斯，剧院制片人。戴安娜·考珀去世当天曾与他共进午餐。我现在坚信这纯属浪费时间。霍桑口袋里的线索一定可以确认凶手的身份。"你要付出代价。"这再清楚不过了吧？但他只字不提与安德莉亚·卡卢瓦涅克的会面。霍桑陷入了沉思。实际上，不仅如此，他整个人都沉浸其中。这是我从他身上发现的一个品质，他是一个只有在专心办案的时候才会生机勃勃的人。谋杀案件或其他恶性案件就是他的精神寄托，是他整个人"存在的理由"[①]——这又是一个时髦的说法，我相信他一定不喜欢。

克鲁尼斯与安德莉亚·卡卢瓦涅克生活的环境截然不同。他家就在大理石拱门后面，康诺特广场附近。我一点都不惊讶这是一位剧院制片人的住处。这栋建筑本身就像一个用红砖砌成的舞台，一个不可思议的二维空间。气派的大门、完美对称的彩绘窗户。一切都是崭新的，甚至金属栏杆一侧的垃圾箱也整齐划一地排成一行。一段楼梯通往有独立入口的地下室。上方还有四层。

[①] Raison d'etre，法语。

我猜想，眼前这处伦敦市中心、有五间卧室的房产，至少价值三千万英镑。

霍桑没有什么反应。他不耐烦地按着门铃，仿佛对这里怀有敌意。街上没有行人。我有种感觉，这里的房子大多是空的，是外国商人的财产。托尼·布莱尔不就住在附近吗？作为核心地段，我之前从未真正涉足过这片特别的区域。完全不像身处伦敦。

每部经典侦探小说中都有一个管家角色。当门打开时，我从未想过会在二十一世纪看到这样一幕场景。克鲁尼斯有一位管家，真实存在的，他穿着细条纹西装，马甲、手套一应俱全。他和我年龄相仿，深色的头发梳成后背的油头，神情高贵，他一定每天都在练习，把表情做到位。

"下午好，先生。请进。"他不必问我们的名字，他在等候我们的到来。

两间待客室之间有一条宽敞的走廊，地板上铺着华丽的地毯，天花板增高了两倍。它看起来并不像某人的家，更像是酒店，那种会员制的酒店，不接待单次付费的客人。我们爬楼梯的时候，一幅画吸引了我的注意，那是霍克尼[①]的泳池画，画上的男孩刚好消失在水面之下，接着是弗朗西斯·培根的三连画。我们来到楼梯平台，映入眼帘的是罗伯特·梅普尔索普[②]的巨幅裸照，虽然只显示了一部分。那是一张黑白照片：背景是白色的，

[①]大卫·霍克尼，一九三七年生于英国布拉德福德，被称为"英国艺术教父"，是艺术圈中著名的同性恋艺术大师。游泳池系列是霍克尼颇具代表性的一系列画作，他画泳池，记录池水的波纹，画泳池里的人体变形，给泳池拍照，围绕这个主题与色调形成了一种独特的生活美学。
[②]罗伯特·梅普尔索普，美国著名艺术家，于一九七〇到一九八〇年间拍摄了不少颇具争议的单一影像黑白照片。

凸显出深色调的臀部和勃起的阴茎。这幅照片旁边立着一个裸体牧羊人的古典雕塑。当我们路过这些露骨的同性恋主题艺术品时，霍桑看上去有些局促。他紧抿着嘴唇，身体因为厌恶而紧绷着。

一个如洞穴般的拱门通向楼上的客厅，拱门跨度有房间全长那么长，目及之处摆放着各式家具、灯具、镜子和艺术品。这一切都价格不菲，但更让我吃惊的是，这里没有丝毫人情味。一切都是崭新的，彰显着主人卓绝的艺术品位。我徒劳地寻找着有人在这里生活过的痕迹：一张丢弃的报纸或是一双沾了泥的鞋子。在这处伦敦的核心地段，它显得如此的安静，让我想起了雕刻精美的石棺，好像它的主人故意把身前的富贵都一股脑地装了进来。

然而，当雷蒙德·克鲁尼斯终于出现时，我发现他出奇的普通。他大约五十岁，穿着蓝色天鹅绒外套，内搭翻领针织衫，跷着腿，泰然自若地坐在宽大的沙发正中间，我不禁好奇，在我们登门前，管家是否拿出卷尺，事先量好了他应该坐在哪里。他身材健美，一头浓密的银发，淡蓝色的眼睛狡黠地看过来，他似乎很高兴见到我们。

"请坐吧。"他做了一个戏剧性的手势，示意我们坐在对面，"你们要喝咖啡吗？"他没等我们回答，就说，"布鲁斯，给我们的客人来点咖啡吧。把松露巧克力也端上来。"

"是的，先生。"管家退下了。

我们落座。

"你们来这里是为了可怜的戴安娜吧。"他没等霍桑提问，就开口说道，"发生这样的事，我真的很震惊。我是通过莎士比亚环形剧院与她相识的，那是我们第一次见面的地方。当然，我曾经和她的儿子达米安共事过,他是一个非常、非常有才华的年轻人。他出演过我在干草市场上演的戏剧《不可儿戏》,取得了巨大的成功。我一直都知道他的演艺之路会走得很远。当警察告诉我发生了什么事时,我难以置信。世上没有人会想要伤害戴安娜。她是少有的那类只给遇见的人送去仁慈和善意的人。"

"她去世的那天你和她共进过午餐。"霍桑说。

"在穆拉诺咖啡馆,是的。我看到她出站。她在马路对面向我招手,我以为一切都挺好的。可等我们坐下,我立刻看出她魂不守舍,可怜的家伙。她很担心她的小猫咪,蒂布斯先生。猫叫这么个名字,难道不滑稽吗?它不见了。我和她说不要担心。它可能是追老鼠或者追其他什么东西去了。但我看得出她心事重重。她没待多久,她那天下午还要参加董事会的会议。"

"你说你们是老朋友,但据我了解,你们吵架了。"

"吵架?"克鲁尼斯听起来很惊讶。

"她投资了你的一部剧,赔了钱。"

"哦,看在老天的分上!"克鲁尼斯打了一个响指,轻描淡写地否认了这一指控,"你说的是《摩洛哥之夜》吧。我们没有争吵。她很失望,她当然失望了。我们俩都失望!投资那部剧,我亏损的比她还多,我可以向你保证。但做生意就是这样。我刚给《蜘蛛侠》投了钱,私下告诉你们,那完全就是一场灾难。与此同时,我却拒绝了《摩门经》。有时候人就是会看走眼,她明白的。"

"《摩洛哥之夜》是什么?"我不解道。

"是一个爱情故事,发生在北非的一座古堡中。两个男孩:一个是士兵,一个是恐怖分子。它的评分很亮眼,是根据一部非常成功的小说改编的——但观众就是不喜欢。也许是因为剧情太暴力了，我不知道。你看过吗？"

"没有。"我实话实说。

"问题就在这里，其他人也没看过。"

布鲁斯回来时端着一个托盘，上面放着三只精致的咖啡杯和一个碟子，里面盛着四块堆成金字塔形状的白松露巧克力。

"你之前的哪项投资取得了成功呢？"霍桑问道。

这句话让克鲁尼斯感觉受到了冒犯。"你往四周看看，探长。如果我没有投资过一些票房冠军的话，你认为我能住上这样的房子吗？我是《猫》那部音乐剧最早的投资者之一，如果你真想知道的话，之后我还投资了安德鲁[①]的每部音乐剧。《舞动人生》《怪物史莱克》，还有《恋马狂》中的丹尼尔·雷德克里夫……我想，我可以说，我取得的成就已经超出了我应得的那份。《摩洛哥之夜》应该能火，但你永远也说不准。这就是投资音乐剧的商业逻辑。但有件事我可以向你保证，当我们预见到事态发展不妙的时候，戴安娜·考珀对我本人没有意见，她知道自己的处境，毕竟她投的钱算不上可观。"

"五万美金？"

"霍桑先生，这对你来说可能是一大笔钱。对很多人来说也是。但是戴安娜负担得起。不然，她之前也不会投资。"

一阵短暂的沉默过后，我看见霍桑正用那双明亮而不饶人的眼睛打量着另一个男人。我以为他要说什么冒犯的话，但实际上他提问的语气很克制："她有没有和你说过那天早上她去过哪里？"

"午餐之前？"克鲁尼斯眨了眨眼睛，"没有。"

[①] 安德鲁·韦伯，《猫》和《歌剧魅影》音乐剧的作者。

"她去了南肯辛顿区的一家殡仪馆,为自己安排了葬礼。"

克鲁尼斯拿起其中一只咖啡杯,小心翼翼地捧在面前。不一会儿,又把它放回桌上。"真的吗?你的话确实让我感到意外。"

霍桑问道:"她没有在穆拉诺咖啡馆提起这件事吗?"

"当然没有提过。如果她提过,我会毫不犹豫地告诉你。这种事肯定令人印象深刻。"

"你说她心事重重。她有跟你说过她在担心什么吗?"

"嗯,有。她提起过一件事。"克鲁尼斯回忆了片刻,"我们在谈论钱的时候,她提到过有人在纠缠她。和她住在肯特郡时发生的那起事故有关。那是我们认识后不久发生的一场意外。"

"她撞倒了两个孩子。"

"是的。"克鲁尼斯冲我点点头。他再次拿起咖啡杯,抿了一口,咽下去。"那是在十年前。她的丈夫得癌症去世后,她一个人生活……太凄惨了。她丈夫是一名牙医。很多名人都是他的客人,他们住在一栋漂亮的房子里,就在海边。她当时住在那里,事故发生时,达米安和她在一起。我记得他好像是在巡回演出的空档,也可能是在忙 BBC 的事情。我记不清了。

"不管怎么说,那绝对不是她的错。那两个孩子有保姆看着,却跑到马路上去买冰激凌,她当时正开车拐弯,没能及时刹车——但这家人并没有因此放过她。我实际上和法官聊了很久,他很清楚,戴安娜不用负任何责任。当然,整件事让她非常难过。之后不久,她便搬回伦敦——据我所知,她再也没有开过车。唉,也不能怪她,不是吗?经历这种事是多么可怕啊!"

"她有没有和你说是谁在纠缠她?"霍桑问道。

"嗯,说了。是两个男孩的父亲艾伦·戈德温。他去过她家里,提出了各种要求。"

"他想要什么?"

"他找她要钱。我告诉她不要牵扯进去。那件事都过去很久了,和她再无瓜葛。"

"她提过他给她写信的事吗?"我忍不住问道。

"是吗?"克鲁尼斯的目光飘向远处,"没有,我想没有。她只是说他找过她,她不知道该怎么办。"

"等等,"霍桑插了进来,"你说你跟法官聊过天是怎么回事?"

"哦——我认识他,奈杰尔·威斯顿是我的朋友。他也是投资人,投资过音乐剧版本的《一笼傻鸟》,挣了一大笔钱。"

"所以,克鲁尼斯先生,你是说戴安娜·考珀开车撞死了一个孩子。她曾投资过你的剧。判她无罪的那个法官也是一位投资人。出于兴趣,我想知道,他们两个见过面吗?"

"我不知道。"克鲁尼斯似乎很戒备,"我不这么认为。希望你不是在暗示这其中存在某种不当行为,探长。"

"好吧,如果有的话,我们会查清楚的。威斯顿先生结婚了吗?"

"我不知道,你问这个干什么?"

"无可奉告。"

可我们下楼梯的时候,霍桑却怒气冲冲,而这一次,经过梅普尔索普时,他丝毫没有掩饰他的厌恶。我们离开那栋房子,绕过街角,他点燃了一支香烟。我看看他怒不可遏地抽烟,拒绝和我进行眼神交流。

"怎么了?"最后,我主动开口问他。

他没有回答。

"霍桑?"

他转头看着我，目光喷火。"你觉得没什么不妥，是吗？那个该死的基佬，坐在那儿，被那堆淫秽的东西包围。"

"什么？"我由衷地感到震惊——不是被他的想法，这我早猜到了——而是被他说话的口气。他吐出"基佬"两个字的时候，尾音很重，听起来像外来口音，很刺耳。

"首先，那不是淫秽的东西。"我说，"你知道其中一些东西值多少钱吗？其次，你不能这样叫他。"

"什么？"

"你的措辞。"

"基佬？"他冲我冷笑道，"你不会觉得他是直的吧？"

"我认为这和他的性取向无关。"我说。

"嗯，也许吧，托尼。要是他和他的法官朋友狼狈为奸，帮戴安娜·考珀逃脱法律的制裁……"

"这就是你问威斯顿有没有结婚的原因吗？你认为他也是同性恋？"

"我不会感到惊讶，那种人会抱团取暖。"

我不得不斟酌自己的用词。突然之间，毫无征兆地，我意识到一切都变了。

"你在说什么？你说的'那种人'是什么意思？你不能这么说话。没有人这么说话了。"

"好吧，也许我会。"他对我怒目而视，"我相信，你有很多同性恋朋友。你是一名作家，在电视行业工作。但要我说，我不喜欢他们。我觉得他们是一群变态，如果我走进某人的家，看到墙上有巨大的生殖器，发现他们有一个变态的朋友，把钱投进愚蠢的音乐剧里，也许还受人游说，妨碍司法公正，那我可不吝于表达我的想法。对此，你有意见吗？"

"是的。我确实有意见,实际上,有很大的意见。"

我简直不敢相信我听到的话。初次见面时,霍桑曾一两次挖苦过几位出演《正义与否》的男演员,但出于某种原因,我从未想过,他也许是恐同人士。如果他确实如此,我绝不可能答应写他。他有句话说对了。我确实有许多密友是同性恋,如果我要以霍桑为原型创作男主人公,如果我给他机会发表意见,我的朋友很快就会和我绝交。我意识到,我可能会陷入窘境。那些批评家会怎么看?他们会把书撕成碎片。突然之间,我仿佛看到,我的全部事业都被冲进了下水道里。

我转身离开。

"托尼?你要去哪里?"他在我身后呼唤,语气听起来真的很吃惊。

"我要坐地铁回家,"我说,"明天给你打电话。"

走到大街的尽头时,我回头看了一眼。他还站在那里,目送我走远,就像一个被抛弃的孩子。

第七章　哈罗山丘

那天晚上，我和妻子一起去了国家剧院。我设法弄来了几张丹尼·博伊尔①制作的《科学怪人》的票，可我担心无法好好欣赏。我不知道霍桑会怎样评价乔尼·李·米勒这位演员，开头二十分钟，他一直在舞台上裸奔。我们晚上十一点三十左右才回到家，我妻子径直上床睡觉，但我一直到深夜都没有睡，忍不住为这本书担心。我还没有和她聊过今天发生的事，我知道她会说什么。

如果我坐下来创作一本原创的侦探小说，我不会选择像霍桑这样的人当主角。这个世界充斥着脾气暴躁的中年白人侦探，我想要构思出与众不同的人物。盲人侦探、醉汉侦探、强迫症侦探、通灵侦探……单独拎出来，不管哪个都能被读者接受，可这四种类型兼具的侦探会怎样呢？其实，我更倾向于创作一名女性侦探，像《谋杀拼图》②中的莎拉·隆德。我很乐于将她刻画得更年轻，更有活力，更加独立，穿不穿厚实的针织衫都无关紧要。我还会赋予她幽默感。

---

①丹尼·博伊尔，英国导演，一九五六年生于曼彻斯特，其作品极具后现代视听风格，被视为希区柯克、库布里克和昆汀·塔伦蒂诺的混合体。
②也叫《谋杀》(The Killing)，改编自丹麦剧集《谋杀拼图》(Forbrydelsen)。

霍桑无疑是聪明的。我们一起在不列颠尼亚路的那栋房子里时，他灵光的头脑就给我留下了深刻的印象，很快事实就证明，他对清洁工偷钱的判断是正确的。说起这个，还有那只消失的猫。梅多斯警督见到他可能不高兴，但我有种感觉，他虽然嘴上不承认，但内心还是尊重霍桑的。伦敦警部的某位高层显然对他也有很高的评价。"你又收养了一只小狗！"我还记得他是如何以迅雷不及掩耳之势看穿了我——去过哪里，做过什么。他确实很聪明，甚至可以说是机智。

问题是，我不太喜欢他，这使得这本书难以为继。作者和他笔下主人公的关系是非常奇特的。以少年间谍亚历克斯·莱德为例。我写他有十多年了，尽管我有时会嫉妒他（他不会变老，人人都喜欢他，他拯救了世界十几次），我却一直很喜爱这个角色，总是迫不及待地想要回到我的办公桌前跟随他冒险。当然，他是我创造的。我控制着他，并确保迎合了年轻读者的全部喜好。他不抽烟，不说脏话，也没有枪。当然，他不恐同。

这就是我脑海里挥之不去的想法：霍桑对雷蒙德·克鲁尼斯的反应。在那栋房子外面他说的话让我错愕万分。我甚至不明白，他为什么对其他事情遮遮掩掩，却唯独在这件事上对我袒露心声？

有人说，这年头，人们太敏感了，因为我们是如此害怕冒犯别人，我们根本不再进行任何严肃的讨论。但事实就是如此。这就是为什么电视上的政治对谈节目让人感到如此乏味。所有公开场合的对话，措辞稍有不慎就会越界，惹上大大小小的麻烦。

我记得有次我参加一个广播节目，有人问我关于同性恋婚姻的问题。当时有件事引起了轩然大波：一对在康沃尔郡开旅馆的基督徒夫妻拒绝给一对同性恋情侣提供房间。我谨慎作答。首先,我明确表示,我百分之百赞成同性婚姻,我不同意旅馆老板的做法。然而,在确定了这一前提后,我才继续说,我们应该尝试了解他们的观点,至少那是基于某种宗教信仰(即使我不认同),也许他们不该经受邮件辱骂和死亡威胁。我们需要包容的心态,允许偏狭的存在。我以为那次我表述得还算妥当。

可这并没有阻止源源不断的恶评攻击我的推特账号。有几名老师写信对我说,我的书永远不会再出现在他们的学校里。还有人认为应该把我的书焚烧殆尽。现如今,世上的事非黑即白,一个二十一世纪的小说家创作恐同人物没有问题,更加理智的处理方式是,把那个角色塑造成邪恶的大反派。

我坐在办公室里,凝视着窗外法灵顿的大地上起重机的红光渐次亮起,星星点点,那是横贯城铁在施工。我问自己,还能不能继续与霍桑合作。最开始是什么吸引我投身其中,如果继续下去,我又能得到什么好处?趁我还没有全力以赴之前,最好现在就分道扬镳,着手别的项目。夜深了,困倦感渐渐袭来。我本来打算读的那本书——丽贝卡·韦斯特的《背叛的意义》,面朝下放在我的电脑旁。我伸出手,将它拽到跟前。这才是我应该花时间的地方。二十世纪四十年代于我而言更加安全。

就在这时,电话铃声响起。我低头看着屏幕,是霍桑发来的一条短信。

  尤尼寇咖啡厅
  哈罗山丘
  上午九点半。早餐。

哈罗山丘是戈德温一家住的地方。他是在用这种方式告诉我，那是他接下来要去的地方。

　　我真的很想知道是谁杀了戴安娜·考珀。这是事实。不管我喜欢与否，都已经牵扯进来了。我不久前还站在她的客厅里，想象她如何生活……和死去。我见过地毯上的血迹。我想知道是谁给她寄了一封匿名信，那个人是否就是带走猫咪的人。霍桑和我说过，她知道自己命不久矣。那怎么可能呢？若真如此，她为什么不去警察局？最重要的是，我想见戈德温一家，尤其是杰里米·戈德温——"那个大脑受损的男孩"。也许，有一天，我会在报纸上偶然看到一篇文章，得知了破案的经过。霍桑甚至可能会找别人为他写书。可这些都不够理想。

　　我想亲自去那里。

　　我灵机一动，我可以制定自己的规则。谁说我必须一五一十地记录发生的一切？我完全没有必要提及霍桑对雷蒙德·克鲁尼斯的评价。我可以删除他评论那张黑白裸照的只言片语，只字不提其他催生整件事的艺术品。实际上，我可以按照自己的心意描写他。没有什么能阻止我把他塑造得更年轻、更睿智、更柔和、更迷人。这是我的书！直到它出版他才能看到，那时木已成舟。只要书能卖，他也不会在意这些。

　　而与此同时，我知道我不能这么做。霍桑走进了我的生活，他就是他。如果我擅自改变了他，那将会激起池塘中的第一道涟漪，迈出颠覆进程的第一步，一切将再次回到虚构的世界。我可以看见自己在重塑他与之交谈过的所有人，他去过的所有不同地方。那个该死的罗伯特·梅普尔索普将是第一个离开的人。这么做有什么意义呢？还不如回到以前的老路，编造整个案件。

　　上午九点半，哈罗山丘。

　　我仍然拿着手机，意识到前进的道路只有一条——尽管那意味着我将颠覆我的创作方式,也就是说,我在其中扮演的角色。我不必为霍桑撒谎,也不需要保护他。他自己可以照顾自己。但是我会质疑他的一些态度……实际上,我有义务这样做。否则,我将不得不迎接狂风暴雨的洗礼,面对我心有余悸的那种批评声。

我刚知道他对同性恋有意见。好吧,我不会以任何方式容忍这一态度,可我会弄清楚他为什么这么想,倘若最终连我也能理解他一点,那么肯定不会有人再抱怨。这本书才会有价值。

也许他本人就是同性恋。毕竟,当位高权重的政治家或神职人员公开发表讲话反对同性恋时,他们往往会被发现是隐藏得很深的同志。我不想拆穿他。尽管之前有种种纠葛,我却根本不想伤害他。但是突然之间,我发现自己也有了一个目标。

我要调查这位侦探。

我拿起手机,输入了三个字:

那里见。

然后上床睡觉。

尤尼寇咖啡厅就在哈罗山丘站所在的那条路,在地铁线附近、破败购物步行街的尽头。霍桑已经点好了早餐:鸡蛋、培根、吐司和茶。令我惊讶的是,这是我第一次见到他坐下来吃顿像样的早餐。他小心翼翼地吃着,仿佛对面前的东西抱有疑虑,他快速地切开食物,然后用叉子尽可能快地送进嘴里,迫不及待地想要摆脱它们。从他吃饭的架势,我看不出他是在享受吃进嘴里的食物。我以为他会为我们上次的不欢而散致歉，但他只是对我笑了笑。他一点也不惊讶我露面了。我想他应该从来没想过我会不来。

我在他对面的座位坐下，点了一个培根三明治。

"你怎么样？"他问我。

"我很好。"

如果我的语气听上去有些疏远，他也完全没注意到。"我对戈德温一家做了点调查。"他边吃边说，但不知怎的，食物并没有妨碍他的表述。他旁边的桌子上放着一个记事本。"父亲艾伦·戈德温，"他继续说道，"他自己做生意，是一名活动策划人。他的妻子朱迪思·戈德温在一家儿童慈善机构兼职。他们只有一个儿子。杰里米·戈德温现在十八岁了。大脑损伤。根据医生的说法，他需要全天候的照料——但这可以有很多种解读。"

"你能为他们表现出哪怕一点点难过吗？"我不满道。

他从盘子上方抬起头，一脸困惑："是什么让你觉得我不难过呢？"

"你喋喋不休地陈述事实的样子。'他们只有一个儿子。'当然是一个啊！另一个被撞死了。至于那个还活着的孩子，你还暗示他可能是假装残疾之类的。"

"看得出你今天一大早就心情不好。"他喝了一口茶，"我对杰里米·戈德温一无所知，除了我被告知的内容。除非戴安娜·考珀认错了，不然在她死亡的那晚，很可能是他溜下床或是从轮椅上下来，长途跋涉来到不列颠尼亚路。而且不要忘记，就在昨天，还是你急着要到这里一探究竟。你可以把他们当场抓个现行：艾伦·戈德温、朱迪思·戈德温，还有杰里米·戈德温。如果他具备作案能力的话。要是我哪句话说错了，你可以纠正我。"

我的培根三明治上桌了,可我实在没有胃口。"我只是说,你可以对人更加温和一些。"

"这就是你来这里的原因吗?因为你想和嫌疑犯勾肩搭背,称兄道弟?"

"不是。但是……"

"你来这里的理由和我一样。你想知道是谁杀死了戴安娜·考珀。如果是他们中的某人干的,那个人就会被逮捕。如果不是,我们就离开,永远不会再见到他们。无论哪种情况,我们对他们的看法和感觉都无所谓。"

他翻过一页记事本。他在上面做了笔记,字迹干净整齐,一丝不苟。他的字很小,不戴眼镜我都看不清。"我把这起事故的经过做了一个总结,如果不会惹你太心烦的话……一个八岁的孩子被撞死了。"

"继续。"我说。

"与雷蒙德·克鲁尼斯和我们说的出入不大。他们住在迪尔的皇家酒店……就两兄弟,还有他们的保姆玛丽·奥布莱恩。他们整天都在沙滩上消磨时光,在回家的路上,孩子们横穿马路去对面买冰激凌。在法庭上,保姆的表述有些磕绊,但她发誓说当时路上没有车辆经过。她错了。他们跑到半路,拐角处驶来一辆汽车,撞向他们。保姆侥幸脱险,两个孩子一死一伤,然后肇事车辆驶离现场。当时周围有不少人,有很多目击者。如果戴安娜·考珀没在几小时后自首,她会惹上大麻烦。"

"你认为她应该被无罪释放吗?"

霍桑耸了耸肩:"你该去问辩护律师。"

"她认识法官。"

"她有位熟人认识法官,这是两回事。"他似乎忘记了昨天是他一直在暗示其中存在不当行为。"法官认识很多人,"他补充道,"不一定意味着有非法的勾当。"

我们在阴郁的沉默中吃完了早餐。女服务员递来账单。霍桑看都没看一眼。他在等我付钱。

"这是另外一回事。"我说,"到目前为止,我注意到,我们每次喝咖啡、打车,都是我付钱。如果这次合作我们俩是五五开,也许我们应该以相同的方式分担费用。"

"好吧!"他听起来的确很惊讶。

话刚说出口,我就已经后悔了。这次的不满更多是出于我对前一天那件事的抵触,而不是真的希望和他分担费用。我看着他拿出钱包,取出一张十英镑的纸币,那纸币软塌塌、皱巴巴的,要不是通过颜色,我都没法确定它的面额。他把钱放在桌上,就像放下从阴沟里打捞起的一片秋天的落叶。他的钱包里再没有纸币的影子。即使我的观点是合理的,我的所作所为也让自己显得小气又卑鄙。顺便提一句,这大概是霍桑最后一次付钱,我之后再也没有抱怨过。

我们一起走出咖啡馆。我其实对哈罗山丘很熟悉。《正义与否》的很多场景都是在这里拍摄的,这里复古的大街就像置身于黑斯廷斯的街道。令人惊讶的是,再在音轨上加一些海鸥的叫声,几乎能以假乱真。我上的第一所寄宿学校就在这附近,五十年过去了,这里几乎没什么变化,让我备感意外。它仍然是那处遗世独立的存在,绿树成荫,不染凡俗,俯瞰着伦敦北部延伸开来的那片郊区。

"所以,你昨晚干了什么?"我们继续赶路的时候,我问霍桑。

"什么?"

"我只是想知道你做了什么。出去吃晚饭了吗?在研究案情吗?"他没有回答,所以我补充了一句,"为了这本书。"

"我吃过晚饭,做了一些笔记,就上床睡觉了。"

但是吃的什么?和谁上床睡觉?有没有看电视?甚至他家里有没有电视呢?

他没有告诉我,我也没有时间追问。

我们来到罗克斯伯勒街上一栋维多利亚式的房屋前,那幢房子有三层楼高,由深红色的砖砌成,总让我不由得联想到狄更斯的小说。它与主路隔着一条碎石子路,双车库,第一眼看上去,我就心头一震,我从未见过哪栋建筑像它这样散发着挥之不去的悲伤气质——几近废弃的贫瘠的花园,剥落的油漆,窗栏花坛里枯萎的花,没有透着一丝光亮的空洞窗口。

这就是戈德温一家的住处……或者说,是幸存的三口之家。

第八章 受伤的人

我最喜欢的编剧之一是奈杰尔·克奈尔，他创作了古怪的夸特马斯教授这一角色，还写了一部令人不寒而栗的电视剧，叫《石头记》，暗示房屋的结构——砖头和灰浆，也许能够吸收和"重播"各种情绪，包括它曾经见证过的恐怖。当我进入位于罗克斯伯勒大街戈德温一家的住所时，我想起了那部电视剧。这是一栋昂贵的房子。在哈罗山丘，这个面积的房产都价值几百万英镑。走进门厅，里面冷飕飕的——可能比屋外还冷，而且光线不足。它向主人呼唤着请求装修，想要焕发新生。地毯有轻微磨损，上面污渍斑斑。空气中弥漫着一股潮湿或干腐的气息，但实际上那只是痛苦的气味，被这栋房子记录下来，不断重复，直到存放不下为止。

开门的是一个五十多岁的女人。她大概比过世的戴安娜·考珀年轻十到十五岁。她用猜疑的目光打量着我们，仿佛我们是上门来兜售东西的推销员。事实上，她的全部肢体语言都透露着戒备。她就是朱迪思·戈德温。我轻易就能想象，她在为慈善机构工作。她身上有一种脆弱的特质，好像她自己就需要慈善机构的帮助，却打心底里知道自己永远不会如愿一样。那场改变她人生的悲剧依然如影随形。而当她向你求助或是借钱，那一定又是私事。

"你是霍桑吗？"她问。

"很高兴见到你。"霍桑的语气真诚，我发现他再次换上了另一副面孔。他与安德莉亚·卡卢瓦涅克打交道时很严厉，与雷蒙德·克鲁尼斯相处又很冷淡，一副公事公办的模样，而现在他又向朱迪思·戈德温展现出了随和有礼的一面。"谢谢你答应见我们。"

"你们想来厨房坐坐吗？我泡点咖啡。"

霍桑没有说明我是谁，她似乎也不感兴趣。我们跟着她进入楼梯另一侧的房间。厨房里要暖和一点，但同样单调而过时。有趣的是，你肯定想不到大件的家具可以向你讲述多少关于这栋房子和它主人的故事。冰箱安装的时候，应该价格不菲，但那已经是很久之前的事了。如今它面板泛黄，有磁铁留下的坑坑洼洼的痕迹，还有旧的便利贴，记着食谱、电话号码和紧急联络地址。烤箱上附着一层油脂，洗碗机因为过度使用而显得破旧。还有一台洗衣机，缓慢地转动着，浑浊的水流不时拍打着窗口。房间打扫得干净整洁，但需要花钱维护。还有一只生了皮癣的威玛犬，口鼻处灰扑扑的，在角落里打盹，我们进去的时候它忽然啪地甩了一下尾巴。

我和霍桑在一张大而无当的木桌旁坐下，其间朱迪思·戈德温已取下咖啡机的过滤网，在水龙头底下冲洗过后，开始煮咖啡。她边干活边和我们说话。我看得出她是那种从来不一次只做一件事的女人。"你们想和我聊聊戴安娜·考珀。"

"我想警察已经找你问过话了。"

"简短地聊过几句。"她去冰箱里取出一盒牛奶，闻了闻，然后随手丢在料理台上。"他们给我打电话，问我有没有见过她。"

"那你见过吗？"

她转过身，目光挑衅。"十年没见了。"接着，她又忙碌起来，把饼干放进盘子里。"我为什么要见她？我为什么会想要靠近她？"

霍桑耸了耸肩。"得知她的死讯，你应该不会很难过吧？"

朱迪思·戈德温停下了手中的活。"霍桑先生，你刚才说你是谁？"

"我在协助警方办案。这是一个非常棘手的案子，涉及方方面面。所以他们叫我加入。"

"你是私家侦探？"

"顾问。"

"你的朋友呢？"

"我和他一起工作。"我说。这是事实，言简意赅，不会引出其他问题。

"你想说是我杀了她？"

"完全没有。"

"你问我有没有见过她，还在暗示她死了我很高兴。"壶里的水沸腾了，她忙关掉开关。"好吧，关于第二点，你没说错。她毁掉了我的生活，毁掉了我们全家的生活。自打她上了那辆她本不该开的车，坐在方向盘后的那一刻，她就杀死了我的孩子，夺走了我生命中的一切。我是一名基督徒，会去做礼拜。我试过原谅她，可当我听说有人杀了她的时候，要说一点都不开心，那我一定是在骗你。这也许是一种罪过，我这么想可能不对，但她是罪有应得。"

我看着她默默地煮咖啡，经她手的过滤网、咖啡杯和牛奶都没有幸免，成为她发泄怒火的对象。她端着托盘来到餐桌旁，在我们对面坐下。"你还想知道什么？"她问道。

"你能告诉我们的,我都想知道。"霍桑说,"不如从那场意外开始讲起?"

"意外?你是说我的两个儿子在迪尔的遭遇。"她露出一丝苦笑,"多么轻描淡写的说法,不是吗?一次意外。就像洒了牛奶,或是撞上了另一辆车。他们给我打电话的时候,我正在市区。他们是这么说的:'恐怕发生了一场意外。'就算是当时,我也以为可能是家里或工作上出了什么事,从没想过我的蒂米会躺在太平间里,而我的另一个孩子永远无法过上正常人的生活。"

"你当时为什么没有和他们在一起?"

"我正在开会。我当时在庇护所工作,威斯敏斯特有一场为期两天的活动。我丈夫去曼彻斯特出差了。"她稍作停顿,"我们现在分开了,你也可以怪那场意外。当时孩子们正在放期中假期,我们决定让保姆带他们一起旅行。她带他们去了海边,入住的那家酒店有特别优惠。那是我们选择它的唯一理由。男孩们兴奋不已。城堡、海滩,还有拉姆斯盖特的隧道。蒂米有丰富的想象力。他生命中的一切都是一场冒险。"

她倒了三杯咖啡,让我们自己加糖和牛奶。

"玛丽,就是保姆,跟着我们一年多了,她很能干。我们完全信任她——尽管我们一遍又一遍地回想事情经过,却从未想过这是她的错。警方和所有目击者也都认同。她现在还跟着我们。"

"她在照顾杰里米?"

"是的。"过了片刻,朱迪思才继续说道,"她觉得自己有责任,当杰里米终于可以出院时,她发现自己无法丢下他,就留下来了。"她再次停下来,努力回忆那段痛苦的往事。"他们三个去了海滩,还踩了水。那天风和日丽,但还没有暖和到可以下水的地步。马路就在海滩旁,隔着一道低矮的防波堤。孩子们看见了冰激凌店，尽管玛丽大声喝止，但他们还是冲了过去。我一直不明白他们为什么要这么做。虽然他们只有八岁，但平时都很懂事。

"即便如此，考珀太太也应该能及时刹车。她有充裕的时间，但她没有戴眼镜，迎面撞了过去。后来我们才发现，她裸眼视力几乎看不清马路对面。她就不应该开车。结果，蒂米当场身亡。杰里米被撞飞了，头部严重受伤，但他侥幸活了下来。"

"玛丽没有受伤吗？"

"她很幸运。她跑到前面，想去抓住孩子们。那辆汽车险些就撞到了她。事情经过都是我庭审时听到的，霍桑先生。考珀太太没有停车。后来，她和警察说，她当时惊慌失措，但是你扪心自问，什么样的女人才能做出这种事？把两个受伤的孩子留在马路上！"

"她想回家去见她的儿子。"

"没错。达米安·考珀。他现在是大名鼎鼎的演员，当时他陪着她。律师说她这么做是为了保护他，不想让媒体因此对他大肆报道。如果她说的是真话，那可真是有其母必有其子。总之，那天晚些时候，她自首了——可那只是因为她别无选择。现场有很多证人，她知道人们看到她的车牌了。你也以为量刑的时候法官会考虑到这一点吧？可似乎没什么区别，她还是被无罪释放了。"

她拿起那盘饼干，递给我一个。

"不用了，谢谢。"与此同时，我却在想，在这样一场对话的间隙，她竟然能做出如此家常的举动，这是多么匪夷所思啊！可我猜，她就是这样。过去十年里，她在迪尔那场车祸的阴霾下惶惶度日，直到那件事对她来说已经成为一种全新的日常。就像她在疯人院里被关了太长时间,已经忘记自己其实是个疯子。

"戈德温太太,我知道这可能会触及不好的回忆,"霍桑说,"可我还是要问一句,你和你丈夫究竟是什么时候分开的?"

"霍桑先生,这个问题不算什么。实际上,恰恰相反。自从接到那通电话之后,我就再没有什么感觉了,也许这种经历就是会让人变成这样。你去上班或是拜访朋友,也许是在愉快地度假,一切似乎都很完美,忽然就发生了这种事,让人有点难以置信。我从没真正相信过。甚至在蒂米的葬礼上,我也一直在等着某个人过来拍拍我的肩膀,把我叫醒。你看,我有一对漂亮的双胞胎。他们方方面面都很完美。我的婚姻幸福,艾伦的生意也进展顺利。我们那时刚买下这栋房子……就在出事的前一年。直到一切破灭,你才恍然大悟,原来这一切那么脆弱。而就在那天,一切美好都被粉碎了。

"我和艾伦相互指责,责怪对方没有陪着孩子,让他们先去了那里。他当时在曼彻斯特出差。我想我刚才说过,我们之间的关系有些紧张。婚姻都是艰难的,特别是当你有一对双胞胎的时候。失去蒂米之后,我们的关系就再也无法回到从前。虽然我们进行过婚姻咨询,尽了一切努力挽救这段关系,但我们必须面对事实,我们的婚姻走到头了。其实,就在几个月前,他搬出去了。我想,我们也不能算是完全分开了,只是无法忍受继续在一起生活了。"

"你能告诉我在哪里可以找到他吗?和他聊聊也许有帮助。"

她在纸上草草地写下地址,然后递给霍桑。"这是他的手机号,你可以给他打电话。在我们卖掉这处房产之前,他住在维多利亚火车站附近的一间公寓里。"她突然停了下来,可能原本无意透露这个信息。"艾伦的生意最近进展不太顺利,"她解释说,

"我们负担不起这栋房子了,所以打算把它卖掉。我们是为了杰里米才住在这里。这是他的家。因为他的伤,我们认为待在他熟悉的地方会更有利于他康复。"

霍桑点点头。每次他打算发起进攻的时候,我总是能猜到。就好像有人在他面前挥舞着一把刀,我看到刀光在他眼中一闪而过。"你说你没见过戴安娜·考珀。那你知道你丈夫找过她吗?"

"他没有告诉过我,我无法想象他为什么要那么做。"

"那上周一你没有去过她家附近吧?她死的那天。"

"我告诉过你了,没有。"

霍桑微微摇了摇头:"但你在南肯辛顿露过面。"

"什么?"

"那天下午四点,你从南肯辛顿车站出站。"

"你怎么知道?"

"我看了街道的监控录像,戈德温太太。你打算否认吗?"

"当然,我不会否认这个。那是戴安娜·考珀住的地方吗?"霍桑没有回答。"我不知道。我还以为她住在肯特郡。我那天去国王路购物,地产中介让我添置点家具,把房子装饰得亮堂点,我去了几家家具店。"

她的话听起来不太可信。房子年久失修,朱迪思·戈德温手头拮据。这就是她卖房子的原因。她真的觉得添置几件昂贵的家具就能有什么不同吗?

"你丈夫提过他给考珀太太写信的事吗?"

"他写信了吗?我对此一无所知,你得问他。"

"杰里米呢?"霍桑提到他的名字时,她浑身僵硬了。他迅速接下去:"你说他和你住在一起。"

"是的。"

"他能接近她吗?"

她思考了片刻,我看不出她是否打算请我们离开。但事实上,她再次保持了冷静。"我相信,你知道我儿子八岁那年受过重伤,霍桑先生。大脑的颞叶和枕叶受损,这两个区域控制人的记忆、语言和情绪、视觉。他现在十八岁了,但是他永远都无法过上正常人的生活。他有很多障碍,包括短时记忆与工作记忆丧失[①]、失语和注意力不集中。他需要全天候的照料。"

她稍作停顿。

"他确实离开过房子,可他无法独自外出。任何暗示他可以接近考珀太太,与她沟通或是伤害她的说法,都既可笑又过分。"

"不过,"霍桑说,"就在考珀太太被人谋杀之前,她发了一条相当奇怪的短信。如果我的理解没错的话,她声称见过你儿子。"

"那也许你的理解有偏差。"

"她的说法很明确。你知道他上周一在哪里吗?"

"我当然知道,他在楼上。他现在就在楼上。他不常离开房间,当然,也从不独自外出。"

身后的门开了,一个年轻女人走进厨房,她穿着牛仔裤和宽松的针织衫。我立刻认出她就是玛丽·奥布莱恩。她从长相到举止都像个保姆,浑身上下透着严肃,粗壮的双臂交叉在胸前,脸颊圆润,留着又黑又直的长发。她看上去不过三十五岁左右,事故发生时她大概才二十五岁。

"抱歉,朱迪思,"她说,带着明显的、独特的爱尔兰口音,

[①] 短时记忆指的是那些能够维持几秒至几分钟的记忆,而工作记忆指的则是对已知和新的信息提供临时存储和处理的大脑系统。短时记忆强调的是记忆维持的时间,工作记忆强调的是信息的存储和操作。工作记忆只是一种特殊的短时记忆。

"我不知道你有客人。"

"没事,玛丽。这是霍桑先生和……"

"安东尼。"我补充道。

"他们在问戴安娜·考珀的事。"

"哦。"玛丽拉下脸,眼睛瞟向身后的门。也许她在想能不能离开,也许还希望从未进来过。

"他们可能想和你谈谈迪尔发生的那件事。"

玛丽点点头。"你们想知道什么,我都告诉你们。"她说,"虽然,天知道,我已经说过不下一千次了。"她在餐桌旁坐下。她在这栋房子里住了这么多年,早已与朱迪思平起平坐。她把这里当成自己家一样。不过,与此同时,朱迪思却起身,挪到了房间的另一头,不知道她们之间的关系是否有些紧张。

"那么,我能为您提供什么帮助?"玛丽开口问道。

"你可以给我们讲讲那天发生了什么。"霍桑说,"我知道你之前已经说过很多次了,但听你亲口说,可能会对我们有帮助。"

"好吧。"玛丽保持镇定,朱迪思在一旁观看。"我们来到沙滩上。我答应孩子们,回酒店前他们可以吃冰激凌。我们当时住在皇家酒店,就在不远处。孩子们被叮嘱过,要牵着我的手才能过马路。通常他们不会自己乱跑——可那天他们玩得筋疲力尽,头脑不是很清楚。他们看到冰激凌店后,变得很兴奋,我还没反应过来,他们已经向马路对面跑去。

"我追赶他们,试图抓住他们。就在这时,看到了一辆汽车驶来——是一辆蓝色的大众。我确信它会停下来,但事实并非如此。我还没碰到他们,汽车就撞了过去。我看到蒂莫西倒在一侧,杰里米被撞飞了。我还以为他伤得最重。"她瞥了一眼雇主,"我不想当着你的面重提这件事,朱迪思。"

"没事,玛丽。他们需要知道事情经过。"

"汽车摩擦地面,发出刺耳的声响。我当时离马路只有不到二十米的距离。我以为司机会下车,可她没有。相反,她突然加速,扬长而去。"

"你有亲眼看到考珀太太在方向盘后面吗?"

"没有。我只看到了她的后脑勺,甚至连这个我也记不清了,我当时怔住了。"

"接着说。"

"没有太多要补充的了。很快周围冒出了一群人,冰激凌店旁边是一家药店,老板率先赶来。他叫特拉弗顿,帮了大忙。"

"那冰激凌店里的人呢?"

"那家店关门了。"朱迪思说,声音里透着一丝苦涩。

"更让人难过的是,孩子们没注意到。"玛丽附和道,"总之,商店关门了。只是在门上有个布告牌,他们没看到。"

"后来发生了什么?"

"警察赶到现场,来了一辆救护车。他们带我们去了医院……我们三个。我唯一记挂的就是孩子们,但我不是他们的母亲,警察不肯和我说。我叫他们打电话给朱迪思……还有艾伦。当他们终于赶来,我才得知情况。"

"警察找到戴安娜·考珀花了多长时间?"

"两小时后,她的儿子达米安开车把她送到了迪尔警察局。她不可能逃脱。有目击者看到了她的车牌,所以警察知道那辆车是谁的。"

"你后来见过她吗?"

玛丽点点头。"我在庭审时见过她,但没跟她说话。"

"那之后你就再没有见过她?"

"没有。我为什么要见她？她是这个世界上我最不想见到的人。"

"上周她被人杀了。"

"你想说是我干的？这可真荒谬，我甚至都不知道她住在哪里。"

我不相信她说的话。现如今，找到任何人的住址都很容易。而且，她肯定有所隐瞒。我仔细端详玛丽·奥布莱恩，这才发现她比我一开始想得更有魅力。她身上透着淳朴的气息，未染世故，显得楚楚动人。但是，与此同时，我却不信任她。我总有种感觉，她对我们有所隐瞒。

"霍桑先生认为杰里米可能去过那里。"朱迪思·戈德温说。

"完全不可能，他一个人去不了任何地方。"

霍桑没有一丝慌乱。"可能确实如此。但不妨告诉你，就在考珀太太被人谋杀前，她发了一条颇为奇怪的短信，暗示她见过他。"他对保姆诘问道，"周一那晚你们两个在家吗？"

玛丽毫不犹豫地回答："在。"

"你没有陪戈德温太太去南肯辛顿购物吗？"

"杰里米讨厌商店，给他买衣服就是一场噩梦。"

"你不如和他聊聊？"朱迪思提议，玛丽面露惊讶之色。"让他们亲眼看看，这是最简单的方法。"朱迪思对霍桑说道，"如果你想的话，可以问他一些问题。即便如此，我还是希望你可以小心一点。他很容易心烦。"

我和保姆一样惊讶，但我想，想要摆脱我们，这是最简单的方法。霍桑点点头，朱迪思领我们上楼。楼梯在我们脚下吱呀作响。爬得越高，这栋房子看起来越是老旧寒酸。我们来到了二楼，穿过楼梯平台，进入一间曾当作主卧的房间，从窗口可以眺望罗克斯伯勒大街。如今主卧让给了杰里米，是他的卧室兼起居室。朱迪思敲了敲门，没等回应就领我们走了进去。

"杰里米？"她说，"有两个人想见见你。"

"他们是谁？"男孩背对着我们。

"是我的朋友，他们想和你说说话。"

从我们进门起，杰里米·戈德温就一直坐在电脑前。他在玩游戏，好像是《格斗之王》。听他说话，你立即就能觉察出不对劲。他说话不连贯，就好像隔着一堵墙在说话，时断时续。他体重超标，黑色长发乱蓬蓬的，穿着宽松的牛仔裤和变形的厚实毛衣。卧室里贴着埃弗顿足球队的海报，床上铺着印有埃弗顿队标志的被子，那是一张双人床。屋里收拾得井井有条，但仍然显得破旧，仿佛无人问津。

杰里米结束了一局比赛，按下暂停按钮。当他转身面对我们时，我看到了一张圆脸，厚嘴唇，两颊上留着稀疏的胡须。你盯着他棕色的眼睛，明显能看出他大脑受过伤，让人心疼。他的目光里没有好奇，也无法与我们眼神交流。我知道他今年十八岁，但他看上去更加老成。

"你是谁？"他问道。

"我是霍桑，你妈妈的朋友。"

"我妈妈没有很多朋友。"

"肯定不是的。"霍桑环顾四周，"你的房间很漂亮，杰里米。"

"它以后就不是我的房间了，我们要卖掉它。"

"我们会给你找个一样漂亮的地方。"玛丽说，她与我们擦身而过，在床上坐下。

"我希望我们不用搬走。"

"你有没有想问他的？"朱迪思站在门口，迫不及待地盼着我们离开。

"你经常出门吗,杰里米?"霍桑问他。

我看不出这个问题有什么意义。这个年轻人永远都无法独自前往伦敦市中心,他身上似乎没有一点攻击性。那场事故把它从他生命中夺走了,连同他之后的人生。

"有时候出去。"杰里米说。

"但不是一个人。"玛丽补充道。

"有时候,"他反驳道,"我会去看爸爸。"

"我们给你叫了出租车,他在目的地等你。"

"你去过南肯辛顿吗?"霍桑问道。

"我去过很多次。"

"他不知道在哪里。"他母亲平静地说。

我再也待不下去了,静悄悄地退后,第一次主动离开。霍桑跟在我身后。

朱迪思·戈德温把我们带到了楼下。

"保姆留在你们家,功劳值得肯定。"霍桑说,语气似乎很感动,但我知道他是想要挖出更多信息。

"玛丽一心扑在孩子身上,那场事故发生后,她不愿意走。我很高兴她留在这里。对于杰里米来说,生活保持连贯很重要。"她的语气冷冰冰的,我察觉出她的言外之意。

"你搬家后,她还会和你们在一起吗?"

"我们还没有讨论过这件事。"

我们走到大门口,她打开门。"我希望你们不要再登门,"她说,"杰里米讨厌生活被打扰,他和陌生人打交道非常困难。我允许你们见他,是为了让你们清楚他的情况。但我们与戴安娜·考珀的事无关。警察也不认为我们牵涉其中,其余的我们真的无话可说了。"

"谢谢,"霍桑说,"你提供了很多帮助。"

我们离开那栋房子,大门在身后关上。

刚走到大门外,霍桑就掏出一包香烟,点燃一支。我明白他的感受。我很高兴能呼吸到室外的新鲜空气。

"你为什么不给她看这封信?"我问他。

"什么?"他甩了甩火柴,把火熄灭。

"我很惊讶你没有给她看戴安娜·考珀收到的那封信,就是你从安德莉亚那里拿到的那封。信也许就是朱迪思写的,或者是她的丈夫写的。她也许能认出笔迹。"

他耸耸肩,思绪飘在别处。"那可怜的小子。"他喃喃自语道。

"发生这种事太可怕了。"我说,而且我发自内心这么觉得。我的两个儿子坚持要在伦敦骑自行车,还常常忘记戴头盔,我吼他们也不管用——可我能做什么呢?他们都是二十多岁的人了。对我来说,杰里米·戈德温就是我心中最惧怕的噩梦的化身。

"我有一个儿子。"霍桑突然硬邦邦地冒出一句,回答了我大概二十四小时之前问他的那个问题。

"他多大了?"

"十一岁。"霍桑有些沮丧,他的思绪还在别处游离。但我还没来得及细问,他却突然针对我,"他也不读你写的那些玩意儿。"

他手指夹着香烟,举到唇边,兀自离去。我跟了上去。

当我们离开的时候,发生了一件奇怪的事。也许是出于本能,或是某个动作无意间碰巧被我捕捉到,我发觉有人正在监视我们。我转过身,凝视着刚离开的那栋房子。一个人影站在杰里米·戈德温房间的窗户边,注视着楼下的我们,我还没来得及看清楚是谁,那人就退后了。

第九章　明星的魅力

当我们走到地铁站时,霍桑的手机响了。他接起这通来电,但是没有称呼对方。他默默地听了大约半分钟,然后挂断了电话。

"我们要去趟砖巷。"他说。

"为什么?"

"那个败家子回来了。达米安·考珀回伦敦了。百忙之中抽出时间赶回来,对他来说一定不容易。他妈妈已经死了一个多星期了。"

我思考了一会儿他刚才说的话。"刚才是谁?"我问他。

"什么?"

"电话里。"

"这有什么相干?"

"我只是对你获取信息的途径感兴趣。"霍桑没有回答,所以我继续说道,"你知道朱迪思·戈德温去过南肯辛顿站,有人帮你取得了观看监控录像的权限。你还清楚安德莉亚·卡卢瓦涅克有过前科。作为前任警察,你的消息似乎格外灵通。"

他露出了那个标志性的表情,好像我刚才的话既让他意外又冒犯了他。

"这不重要。"他说。

"这很重要。如果我正在写关于你的书,不能凭空捏造。如果你会在车库和人接头,就要告诉我。你乐意的话,我们可以叫他'深喉'。不行,算了。我需要知道真相。你显然有帮手,那个人是谁?"

我们穿过街道,经过一群穿着哈罗公学校服的男生:蓝色外套,系着领带,戴着平顶硬草帽。

"我不知道他们有没有意识到自己看起来就像傻瓜一样。"霍桑说。

"他们看起来挺好的,不要转移话题。"

"好吧。"他皱了皱眉头,"是我之前的总督察。我不会告诉你他的名字。他觉得我离开是因为被扣了个不该戴的帽子,所以对之前发生的事不太满意。事实上,他知道那些都是胡扯,总之,他需要我。我的意思是,你也见过梅多斯。就算你把重案组一半警察的智商加起来,还是达不到三位数。他让我以顾问的身份加入,自那之后就一直在用我。"

"像你这样为警方效力的人有多少?"

"只有我一个。"霍桑说,"还有其他顾问,但他们查不出什么结果。纯属浪费时间。"他的语气中没有恶意。

"砖巷……"我琢磨着这个名字。

"达米安·考珀是昨天坐商务舱从洛杉矶飞回来的。他的女朋友陪着他,她叫格蕾丝·洛威尔,他们有一个孩子。"

"你没提过他有孩子。"

"我提过他可卡因上瘾。据我所知,那对他来说更重要。他在砖巷有一幢公寓,我们现在就要去那儿。"

我们经过哈罗公学,然后折返,下山去车站。我开始思考我在整件事中扮演的角色。我天天跟着霍桑在伦敦四处奔波，这让我不由得担心：照这样下去，这本书不知会变成什么样。从不列颠尼亚路到殡仪馆，再到南艾顿、大理石拱门、哈罗山丘，接着是砖巷……比起侦探小说，倒更像是从 A 到 Z 游伦敦。我生气的是，杰里米·戈德温这条线索一无所获。戴安娜·考珀发短信说见过他，但他不可能独自在这座城市穿行，当然也无法施暴、有预谋地作案。可如果勒死她的人不是他，那凶手是谁？如果是我掌控着案件进展，到目前为止，我一定已经让凶手登场了。可现在，我没有丝毫把握目前见过的人中有谁是凶手。

还有一件事在困扰我。我还没有向我的文学经纪人提过这本书的事，她信心满满地期待与我的下次见面，还以为我会兴致勃勃地和她分享《丝之屋》之后构思的新作。我知道我迟早要面对她，可我有预感，她不会高兴。

我们乘地铁来到砖巷。要从伦敦西边一直到东边，打车的话不知猴年马月才能到。我们面对面坐下，车厢里几乎没什么人，门刚合上，霍桑就探着身子，问我："你想好名字了吗？"

"名字？"

"书名！"这么说，他也一直记挂着这本书。

"现在还为时过早，"我告诉他，"首先，你要破案。然后，我才能知道该怎么写。"

"你不先起书名吗？"

"不，当然不是。"

我从来没觉得起书名是件信手拈来的事。每年在英国出版的书有二十万册左右，尽管其中一些有知名作者的加持，大部分书封上却只有两到三个单词，占据不到零点零三平方米的陈列面积。书名要简洁、巧妙、意味深长，朗朗上口，便于记忆，还得是原创。要满足诸多要求。

许多让人眼前一亮的书名其实另有出处。《美丽新世界》《愤怒的葡萄》《人鼠之间》《名利场》……这些书名都另有出处。阿加莎·克里斯蒂创作的八十二本书中，许多书名都受到了《圣经》、莎士比亚、丁尼生①，甚至《鲁拜集》②的启发。我最中意的是伊恩·弗莱明的书名：《俄罗斯之爱》《你只能活两次》《你死我活》。他的书名能以现在的形态广为人知，就连他本人也觉得不容易。《你死我活》差一点就以《送葬者的风》为名出版了，《太空城》的备用名有"攻城秘密""攻城阴谋""攻城计划"，甚至一度还叫过"该死的礼拜一"。而《金手指》最初的名字是"世界首富"。

我没有为这本新书起名，我甚至不确定能否成书。

霍桑和我相对无言。任思绪游离，我看着眼前掠过一个又一个站点：温布利公园站、南汉普斯特德公园站，然后是贝克街站。贴着瓷砖的墙壁上浮现着福尔摩斯的剪影。③这时，我又想起了一位擅长起书名的大师，虽然柯南·道尔也常常再三思考，可倘若《血字的研究》④沿用最初的名字"一团乱麻"，它还会那么触动人心吗？

"我一直在想，可以叫'霍桑探案'。"霍桑突然说道。

---

①阿尔弗雷德·丁尼生（A.L.Tennyson，1809—1892），英国十九世纪的桂冠诗人，代表作有《悼念》。
②《鲁拜集》是十一世纪著名波斯诗人奥玛·海亚姆所作的四行诗集，由其学生整理而成。十九世纪，英国作家爱德华·菲茨杰拉德将《鲁拜集》翻译成英文，此后成为流传后世的文学经典。
③英国小说家阿瑟·柯南·道尔塑造的侦探人物歇洛克·福尔摩斯和其助手华生就居住在贝克街221B号，贝克街由此闻名。当地铁刚驶进贝克街站的时候满目的福尔摩斯剪影遍布车站的每一面墙上。
④《血字的研究》是英国著名小说家阿瑟·柯南·道尔于一八八七年所创作的推理小说，也是第一本以名侦探歇洛克·福尔摩斯为主角的作品。

"你说什么?"

"书名。"车厢里的人流越来越多,他来到过道这头,在我旁边坐下。"总归是第一本。我想,每本书的封皮上都会印着我的名字。"

"我从未想过要创作一个系列。"我必须要说,我的血液都快冷却了。

"我不喜欢这个名字。"我说。

"为什么不喜欢?"

我搜肠刮肚,终于想出一个理由:"有点俗套。"

"是吗?"

"《派恩探案》[①],阿加莎·克里斯蒂的作品。还有《海蒂探案》[②],之前太多了。"

"是的。好吧。"他点点头,"我再想想。"

我说:"不,你不用想了。这是我的书,书名我来想。"

"那要想个好的。"他叮嘱道,"和你说实话,我不太喜欢《丝之屋》这个名字。"

我不记得我什么时候和他提过这本书。"《丝之屋》是个非常好的书名,"我激动地大声反驳道,"这是个完美的书名。这听起来就像是歇洛克·福尔摩斯的故事,整个剧情就围绕这个展开。出版社非常喜欢这个名字,他们甚至打算在书里放一段白丝缎。"我的喊声盖过了轰隆作响的地铁噪声,这时我突然发现地铁到站了。列车停在了尤斯顿广场站,其他乘客正盯着我看。

"老兄,没必要这么敏感。我只是想帮点忙。"

[①]《派恩探案》是阿加莎·克里斯蒂一九三四年出版的一部作品,讲述了侦探帕克·派恩的探案故事。中文熟知的译名为《惊险的浪漫》。
[②]《海蒂探案》,又名《海蒂·温斯洛普探案集》,是BBC出品的一部探案题材的电视剧,讲述了六旬奶奶海蒂作为私家侦探探案的故事经历。

车厢门关闭,我们再次被带进了黑暗中。

实际上,我已经对达米安·考珀相当了解。我昨天晚上用谷歌查了他的资料。通常,我会避免使用维基百科。如果你有目标地寻找信息,维基百科很有帮助,但它包含太多错误信息,如果你是一个想表现得很权威的作家,最好不要轻信维基百科。不仅如此,成功的演员也可能会亲自编辑修正自己的词条,因此我更倾向于通过其他渠道搜索信息。幸好,相当一部分报纸刊载过报道达米安的文章,让我得以拼凑出他的过往经历。

一九九九年,他从英国皇家戏剧学院毕业后,就被知名的星探汉密尔顿·霍德尔挖掘。霍德尔的客户包括蒂尔达·斯文顿[1]、马克·里朗斯[2]和斯蒂芬·弗雷[3]。之后的两年,达米安在皇家莎士比亚剧团中出演了一系列角色:《暴风雨》中的缥缈精灵爱丽儿,《麦克白》中的马尔科姆,《亨利五世》的主人公。之后,他转战电视荧幕,出演了BBC制作的阴谋惊悚片《政局密云》,该剧于二〇〇三年播出。因在BBC另一部电视剧《荒凉山庄》中饰演的角色,他赢得了生平第一个英国电影与电视艺术学院奖提名,同年他凭借在《不可儿戏》中阿尔杰农一角斩获了晚间标准戏剧奖颁发的新人奖。据传闻,他拒绝了出演《神秘博士》的机会(大卫·田纳特接替了这一角色),到目前为止,他的事业在大荧幕颇有起色。他曾出演伍迪·艾伦执导的《赛末

---

[1] 蒂尔达·斯文顿(Tilda Swinton),英国演员、制作人、编剧,出演过《地狱神探》《奇异博士》等。
[2] 马克·里朗斯(Mark Rylance),英国演员,参演《间谍之桥》《敦刻尔克》等。
[3] 斯蒂芬·弗雷(Stephen Fry),英国演员、编剧、制作人、导演。参演《王尔德》《万能管家》等。

点》，接着出演了《凯斯宾王子》、两部《哈利·波特》、《社交网络》，还有二〇〇九年重新启动的《星际迷航》。同年，他搬到好莱坞，出演了两季《广告狂人》。当时，飞行员一角还没有人选。最后，他在《国土安全》系列中担任主演，搭档克莱尔·丹尼斯和曼迪·帕廷金，他母亲去世时这部剧正要开拍。

我不确定他是在哪个阶段买下砖巷这间两居室公寓的，但那就是他在伦敦的住址。那间公寓在一间仓库的三楼，经过精心改装，刻意还原了仓库原本的特征：斑驳的木地板，裸露的横梁，老式的暖气和大量的砌砖。对于这间格外宽敞、双倍挑高的客厅，我的第一印象是：像假的。就像电视里的布景一样。客厅划分出不同的生活区。左边是一个工业风的厨房料理台；然后是一片配有复古真皮沙发和扶手椅的休息区，围绕着咖啡桌摆放；最后是一处升起的平台，装有玻璃门，通向屋顶阳台。我能看见阳台上摆着很多赤陶花盆，另一头还有一个煤气烧烤炉。沃立舍点唱机靠着远处那面墙摆放。公寓精心装修过，泛着金属光泽，还用霓虹灯装饰。一截螺旋形的楼梯通向上层。

我们赶到时，达米安·考珀已经在等我们了，他坐在厨房料理台旁的高脚凳上，身上同样散发着一种不真实的感觉：慵懒的姿态，衬衫敞着领口，金项链紧贴着胸毛，皮肤晒成了古铜色。他就像是在为时尚杂志的封面摆造型。他看起来帅气逼人——也许他自己也知道，乌黑发亮的头发梳成背头，蓝色的眸子炯炯有神，留着恰到好处的小胡子。他面带疲惫，也许是倒时差的缘故，可我知道他大部分时间都在警察局录口供。还有一场葬礼等着他安排——或者，至少说，出席。当然，葬礼已经有人事先替他安排好了。

他用对讲机为我们打开门，一边用手机通话，一边向我们挥手致意:"好的,好的。听着,我会尽快回复你。我这里有客人。照顾好自己,宝贝。再见。"

他挂断电话。

"嗨,抱歉。我昨天才回来,最近发生的事……简直太疯狂了。"他跨大西洋的口音就足以让人反感。我记得霍桑告诉过我,他遇上了财务危机,私生活不检点,还吸食毒品上瘾,我立刻就相信了他说的话。达米安·考珀让我浑身不舒服。

我们握了手。

"你们要喝咖啡吗?"达米安问道。他指着沙发,邀请我们坐下。

"谢谢。"

他家里有一台全自动、可以打奶泡的胶囊咖啡机。"真是一场噩梦。我可怜的母亲!昨天下午我和警察聊了很久,今天早上也是。他们告诉我这个消息时,我简直不敢相信……至少一开始的时候是。"他稍作停顿,"你们想知道什么,我一定知无不言。只要能帮你们抓住那个浑蛋……"

"你上次见母亲是什么时候?"霍桑问道。

"是我上一次结束工作,十二月的时候。"达米安打开冰箱,取出一些牛奶。"她想看看孩子,她有一个孙女。我们来这里比较容易。反正我有事要办,就一起过了圣诞节。她和格蕾丝相处融洽,我很高兴她们能多增进些感情。"

"你和你母亲很亲近。"霍桑说话的时候目光中闪过一丝异样,仿佛是在暗示什么。

"是的,当然了。我的意思是,我搬去美国,这对她来说不容易,可她非常支持我的工作。她为我做的事感到骄傲。我父亲很久以前就死了,而她始终没有再婚,我认为我的成功对她来说意义重大。"他冲了两杯咖啡，甚至在回忆他已故的父亲时，还不忘给咖啡拉花。他匆匆瞥了一眼他的作品，然后把咖啡杯递给我们，补充了一句："我刚听说这件事时伤心欲绝。"

"她已经去世一个多星期了。"霍桑说，语气中并没有敌意。

"我有事情要处理。我们正在排演一档新剧，我不得不把家门锁好，把狗托人照顾。"

"你养了一只狗。真好。"

"是只拉布拉多犬。"

正是这最后一句话让我不禁怀疑这位忧心忡忡、关怀备至、刚失去亲人的达米安·考珀或许不像他表面上那样真诚。他不光把他的新剧排在了第一位，竟然还告诉了我们他养的狗的品种——就好像这会对调查他母亲惨死的案件有所帮助似的。

"你们母子多久联系一次？"霍桑问道。

"大概一周一次。"他稍作停顿，"不管怎么说，至少半个月一次。她以前常常来这里，帮我照看这个地方，给阳台上的植物浇浇水之类的。她会回复我的邮件。"他耸耸肩，"我们不常联系。她很忙，时差也是障碍。我们会发很多短信和邮件。"

"她去世那天给你发过短信。"我说。

"是的，我告诉警察了。她说她很害怕。"

"你知道那条短信的意思吗？"

"她指的是那个在迪尔受伤的孩子。"

"他可不只是受伤。"霍桑插话道，他坐在沙发的角落里，跷起腿，颇有些慵懒，那样子更像是一名医生而不是什么侦探。"他脑部受到严重损伤，需要人全天候的照料。"

"那是个意外。"达米安突然变得激动起来。他在口袋里摸索，我猜他是想抽支烟，霍桑拿了自己的一支递给他。达米安接过来，两人都点着了烟。"你是想说他与案子有关吗？我花了半个下午的时间配合警察问话，他们没有提起他。他们认为母亲死于一场失控的入室盗窃案。"

"这一推测也许成立，考珀先生。但我的工作是掌握全面的信息。我感兴趣的是，关于迪尔，你有什么想告诉我们的吗？毕竟，你当时也在。"

"我又不在车里，老天哪！"他的手指穿过完美无瑕的发型。这是一个不习惯面对提问的男人——除非是接受时尚杂志的采访。这一次，房间里可没有公关人员来指导他如何回应。

"你看，那是十年前的事了。"他说，"妈妈还住在迪尔附近的村庄沃尔默。我们之前常住在那里，那是我出生的地方。爸爸死后，她想留下来。那栋房子对她来说很重要——房子，还有花园。那次是她过生日，我去陪了她几天。当时我在皇家莎士比亚剧团的一个角色刚刚杀青，还在读剧本，思考下一步的计划。那起事故发生在星期四。她去打高尔夫。我们原本打算那天晚上出去吃，可当她回到家后，魂不守舍。她说她忘记戴眼镜了，开车撞到了人。她知道他们受了伤，但她不知道自己撞死了其中的一个。"

"她为什么不停车？"

"霍桑先生，我不介意和你说实话。毕竟，你现在也不能起诉她了。事实上，她是担心我。我的事业刚有起色。我在《亨利五世》中的表演颇受好评，他们甚至说要把它带到百老汇。她觉得负面舆论会伤害我，而且，我不是说她没打算自首，她从未有过这种想法。她只是想先和我商量一下。"

"她杀了一个孩子。"霍桑忽然身体前倾，指责道。对于他突如其来的身份转变，我早已习以为常：从目击者变成公诉人，从朋友变成危险的敌人。

"我告诉过你,她不知道。"他稍作停顿,"总之,不管是否有价值,我必须要说,那起事故有很多地方说不通。"

"比如?"

"呃,保姆说,两个孩子跑过马路是要去对面的冰激凌店。但冰激凌店当时关门了,所以根本说不通。还有,那个消失的目击者也是一个疑点。"

"什么目击者?"

"就是最先出现在事故现场的那个人。他试图提供帮助,但当警察和救护车到达后,他突然就离开了,没人知道他是谁,也不知道他看到了什么。审讯和庭审时都没见过这个人。"

"你是在暗示你的母亲没有责任吗?"

"不是。"达米安吸了一口香烟。他拿烟的姿势就像黑白电影里的明星,拇指和食指圈成了一个O形。"我母亲应该戴上眼镜的,她自己也知道。你不知道那件事让她多难过。她再也没开过车。而且尽管会让她心碎,她还是意识到不能继续住在沃尔默了。几个月后,她卖掉了房子,搬到了伦敦。"

另一个房间里传来了手机铃声,几声铃响后,有人接起了电话。

"至于戈德温一家?"达米安耸耸肩,"她确实和他们有后续交流。毫无疑问,他们从未原谅她,也从未接受法院的判决。事实上,那家的父亲艾伦·戈德温在她去世前几周还纠缠过她。"

"你怎么知道的?"

"妈妈告诉我的。他还去不列颠尼亚路上的那栋房子找过她。你们能相信吗?他找她要钱,让她资助他快破产的生意。她让他离开,他还给她写了一封信。要我说,那就是骚扰。我叫她去报警。"

艾伦·戈德温失去了一个孩子,另一个孩子残废了。我很难想象达米安·考珀竟然成了这背后的受害者。霍桑还没来得及开口说话,一位风姿绰约的黑皮肤年轻女人优雅地走下了螺旋楼梯,她牵着一个小女孩,另一只手拿着手机。

"达姆①,是杰森的电话。"她语气很紧张,"他说有重要的事。"

"没问题。"他接过电话,走向阳台。"抱歉,是我的经纪人。我得接一下。"他在窗前驻足,皱着眉头对女人说,"我还以为你在哄艾什莉睡觉。"

"她在倒时差,她不知道现在是晚上还是白天。"

他走到外面,屋里只剩我们,还有那个女人和她的孩子。想必这位就是格蕾丝·洛威尔了。毫无疑问,她之前做过模特或演员。她身段迷人,身上散发着之前那份职业练就的自信,轻而易举就能抓住人的目光,颇具镜头感。她三十出头,身材颀长,高颧骨,天鹅颈,直角肩。她穿着紧身的牛仔裤和宽松的粗线针织衫,一看就价格不菲。一旁学步的儿童应该还不满三岁。她用一双圆溜溜的大眼睛盯着我们。我想,她一定已经习惯了被父母带着满世界跑。

"我是格蕾丝,"她说,"她是艾什莉。你要打招呼吗,艾什莉?"孩子没有吭声,"达米安给你们泡咖啡了吗?"

"不用了,谢谢。"

"你们来这里是为了黛安娜的事吧?"

"是的。"

---
① 达米安的昵称。

"这件事给他打击很深,虽然你们可能看不出来。达米安非常擅长隐藏情绪。"

我不知道她为什么觉得有必要维护他。

"他听到这个消息时伤心欲绝,"她继续说,"他崇拜他妈妈。"

"他说去年圣诞节是你陪她过的。"

"是的。我们确实一起过了圣诞,虽然比起我,她对艾什莉更感兴趣。"

她从冰箱里取出一盒果汁,在塑料杯里倒了一些,然后递给孩子。"也很正常,毕竟艾什莉是她的第一个孙女。"

"你也是演员吗?"我好奇道。

"没错。好吧,我之前是。我们就是在皇家戏剧艺术学院认识的。他扮演哈姆雷特。那出戏排得很好。这么久过去了,还有人在谈论。每个人都知道他会成为明星。我演的是奥菲莉亚。"

"那你们在一起很长时间了。"

"没有。从皇家戏剧学院毕业之后,他被皇家莎士比亚剧团选中,去了埃文河畔斯特拉福德①。我拍了好几部电视剧……《霍尔比市》《幻术大师》《同志亦凡人》,等等。实际上,几年前我们才再次相遇,在国民乐团第一晚的聚会上。然后我们就在一起了,再然后艾什莉出生了。"

"这对你来说一定很难。"我说,"不得不成为家庭主妇。"

"也不完全是,这是我的选择。"

我不相信她。她的目光中透露着不安。她在递给达米安电话时,眼神中有着同样的不安。她担心他会一把夺过她手中的手机。事实上,她可能是害怕达米安。我毫不怀疑,功成名就让他

---

①皇家莎士比亚剧院(简称:RSC,皇莎),坐落在英格兰埃文河畔的斯特拉福德,这里以莎士比亚故居而闻名。

变成了另外一个人，早已不是她当年在戏剧学院遇见的那个男人了。

达米安打完电话，回到了屋里。"刚才对不起，"他说，"他们都快疯了，我们下周要开始拍摄。"

"他想怎么样？"格蕾丝问。

"他想知道我什么时候回去。老天！他真是个浑蛋，我才刚到伦敦。"他看了一眼手表，一大块钢质表盘上有几个齿轮。"洛杉矶现在才早上五点钟，他已经在跑步机上了，他说话时我听见的。"

"你什么时候回去？"霍桑问道。

"葬礼星期五举行，我们第二天回去。"

"哦。"格蕾丝脸色一变，"我还指望能多待一阵子呢。"

"我现在本该在排演，你知道的。"

"我想花点时间陪陪爸妈。"

"你已经陪了他们一个星期了，宝贝。"

他说"宝贝"时的口吻听起来既像是在施恩，又隐约似在威胁。"你们还有其他需要吗？"他问我们，显然他的心思已经跑到了别处。"我不知道怎么才能帮到你们。我把知道的一切都告诉了警察，说实话，他们的调查方向似乎与你的南辕北辙。丧母之痛已经难以承受，但是不得不再次回忆起在迪尔的遭遇，这种感觉实在糟透了。"

霍桑做了个鬼脸，仿佛继续询问下去确实让他感到抱歉。然而，这并没有阻止他发问。"你知道你母亲提前为自己安排好葬礼这件事吗？"他步步紧逼。

"没有，她没有告诉我。"

"她为什么做出这个决定，你有什么想法吗？"

"没什么,她是一个很有条理的人,性格如此。葬礼、遗嘱,所有这些……"

"你知道遗嘱内容吗?"

达米安生气时,他的脸颊两侧各浮现出一小片红晕,就像两只电灯泡。"遗嘱我一直都知道,"他说,"但我不打算和你们讨论。"

"我想她应该把一切都留给了你。"

"正如我先前所说,这是隐私。"

霍桑起身:"我们葬礼上见,我知道你会上台演讲。"

"不完全是。妈妈留下遗言,让我说两句。还有格蕾丝,她要读一首诗。"

"西尔维娅·普拉斯[①]的诗。"格蕾丝说。

"我不知道她喜欢普拉斯。但是我接到了殡仪员的电话,是一个名叫艾琳·劳斯的女人打来的。显然,一切都安排好了。"

"你不觉得她在死亡当天为自己安顿好了后事,整件事有些蹊跷吗?"

这个问题似乎惹恼了他:"我认为这就是巧合。"

"有趣的巧合。"

"我从中看不出什么有趣之处。"达米安径直走向大门口,为我们打开门。"很高兴见到你们。"他说。

他甚至都没有想过要让语气显得真诚。我们起身离开,走下几级台阶,来到车水马龙的大街上。

一出门,霍桑就停下脚步。他回过头,陷入沉思。"我遗漏了什么线索。"他喃喃自语。

[①]西尔维娅·普拉斯(Sylvia Plath,1932—1963),美国二十世纪最有影响力的女诗人,自白派的代表人物之一,代表作《钟形罩》《爱丽儿》。

"什么?"

"我不知道是什么。当时你在询问他戴安娜·考珀发的那条短信。我不是都和你说过了吗,你为什么就不能把嘴闭上呢?"

"该死的,霍桑!"那一瞬间,我真的忍无可忍了。"你再这么和我说话试试。我听你问话。我做好笔记。可如果你认为我会像只宠物狗一样跟着你在伦敦四处跑,那你就错了!我不傻。问他那条短信有什么问题吗?那显然和案情有关。"

霍桑瞪了我一眼:"那是你以为的!"

"好吧,难道不是吗?"

"我不知道!也许是,也许不是。但是他刚刚向我透露了一条重要信息。你打断了我的思路,我现在还连不起来。这就是我要说的。"

"那你可以在葬礼上问他。"我大步流星地走开,"让我知道他说了什么。"

"星期五上午十一点!"他在我身后喊道,"布朗普顿公墓。"

我停下脚步,转身说:"我去不了,我很忙。"

他跟在我身后,喊道:"你必须去,关系重大。这就是整件案子的疑点之一,还记得吗?她想要举行一场葬礼。"

"我有一场重要的会议要参加。抱歉。你只用记记笔记,之后再转达给我。反正,我相信你会比我记得更准确。"

我看到一辆出租车,挥手把它拦了下来。这次,霍桑并没有试图阻止我。我刻意不去转身,但在出租车加速拐弯的时候,我透过后视镜,看到他还站在那里,又点燃了一支香烟。

第十章　剧本会

我无法参加葬礼是有原因的。前一天，我终于接到了史蒂芬·斯皮尔伯格的办公室打来的电话。他和彼得·杰克逊都抵达了伦敦，想约我在迪恩街附近的Soho酒店见面，讨论一下《丁丁历险记》的剧本初稿。

那家酒店我很熟悉。虽然很难相信，但这里曾经是室内停车场（低矮的天花板、没有窗户是仅存的线索）。现在它已经成了英国电影行业的焦点，四周遍布着制作公司和后期制作团队，酒店内还有两间独立的放映厅。我在这家酒店一层热闹的"重燃餐厅"里吃过一两次午餐。在这里你几乎不可能不遇见面熟的明星。你们在这里碰上，恍惚间，你感觉就像去了好莱坞。它是属于伦敦一角的洛杉矶。

接下来的几天，我完全把达米安·考珀和他母亲的事抛在了脑后，沉浸在剧本的创作中，字斟句酌，试图回忆起剧情发展到现在我构思的全过程。我坚信这个剧本里有许多亮点，但我仍然必须做好准备，必要时据理力争。我也不确定担任导演的杰克逊或是担任制片人的斯皮尔伯格会作何反应。

这就是问题所在。

《丁丁历险记》在欧洲已经是一部现象级的电影，而它在大西洋彼岸却从未大火。一部分原因可能是历史性的。一九三二年"丁丁历险记系列"的第三部《丁丁在美洲》是对美国的无情讽刺，揭露了美国人的邪恶、腐败和贪得无厌。最开头的一幅画面就是一名歹徒带着犯罪证据大摇大摆地从一名警察面前经过，警察向匪徒敬礼。等丁丁来到纽约，刚坐上一辆出租车，就发现自己被一群匪徒绑架了。只用五格漫画就巧妙地讲述了美洲原住民的全部历史：印第安保留地上发现了石油；抽雪茄的商人们搬了进来；士兵驱赶哭泣的美洲原住民儿童离开家园；建筑商和银行家也纷至沓来；而就在一天后，警察让丁丁离开一处繁荣的十字路口。"你以为你在哪儿？西部荒原？"

文化上也完全脱节。美国人该怎么理解在丁丁的世界里看似正常，在他们看来却匪夷所思的关系呢？还有他和其他人的友情：尚未洗心革面的醉汉、阿道克船长、双耳失聪的微积分教授（在第一部电影中没有戏份），还有那只会说话的狗，和翻来覆去讲同一个笑话的愚蠢侦探——杜邦兄弟，只能通过胡子的形状来区分两个人。但最重要的是，这些都是无关紧要的冒险。漫威和DC漫画塑造的也是虚构的人物，但至少成功塑造了一批颇具辨识性的角色，补足了人物前传、悲剧经历（反派人物万磁王是大屠杀的幸存者）、情感纠葛、心理问题和政治意识的觉醒，林林总总，不一而足。而丁丁系列几乎没有像样的叙事，其中的一部——《绿宝石失窃案》——故意没有任何故事展开。

丁丁没有女朋友。虽然他应该是一名记者，却从未见他工作过。他的年龄不确定。他实际上可能是个孩子，一个长大成人的童子军。他的穿衣品位和发型很滑稽。不像其他人物那样，有被精心刻画过，他被故意画成了密码的形状。他的眼睛、嘴巴是三个点，鼻子是小写字母c，就这样草草勾勒出一张脸。尽管他可能是比利时人，却没有民族特征，这也许让他看上去就像是一个外国人。他没有父母，没有真正意义上的家（直到他和阿道克船长搬进了玛林斯派克宫）。除了对旅行和冒险的热情，他没有其他的情绪波澜。他怎么可能成为斥资一亿三千五百万美元的好莱坞电影的主人公？

我进入丁丁的世界，其中有一番曲折。最初是一家法国公司邀请我加入他们的游戏创作团队，他们制作过著名的《刺客信条》系列。他们在设计一款游戏，计划与第一部丁丁电影《独角兽号的秘密》一同发行。我通常不会考虑这种邀约。我不玩游戏，对游戏也兴味寥寥。为在独角兽号的甲板上晃荡的无名海盗写随机的对话，于我而言，没有特别的吸引力，即使只是写一个大概。于是游戏公司的人开始讨论起我写的书。但事实是，斯皮尔伯格不愧为斯皮尔伯格，我不禁憧憬起这份工作。

借工作的契机，我去了惠灵顿，还去了彼得·杰克逊的家中做客。说来也奇怪，就在第一部电影临近尾声时，我发现自己被这部续集吸引住了。更稀奇的是，《独角兽号的秘密》遇到了难题，几乎是出于偶然，他们找我帮忙完善剧本结构和叙事——甚至补充了一些额外的场景。其中一些场景要剪进成片里。电影里有一个镜头是，一个人撞上了灯柱，他倒在地上，一圈翠迪鸟围着他的脑袋扑扇着翅膀，就像埃尔热的插画。接着镜头一转，摄像机向后拉，原来这个意外就发生在一家宠物店外，鸟都是真实的：店主人手里拿着网，想要把鸟捉回来。

我说这些，是因为这部电影是由史蒂芬·斯皮尔伯格拍摄的。在我四十多年的创作生涯中，那可能是我最为之骄傲的一幕。当他在洛杉矶放映厅向我展示时，我激动得几乎要跳下沙发。这个拍摄过《大白鲨》《E.T.》《印第安纳·琼斯》《辛德勒的名单》的男人，他的作品列表里也包含了我贡献的四十秒镜头。事实上，当我回顾创作《丁丁历险记》剧本的全过程时，那是我最想记住的一刻。没有什么比那一刻更激动了。

话虽如此，可我也很喜欢与彼得·杰克逊合作。我在惠灵顿的维塔工作室见到他的那一刻，就很喜欢他。他带我穿过一条长廊，走到半路，看到一个文具柜。这其实是进入他办公室的秘密入口。他按下一个按钮，触发隐藏其中的液压装置，文具柜身后的墙壁豁然打开，原来后面别有洞天！是一扇机关门！里面有全套《丁丁历险记》系列。我甚至还有一本（尽管单薄了些），就在伦敦的家里。杰克逊是个待人接物让人很舒服的人，他性情温和、和蔼可亲，以至于很容易让人忘记他创作、制作、执导过三部电影史上最卖座的大片——指环王系列，这也为他带来了数亿美元的票房收入。而无论是他的着装还是生活方式都不符合人们对电影大亨的刻板印象。那次见面之后，我们通常去他家工作，我还记得他家里虽然有些凌乱，却舒适、宜居。等到了午餐时间，他的助手会打电话从惠灵顿的某家饭店叫一顿外卖。食物难以下咽。

我们共同决定，改编埃尔热的冒险两部曲：《七个水晶球》和《太阳的囚徒》。故事的开头，一群图坦卡蒙①打扮的教授在印加王拉斯卡·卡帕克的陵墓中跌跌撞撞地前行。他们正在寻找一只古老的手环，它具有神奇的力量，能够引领他们前往印加人失落的黄金城，或类似的地方。当我写完这个剧本时，大概一半的故事都改编自埃尔热的作品，只有一小部分是我原创的。我只

---

①图坦卡蒙是古埃及新王国第十八王朝的一位法老，他自幼多病，死时只有十八岁。一九二二年十一月五日，英国考古学家霍华德·卡特历经艰辛找到了图坦卡蒙陵墓的入口。它是在断崖底下开凿而成，位于法老拉美西斯六世的陵墓下面。

补充了一两个主要情节，包括在两辆蒸汽火车上追逐的场景，就像是在绵延起伏的安第斯山脉坐过山车。还有剧情的一个新高潮——整座金山被一道原始激光融化了。我们无法使用原书的结局——日食——因为会与另一部五年前非常成功的电影（梅尔·吉布森的《启示录》）雷同。

这就是我在前往 Soho 酒店与他们会面前的情形。彼得·杰克逊已经告诉我他做了笔记，但这不足为奇。这种量级的电影在开拍前会经过二十或三十稿的润色。而且，我几乎可以肯定自己中途会被解雇。我只是希望我不会一开始就被退稿。如果他们能让我尝试修改两到三稿，把剧本完善好，就已经很善良了。在这个阶段，顺便说一句，《独角兽号的秘密》还没有上映。我提前看过，太惊艳了。斯皮尔伯格运用了一种叫运动捕捉的技术，像变魔法一般，将演员杰米·贝尔和安迪·瑟金斯变成了丁丁和阿道克。他们俩都排队等着拍这部续集。

我按照约定，上午十点钟来到了 Soho 酒店，服务员领我到二楼的房间，里面有一张气派的会议桌、三个玻璃杯和一瓶斐济矿泉水。几分钟后，彼得·杰克逊到了。他一如既往的亲切，面带倦色，就像刚下了跨国航班一样。他瘦了不少，衣服松松垮垮地挂在身上。我们闲聊了几句伦敦、天气和最近上映的电影……唯独没提一句剧本。然后，门再次打开，斯皮尔伯格进来了。他每次的装扮或多或少总有些雷同：皮夹克、牛仔裤、运动鞋、棒球帽。他标志性的眼镜和胡子让他立刻有了辨识度。像往常一样，我不得不提醒自己，眼前的一幕是真实发生的事，我现在就和他坐在同一个房间里。他就是我一直以来非常渴望见到的人。

斯皮尔伯格直奔主题，我从来没见过哪个人像他这样专注于电影制作和讲故事。在我和他相识的短暂的时光里，他从未问过我私人问题。让我不时感到惊讶的是，他对我在纸上呈现的内容之外的东西毫无兴趣。我一直好奇他会从何谈起？他喜欢我的叙述方式吗？人物塑造得成功吗？情节是否连贯？我的笑话好笑吗？在导演打开我剧本的那一刻，我总会忐忑不安。他嘴里说出的第一句话也许会改变我接下来的一年。

"您选错书了。"

这不可能。在惠灵顿的时候，彼得和我讨论过选择这个系列中的哪几本改编成剧本。这一稿我打磨了三个月的时间。这是我最不想从他嘴里听到的一句话。

"抱歉？"我不确定我当时是不是这么说的。

"《七个水晶球》《太阳的囚徒》，这几本没选对。"

"为什么？"

"我不想拍它们。"

我转过头看着彼得。他点了点头。"好。"

事实就是这样。彼得·杰克逊执导也好，斯皮尔伯格制作也罢，都无关紧要。他们都拿到了我的剧本，但是我们完全没打算讨论。情节、角色、动作，抑或是笑话。没什么可谈的。

"我们可以在拍第三部电影的时候做《太阳的囚徒》。"彼得说，他漫不经心地挥挥手，将这个想法拂到一边，"你觉得第二部电影安东尼应该从哪本书入手？"

安东尼！是在说我呀。我不会被解雇。

可就在斯皮尔伯格回答之前，门再次打开。令我感到震惊的是，霍桑走了进来，我彻底陷入了沮丧之中。像往常一样，他穿着西装和白衬衫，但这一次他还系了一条黑色领带。

为了参加葬礼。

他似乎全然不知自己刚刚打断了一场什么样的会面——或者

说，对我来说是多么重要的一次会面。他不慌不忙地走进餐厅，仿佛受人邀请前来，当他看见我时，露出了微笑，就像没预料到会在这里见到我。"托尼，"他说，"我一直在找你。"

我说："我很忙。"我感觉血液直往头上涌。

"我知道，我看出来了，老兄。但是你一定忘记了。葬礼！"

"我告诉过你了，我没法参加葬礼。"

"谁去世了？"彼得·杰克逊问道。

我瞥了他一眼。他看上去是真的在关心。桌子对面，斯皮尔伯格坐得挺直，看上去有点生气。我可以想象，在他的那个世界里，没有人会不请自来，除非是在助理的陪同之下。除此之外，还要考虑他的人身安全。

"小人物。"我说。我还是难以置信霍桑竟然跑到了这里。他是故意想让我尴尬吗？"我告诉过你，"我悄声说，"我真的去不了。"

"可你必须得去，这很重要。"

"你是谁？"斯皮尔伯格突然开口。

霍桑假装这才注意到他。"我是霍桑，"他说，"为警方办事。"

"你是警察？"

"不是，他是一名刑侦顾问。"我插了一句，"他在协助警察，调查一起案件。"

"谋杀案。"霍桑帮忙解释道，他又拖长第一个元音，让这个原本已经带有血腥色彩的词充斥着更多暴力。他盯着斯皮尔伯格，"我认识你吗？"他问道。

"我是史蒂芬·斯皮尔伯格。"

"你是拍电影的吗？"

我的眼泪都要掉下来了。

"没错。我拍电影……"

"这位是史蒂芬·斯皮尔伯格,这位是彼得·杰克逊。"我不知道我为什么这么说。一部分是想试图掌控局面。也许,我是希望,这样一来就能唬住霍桑,让他离开这里。

"彼得·杰克逊!"霍桑的脸焕发出光彩,"你拍了那三部电影……《指环王》!"

"是的。"杰克逊放松下来,"你看过吗?"

"我和儿子一起看过录像带,他觉得很精彩。"

"谢谢。"

"反正第一部很精彩,第二部他不太确定。叫什么来着?"

"《双塔奇兵》。"彼得仍保持微笑,即使笑容有点僵在脸上。

"我们不太喜欢那些树。会说话的树,我们觉得很傻气。"

"你指的是……牧树人?"

"随你怎么叫,还有甘道夫,我以为他死了,当他再次出现时,我有点意外。"霍桑思考了一会儿,我坐立不安地等待着他接下来会有什么惊人之语,心头积压的恐惧越来越多。"他的扮演者,伊恩·麦克莱恩,他的表演有些夸张。"

"伊恩·麦克莱恩爵士,他获得过奥斯卡奖提名。"

"情况也许属实。可他得奖了吗?"

"霍桑先生是苏格兰场的特别顾问,"我忙打断他,"我受他委托,以他最新接手的一个案子为原型创作一部作品……"

"书名是《霍桑探案》。"霍桑说道。

斯皮尔伯格思考了一下。"我喜欢这个书名。"他说。

"不错。"杰克逊附和道。

霍桑瞥了一眼手表。"我们十一点还要参加一场葬礼。"他解释说。

"我已经说过了,我去不了。"

"你必须出席,托尼。我的意思是,每个之前认识戴安娜·考珀的人都会出席,这是一个大好机会,观察他们之间的互动。你可以说,这就像电影开拍前的剧本会。你不会想要错过的,对吧?!"

"我解释过——"

"戴安娜·考珀,"斯皮尔伯格说,"那不是达米安·考珀的母亲吗?"

"就是她。她被人勒死了,在自己家里。"

"我听说了。"我总是感到意外,这个拍摄过《拯救大兵瑞恩》的男人,创造了电影史上最血腥的开场,还在《辛德勒名单》中再现了纳粹的暴行,可他实际上并不喜欢谈论暴力。我可以发誓,我有一次向他描述一个有关丁丁的构想,看到他大惊失色。他转头看着彼得。"我上个月见过达米安·考珀。他来聊《战马》。"

"可怜的孩子,"彼得·杰克逊说,"发生了这么可怕的事。"

"我同意。"这下斯皮尔伯格和杰克逊不约而同地看着我,好像我和达米安·考珀是从小到大的挚友,而不去参加他母亲的葬礼,将会是我做的最卑鄙的事。与此同时,霍桑坐在那里,就像是路过的天使,轻盈地飘下凡间,来唤起我的良心。

斯皮尔伯格说:"我真的认为你应该去,安东尼。"

"就只是一本书,"我说,"说实话,我还在重新考虑要不要写。这部电影对我来说更重要。"

"好吧,关于第二部电影,我们真的没有太多要讨论的。"彼得说,"也许我们可以再约时间,过几周再重新梳理进度。"

"我们可以进行电话会议。"斯皮尔伯格提议道。

《丁丁历险记》一共聊了不到两分钟,我的剧本就被全盘推翻了。我还没来得及表达我对《卡尔库鲁斯案件》《奔向月球》,抑或是《七一四航班》(飞船……斯皮尔伯格喜欢太空飞船,不是吗?)——的想法,就被下了逐客令。这不公平。我正在与世界上最杰出的两个电影制片人开会。我原本是要为他们创作一部电影剧本,却要被拖去参加某个素未谋面的人的葬礼。

霍桑起身。我都没留意他是什么时候坐下的,你可以想象我当时的心情。

"很高兴认识您。"他说。

"当然,"斯皮尔伯格说,"请替我向达米安传达我的慰问。"

"我会的。"

"别担心,安东尼。我们会给你的经纪人打电话。"

他们没再给我的经纪人打过电话。事实上,我再也没有见过他们中的任何一位。现在唯一让我感到安慰的是,到目前为止,没有再拍新的丁丁系列电影。《独角兽号的秘密》广受好评,全球票房累计三点七五亿美元。但是美国观众的反响却不太热情。也许,正是这个原因,让他们打消了筹拍续集的念头。又或者,他们现在正在制作中,只是没带上我。

"他们很随和。"霍桑穿过门廊的时候评价道。

"看在老天的分上!"我忍不住,终于冲他发了火,"我告诉过你,我不想参加葬礼。你为什么要来这里?你是怎么知道我在哪里的?"

"我给你的助理打过电话。"

"她告诉你的吗?"

"听我说。"霍桑试图让我冷静下来,"你不想写丁丁。那是给孩子看的,我觉得你不会考虑那些东西。"

"可它是由史蒂芬·斯皮尔伯格制作的！"我提高嗓门。

"好吧，也许他会把你的新书拍成电影。一桩凶杀案！他认识达米安·考珀。"我们推开酒店的大门，走到大街上。"你觉得谁会扮演我？"

第十一章　葬礼

我对布朗普顿公墓非常熟悉。我二十多岁的时候，在附近的一栋公寓里租了一个房间，去公墓只要步行五分钟，炎热的夏日午后，我会散着步，来公墓写作。那是一处安静的所在，远离尘嚣和熙熙攘攘的人流，自成一派天地。事实上，它是伦敦最引人瞩目的墓地之一，所谓的"壮丽七公墓"中的一员。壮观的哥特式陵墓和柱廊，天使和圣徒石像伫立其中，全都是维多利亚时期建造而成，既是为了祭奠亡者，也是为了给他们一个归宿。一条笔直的大道，从起点通向尽头，在风和日丽的日子里，恍若在古罗马徜徉。我会找一条长凳，带着笔记本坐下，看着松鼠和偶尔窜出的狐狸，在星期六的下午，听着远处人群的喧哗声，树林另一头是斯坦福桥足球俱乐部。一想到伦敦不同的地点在我的作品中扮演着如此重要的角色，就感觉很奇妙。泰晤士河是一个，布朗普顿公墓无疑是另一个。

我和霍桑上午十点五十抵达墓地，正门两侧分别矗立着一座红色电话亭，像是在守卫这片墓地。我们从中间穿过，沿一条立着拦柱的狭窄而曲折的小路进入墓地。拦柱可以降下来，想必是为了方便灵车进入。我们前面走着几位送葬者。墓地的这一角比我想象中更加压抑破败。我注意到某个雕塑基座上有一尊无头雕像。还有一座断臂的雕像在向我们致意。我举起苹果手机给它们拍了几张照片,草地上有几只鸽子在啄食。

我们绕过拐角,一座蜂巢色的石制教堂出现在面前,整座建筑形成一个完美的圆环,带着两翼。如果从上方俯瞰,它应该会和伦敦地铁标志的形状一样吧。仔细一想,还真有七八分相像。我们先来到教堂后方,混凝土广场上停着一辆灵车,车门敞开,里面放着戴安娜·考珀要求的环保棺材,像一只柳藤编成的大篮子,我的胃抽搐了一下,这才意识到戴安娜·考珀就在里面。四名穿着黑色燕尾服的男人站在一旁,等着时间一到就把棺材抬进去。

小路转了一道弯,把我们带到了正门处。门廊处朝北立着四根柱子,人们三五成群地往里走。没有人交头接耳,他们低着头,仿佛来这里是件很尴尬的事。直到一周以前,我才听说戴安娜·考珀这个名字。按说,我不会参加这类葬礼。我觉得葬礼很可怕,还令人沮丧。当然,年纪越大,请我出席葬礼的邀请就越多。就当为我的朋友做件好事,我会确保他们不会被告知我葬礼的日期。

来参加葬礼的人中有好几张熟悉的面孔。安德莉亚·卡卢瓦涅克决心前来和她的老雇主告别,我们在转弯时看到她穿过大门,身影消失在视野中。雷蒙德·克鲁尼斯也在,他穿着崭新的黑色羊绒大衣,也许是为出席这一场合特意买的。和他一道来的还有一位更加年轻、蓄着胡子的男人,很可能是他的伴侣。我紧张地瞥了一眼霍桑,只见他眯着眼睛,警惕地看着他们。所幸,至少此刻,他什么也没说。

还有一个人也在观察克鲁尼斯,那人举止优雅,可能是香港人,黑色鬈发垂在肩头。他衣着光鲜,穿着笔挺的西装,内搭白色真丝衬衫，用诺博士的标志性领结固定，黑色皮鞋擦得锃亮。让人意想不到的是，我以前见过他。他叫布鲁诺·王，和克鲁尼斯一样，他也是一名戏剧制片人。同时，他还是一位知名慈善家，和众多王室成员私交甚笃，他为艺术花了不少钱，经常去老维克剧院看戏剧首演，我刚好是那家剧院的董事会成员。从他看克鲁尼斯的眼神，我立刻就发现两人的关系不只是朋友那么简单。

我们来到门口，他就在一旁。"你认识戴安娜·考珀吗？"我问他。

"她是我很好很好的朋友，"王回答说。他语气轻柔，话说出口前总是会先斟酌一下，就像要背诵一首诗。"她是一个非常善良、有灵性的女人。听到她去世我很震惊，今天来这里，我的心都快碎了。"

"她是您的投资人吗？"我问道。

"可惜不是。我曾多次邀请过她，她有绝佳的品位。遗憾的是，有时候她可能缺乏一些判断力。如果硬要说出她一个缺点，那就是她太善良了，太容易轻信别人。就在几周前，我确实和她联系过。我试图警告她——"

"你警告过她什么？"霍桑抢过话茬儿。他轻而易举就加入了我们的对话，把我挤到了一边。

王四下张望，房间里只剩下我们。其他人都已经赶在我们之前进入了教堂。"我不想说不合时宜的话。"

"试试又有何妨？"

"我不认为我们之前见过！"王警惕起来。坦率地说，我并不感到惊讶。霍桑浑身上下含而不露的压迫感——苍白的肤色，焦虑的目光——不由得令人心生抗拒。在公墓里，就显得不怀好意。如果吸血鬼决定在一场葬礼上露面，它也许都不会像霍桑这样让人紧张。

"这位是丹尼尔·霍桑,"我忙解释道,"他是警方的侦查员,负责调查这起案件。"

"你认识雷蒙德·克鲁尼斯吗?"霍桑问道。他也注意到王之前在打量另一个男人。

"不算认识,但是我们见过面。"

"然后……?"

"我不喜欢说别人的坏话,"王斟酌着用词,小心翼翼地说,"尤其是在这种场合。在我看来,世界上已经有太多恶意了。但是……"他深吸了一口气。"我想,你会发现当局正在调查雷蒙德·克鲁尼斯。他在最后一部作品中发表了一些言论,至少可以说,是夸大其词。"

"你是说《摩洛哥之夜》吗?"我问道。

"就在悲剧发生之前,我和戴安娜说过这件事。她决意采取行动,在我看来,她完全有权利这么做。"

"但是后来她被人勒死了。"霍桑毫不避讳地说道。

王目不转睛地看着他,第一次与他四目相对。"据我了解,那是一起入室盗窃案。"

"我不认为那是入室盗窃。"

"如果是这样,我可能讲太多了。我不认为戴安娜投资了一大笔钱。当然我不是有意在暗示有什么……蹊跷。"他伸出双手,"抱歉,我不想错过仪式。"然后步伐匆匆地向里面赶去。

我们两个留在原地。

"这么看来,有点意思。"霍桑说,既像是在对我说,又像是在自言自语。"她发现克鲁尼斯一直在欺骗她,打算跟他摊牌。可没等人反应过来,她就已经变成了一具死尸。"

"你的说法很俏皮。"

"这是我的荣幸,你可以借鉴。"

不远处有几个男人拿着相机在四处徘徊。其中一个男人按下快门,我这才注意到他们。

霍桑咕哝道:"该死的记者。"

没错,他们一定是来这里跟拍达米安·考珀的。

"你对记者有什么意见吗?"我问他,心想要把这一点补充进我的写作素材里。

"没有。我们都已经习惯他们在犯罪现场四处窥探了,他们从来都没弄对过什么。"

我们进入教堂。

那是一处圆形的场地,柱子支撑着圆形的屋顶,窗户的位置很高,除了天空一角外看不到其他风景。棺材对面摆着大概四十把椅子,在我们快要落座的时候才陆续搬进来。凑近去看,那口棺材颇为怪异,不幸的是,它看上去就像一个巨大的野餐篮,盖子用两条皮带固定。顶端放着一个黄白相间的花环。扬声器里播放着耶利米·克拉克的《小号即兴前奏曲》。当然,这颇为古怪,这支曲子通常是婚礼上的曲目。不知道戴安娜·考珀结婚的时候是否也曾伴着这支曲子走过红毯。

棺材被小心地放在两个支架上,这期间,我趁机打量了一番在场的其他人,出席葬礼的人不多,这让我有些惊讶。房间里只有三十几个人。布鲁诺·王和雷蒙德·克鲁尼斯都坐在前排,相隔一段距离。安德莉亚穿着一身廉价的黑色皮夹克,坐在靠边的位置。"杰克"·梅多斯警督也露面了。我看见他强忍着打哈欠的冲动,局促地坐在一张相对他的体形而言太过狭小的椅子上。

我猜达米安·考珀在这部作品中担当着主演的戏份,他似乎也心领神会。他穿着剪裁得体的西服、灰色衬衫，戴着黑丝绸领带。格蕾丝·洛威尔坐在他旁边，身着黑色连衣裙，但是他们周围没有人，仿佛处于教堂的VIP区，其他送葬者可以看到他们，但是拜托不要靠得太近。我没有夸张：他身后那排座位只坐着两个人。后来我才发现其中一位是达米安伦敦的经纪人派来的，另一位是他的私人教练，是个肌肉发达的黑人，似乎在充当他的保镖。

除此以外，在场的人要么是戴安娜·考珀的朋友，要么是她的同事，所有人的年龄都在五十岁以上。环顾四周，令我震惊的是，尽管教堂里各种情绪汇聚一堂——无聊、好奇、严肃——但似乎没有人特别难过。唯一流露出些许失落的是个高个子男人，头发乱糟糟的，与我隔着几把椅子的距离。当牧师站起来，靠近棺材时，他掏出一块白色的手帕，轻轻揩了揩眼角。

牧师是一位矮个子女人，身材丰满，脸上带着苦笑。那表情似乎在说，我知道这是一个悲伤的场合，但我很高兴你们来到这里。我可以料想，她的主持风格会更加现代。她等到音乐结束才走上前来，搓着双手，开始致辞。

"大家好，很高兴见到你们，欢迎来到这座非常美丽的教堂，它始建于一八三九年，设计灵感源自罗马的圣彼得大教堂。我觉得，这是一处非常特别、非常美丽的地方。今天大家齐聚一堂，为我们这位非常非常可爱的女士送行。死亡对于我们这些尚在人世的人来说总是难熬的。正如我们向戴安娜·考珀道别一样。她在人生之路上被如此突然、毫无缘由地夺走了生命，这残酷的一切很难让人接受。"

我暗暗祈祷她不要再一直说"非常"这个词了。我不知道戴安娜·考珀是否会喜欢被形容成"一个非常非常可爱的女士"。这让她听起来就像是一档综艺节目的特邀嘉宾。

"戴安娜总是乐于助人。她为慈善事业付出了很多心血。她是莎士比亚环形剧院的董事,当然,她还有一个非常有名的儿子。达米安不远万里从美国飞回来,出席今天的葬礼,达米安,我们明白你内心的悲痛,我们非常非常高兴见到你。"

我转过身,发现罗伯特·康沃利斯,那位丧葬承办人,站在门口。他正和艾琳·劳斯窃窃私语,他们都穿了正装。她点了点头,他的身影在门口一闪而过。我忽然想到了史蒂芬·斯皮尔伯格和彼得·杰克逊,也许他们还在Soho酒店。也许他们会去楼下的重燃餐厅,打算一起吃早午餐。我本该和他们待在一起!一想到被拖到了这里,我不由得感到一阵愤怒。

"戴安娜·考珀是对死亡有敬畏的人。"牧师还在滔滔不绝,"今天的葬礼仪式,是她提前安排好的,事无巨细,包括你们刚才听到的音乐。她希望葬礼简短一些,所以我就说这么多!接下来,我们以《诗篇》第三十四章作为开头。我希望当戴安娜选择这首诗的时候,她已经明白,死亡不总是令人恐惧的事。'义人多有苦难,但耶和华救他脱离这一切。'死亡也可以是一种慰藉。"

牧师朗读过《诗篇》。接着格蕾丝·洛威尔站起来,走上前,开始朗诵西尔维娅·普拉斯的《爱丽儿》。

> 黑暗中停滞。
> 接着是无形的蓝,
> 突岩滚滚而下,距离倏然遥远。

令我印象深刻的是,这首诗她牢记于心——无疑是花了心思。达米安英俊的眼眸里泛着奇怪的寒意。霍桑在我身旁打了一个哈欠。

终于，轮到达米安了。他起身，缓步上前，然后转过身，背对着母亲的棺材。他的致辞简短，没有情绪波动。

"父亲去世时，我才二十一岁，现在我也失去了母亲。她的遭遇令人难以接受，因为父亲是生病去世，而母亲是在自己家中遭人袭击，事情发生时，我远在美国。没能和她道别是我永远的遗憾，但我知道，我正在做的事让她感到骄傲，我觉得她要是尚在人世，也会喜欢看我的新剧，这部剧下周就要开拍了。剧名叫《家园》，今年晚些时候应该会上映。妈妈总是很支持我的演艺事业。她鼓励我，坚信我会成为明星。我在斯特拉福德的时候，我的每部作品她都会看——无论是在《暴风雨》中出演爱丽儿，在《亨利五世》中挑大梁，还是在《浮士德》中饰演梅菲斯特。她最喜欢这部剧，总说我是她的小魔鬼。"人群中出现了几声同情的笑声。"我觉得，当我上台表演的时候，我还是会习惯性地在观众中寻找她的身影，而我永远只能看到一个空荡荡的座位。我希望他们把那张票转卖掉……"大家对最后这句话有些迟疑。这其实是个玩笑吗？

他说的话我全都录下来了，但听到这里，我就没再听下去。达米安·考珀的葬礼致辞再次印证了我对他的印象。他又说了几分钟，扬声器中开始放《埃莉诺·里格比》，门再次打开，人们三五成群地向墓地走去。那个头发凌乱的男人就走在我们前面。他再次轻拭了一下眼泪。

我们漫步到墓地的西侧，柱廊后面。杂乱无章的草地上有一个长条状的墓穴，旁边是一堵矮墙。墙的另一头是一道铁轨。虽然目不能及，但我们走向前时，我听到有火车经过。我们来到了一块墓碑旁，上面刻着：劳伦斯·考珀，一九五〇年四月三日至一九九九年十月二十二日。与病魔不屈不挠地抗争。我记得他住在肯特郡，想必也是在那里病逝，不知道他为何被埋葬在这里。阳光照在几棵法桐上，投下斑驳的树影。这是一个温暖宜人的下午。达米安·考珀、格蕾丝·洛威尔和牧师一直在队伍的最后，护送戴安娜走完最后一程。等他们的工夫，梅多斯警督笨拙地走过来。他穿着一套西装，很可能是从慈善商店买的——要么就是在去慈善商店的路上买的。

"调查得怎么样了，霍桑？"他问道。

"还不错，杰克。"

"查出什么成果了吗？"梅多斯嗤之以鼻，"要我看，你是不想太快破案吧。如果按天计酬的话。"

"我在等你先破案，"霍桑说，"那样一来，我就能发财了。"

"真的吗？"我惊讶道。如果梅多斯赶在霍桑前把案子破了，那对这本书来说将是灾难性的局面。

"是的。你们很快就会在报纸上读到，我也不妨现在就告诉你们。近期在不列颠尼亚路附近发生了三起入室盗窃案，作案手法相同。入侵者打扮成邮递员，上门送包裹。摩托车头盔遮住了他的脸。他的作案目标是独居的单身女性。"

"他杀了她们所有人，是吗？"

"没有。他袭击了前两个受害人，并将她们锁在橱柜中，然后趁机将屋里值钱的物品洗劫一空。第三个受害人很聪明，没有让他进门。她打了电话报警，盗贼滚蛋了。但我们现在锁定了嫌疑人，正在调取监控视频。应该不用太费劲就能追踪到那辆自行车的下落，顺藤摸瓜找到他。"

"那你如何推测戴安娜·考珀的死亡经过？他为什么不只是揍她一顿，就像对待其他两名受害人一样？"

梅多斯耸了耸他如橄榄球运动员一样的肩膀："失手了呗。"

法桐的另一头传来一阵动静。一行人护送着戴安娜来到她最终的安息之处,其中包括四名殡仪员——他们抬着那个"大篮子"。随行的还有牧师、达米安·考珀和格蕾丝·洛威尔。艾琳·劳斯殿后,她谨慎地保持着一段距离,双手交叉背在身后,确保一切进行得井然有序。没看见罗伯特·康沃利斯的影子。

"你知道吗?我认为你的推测狗屁不通。"霍桑毫不遮掩地说。他的用词和周围的环境格格不入——明媚的阳光、历史悠久的墓地,还有被花环装饰、缓缓靠近的棺材。"你办案一向是一团糟,老兄。等你最终找到那位戴头盔的邮递员,你可以替我转达一下问候,因为我可以和你打赌,你想赌多少都行,他从未去过不列颠尼亚路附近的任何地方。"

"而你,还在伦敦警察厅时就是一个令人无法忍受的浑蛋,"梅多斯压低声音咆哮道,"你不知道我们有多高兴看到你离开。"

"为你的目标感到遗憾。"霍桑回应道,他的目光闪烁,"我听说我一走他们更无法无天了,既然说到这里,你现在单身啊,太遗憾了。"

"谁告诉你的?"梅多斯猛地后退了一步。

"老兄,你从头到脚都写着这两个字。"

霍桑说得没错,梅多斯看上去疏于照料。西装皱巴巴的,衬衫没有熨烫过,还缺了一粒纽扣,脚上的鞋磨损破旧,无一不透露出家里出了变故。不过他手上还戴着结婚戒指,所以要么是他的妻子过世了,要么就是她离开了他。无论哪种情况,霍桑的话都是一语中的。事实上,我几乎希望他俩能打上一架,就像哈姆雷特和雷欧提斯在墓地边上剑拔弩张的情形一样。但就在这时,棺材到了,我看着它被缓缓地放在草地上,柳藤筐吱吱作响。两条绳子滑到了下面,四名抬棺人又花了一点时间把绳子末端穿过手柄，将棺材固定好，而艾琳·劳斯就在一旁满意地看着他们忙碌。

我瞥了一眼达米安·考珀。他正凝视着不远处，没有注意身边的任何人。格蕾丝就站在他旁边，但两人之间没有交流。她没有挽着他的胳膊。我之前注意到的几名摄影师和我们隔着一段距离，但他们的相机有变焦镜头，我猜他们可以拍到任何需要的素材。

"是时候下葬了，"牧师庄重地宣布，"我们所有人都站在一起，让我们最后为考珀太太的离去悼念，你们愿意的话，可以牵着手。"

棺材被再次抬起，挪到了等候多时的墓穴旁。人群围了上来。那个带手帕的男人擦了擦眼睛。雷蒙德·克鲁尼斯发现自己就站在布鲁诺·王的旁边，我注意到他们轻声交流了几句。四名抬棺人缓缓放下棺材，那条黑魆魆的狭长裂口正等着吞噬它。

这时，突如其来，一阵音乐声响起。是一首歌。

> 公交车的轮子转啊转，
> 转啊转，
> 转啊转，
> 公交车的轮子转啊转，
> 从早转到晚。

声音缥缈而清脆，我的第一反应是谁的手机响了。送葬的人群左顾右盼，纷纷好奇是谁的手机铃声响了，不知道是谁会为此感到尴尬。艾琳·劳斯机警地走上前来。达米安·考珀站得离墓穴最近。我看见他看着墓穴的边缘，表情似是惊恐又像是害怕。他指着下面，对格蕾丝·洛威尔说了些什么。这时我才恍然大悟。

音乐是从墓穴里传出来的。

是从棺材里发出的。

儿歌已经进入了第二段。

  公交车的雨刮器嗖嗖嗖，

  嗖嗖嗖，

  嗖嗖嗖……

四名抬棺人僵在原地，不知道是该继续把棺材放下去，寄希望于深深的墓穴将那声音掩盖，还是把棺材拉起来，想办法处理一下。难道他们真打算让这个过世的女人伴随着这滑稽可笑且不合时宜的乐声长眠于此？很明显这声音是从棺材里的某种数码录音机或收音机里发出的，要是戴安娜·考珀选择了更传统的棺材，比如红木，我们很有可能都听不到这声音。这个死去的女人可能也早已入土为安了……至少，等电池没电了也能安息了。歌声源源不断地从扭曲的柳藤中钻出来。避无可避。

  公交司机在倒车。

墓地远远的那头，摄影师们纷纷举起了相机，他们察觉出了有什么不对劲，凑近了一些。就在这时，达米安·考珀冲着牧师大发雷霆，虽然没有肢体接触，但是气势汹汹。他需要有个人来怪罪，而她首当其冲。"怎么回事？"他咆哮道，"谁干的？"

艾琳·劳斯迈着粗短的小腿，三步并作两步赶到墓穴边上。

"考珀先生……"她气喘吁吁地开口道。

"这是个玩笑吗？"达米安面色不善，"他们为什么要放那首儿歌？"

"抬起棺材。"艾琳出面收拾局面，"把它再抬出来。"

倒车请注意，倒车请注意……

"我告诉你们，我要起诉你们这家该死的公司，一分钱都——"
"非常非常抱歉！"艾琳忙不迭地解释，"我不知道……"

四个男人风驰电掣般把棺材拉了上来，速度比下葬的时候快得多。一转眼，棺材整个升到了墓穴上面，重重地落在草地上，差点倒向一侧。我都能想象戴安娜·考珀在里面来回颠簸。我仔细打量其他来送殡的人，暗暗揣测其中哪位是始作俑者，想必这一定是有人故意为之。这是个恶心人的恶作剧？还是有人在传递某种信号？

雷蒙德·克鲁尼斯紧紧拽着他的伴侣。布鲁诺·王目不转睛地看着这一切，手捂在嘴上。安德莉亚·卡卢瓦涅克——我可能眼花了，但她似乎在微笑。她旁边，那个手帕男士死死盯着棺材，脸上的表情让我琢磨不透。他的手抬到嘴边，好像下一秒就要吐出来，或是忍不住笑出声，接着他转过身，匆匆离去。我看着他穿过墓地，沿着通往布朗普顿路的那条路一直向前。

公交司机在倒车，
从早开到晚。

儿歌一遍一遍地循环。这是最折磨人的一点。音乐是那么老套,声音欢快雀跃,是成年人给孩子唱儿歌时刻意装出的那种可怕的欢快语调。

"我受够了。"达米安宣布道。从他的表情来看,他非常震惊。这是他从葬礼开始到现在第一次真情流露。

"达米安……"格蕾丝伸出手去拉他的胳膊。

他甩开她的手。"我要回家了。你去酒吧,我在公寓等你。"

摄像师的闪光灯此起彼伏,照相机的远摄镜头从墓碑上方猥琐地探出来。当他气冲冲地离开时,他的私人教练兼保镖拼尽全力阻挡镜头拍到他,但是镜头灵活地跟着他旋转,对他穷追不舍。

牧师无助地转头看着艾琳。"我们该怎么办?"她问道。

"把棺材抬回教堂。"艾琳努力保持镇定,"快。"她压低声音催促道。

抬棺人抬起戴安娜·考珀的棺材,抬着它穿过草地,远离墓穴。他们健步如飞,尽可能快速移动,就差没有跑起来了,只是仍然顾及仪态,竭力展示出某种程度上的礼貌。可他们没有成功。我觉得他们看起来很荒谬,步调不一致,不时撞在一起,仓促间差点绊倒。轻快的音乐声渐渐远去。

公交车上的喇叭……

霍桑望着他们的身影渐渐消失。我仿佛可以看到各种想法在他的脑海里翻来覆去。

"哔,哔,哔。"他喃喃自语地哼着,几乎跑调了,然后迈着轻快的步伐,跟着棺材,向教堂的方向走去。

第十二章　血腥味

我们跟在棺材后,任由其他哀悼者困惑地围在空荡荡的墓穴边,它让我想起了一只在波涛汹涌的海面颠簸的小船。

我怀疑霍桑被刚才那一幕逗乐了。也许是那个报复性的、没有人情味的玩笑迎合了他本性阴暗的一面。更有可能的是,他心知梅多斯之前提出的推论这下被彻底推翻了。就在几分钟前,他还一直言之凿凿地说是入室盗窃失控了。这下毫无疑问,葬礼上的童谣将案件推至了警方常规的办案经验之外,并让霍桑有更多机会掌握办案的主动权。

我回头一看,只见梅多斯缓缓跟在我们身后,眼下只有我和霍桑两个人,我们朝教堂的方向走去,教堂就在前面不远处。

"刚才发生的事你怎么看?"我问他。

霍桑说:"那是一条信息。"

"一条信息……给谁的?"

"嗯,达米安·考珀算一个。你看到他的表情了。"

"他心烦意乱。"

"这么形容太委婉了。他的脸跟纸一样白,我还以为他要晕倒了!"

"这件事一定和杰里米·戈德温脱不了关系。"

"他不是被公交车撞倒的。"

"是。但也许他被撞的时候手里拿着一辆玩具公交车,也许他喜欢乘公交车……"

"有件事你没说错,老兄。那是一首儿歌,所以有可能和死去的小孩有关。"霍桑小心翼翼地跨过一处墓穴。"达米安回家了,"他继续说道,"但我们很快就会去找他。我想知道他这下会怎么说。"

"迪尔那场事故已经过去十年了。"我大声说出内心的想法,"先是戴安娜·考珀遭人杀害,接着发生了这件事。肯定有人在试图表明态度。"

我们来到教堂门口,棺材已经抬进去了。我们停下脚步,等梅多斯赶上来。

"我就知道有你掺和事情就会搞砸。"他嘀咕了一句。他体力很差,走了短短的一段路就上气不接下气。如果他不注意节制饮食,不戒烟,不运动,用不了多久就会再次重访公墓,永远长眠于此。

"我很想听你讲讲你的入室盗窃理论如何解释今天发生的事,"霍桑说,"我不能违心地说,看见有人打扮成邮递员的样子。"

"这里发生的事情也许与这桩谋杀案无关,你也知道。"梅多斯回答,"事关好莱坞明星。这就是一场恶作剧……某个心理扭曲的人干的,仅此而已。"

"你说的也许没错。"霍桑的语气却表明他一句都不相信。

我们走进教堂。棺材已经放回支架上,艾琳·劳斯忙着解开皮带,牧师在一旁看着,惊讶地瞪大眼睛,一旁还有康沃利斯父子殡仪馆的四名殡葬员。我们进来时,她抬头看看我们。

"我在这行干了二十七年了,"她说,"之前从来没有——没有——发生过这种事。"

至少那首儿歌停止了。当艾琳解开皮带，掀起盖子时，我听见柳藤筐吱呀作响。我退缩了。我无意在戴安娜·考珀去世一周后再次见到她。所幸，她身上盖着一层薄薄的棉质裹尸布，虽然我可以辨别她身体的轮廓，却不用看她瞪着的双眼或缝合的嘴唇。艾琳俯下身，从戴安娜·考珀的双手间拿出一个板球状的橙黄色的东西，把它交给了梅多斯。

他嫌弃地检查了一下。"我不知道这是什么。"他说。

"这是一个闹钟。"霍桑伸出手，梅多斯把它递给他，似乎很高兴脱手。

那确实是一个数字闹钟，正确的时间显示在一侧的圆形表盘上。上面还有一串孔眼和两个开关，就像老式的收音机，霍桑把其中的一个开关推上去，音乐声再次响起。

　　公交车的轮子转啊转……

"把它关掉！"艾琳·劳斯颤抖着说。

他照做了。"这是一个MP3式的录音闹钟，"他解释说，"网上有很多。你可以下载孩子喜欢的歌曲，早上叫醒他们。我给我儿子也买了一个，只是我把自己的声音录进去了。'醒醒，你这个小浑蛋，快起床啦。'他觉得很有趣。"

"它是怎么响的？"我疑惑道。

霍桑把它拿在手里把玩。"闹钟设定在上午十一点半，把它放进棺材里的那个人提前定好时间，让它在葬礼过程中响起。他的计划很完美。"他转过头看着艾琳·劳斯。"你能解释一下它是怎么出现在那里的吗？"他问道。

"不知道！"她大吃一惊，仿佛受到了责怪。

"棺材是否单独停放过一段时间？"

"这你得问康沃利斯先生。"

霍桑稍作停顿："康沃利斯在哪里？"

"他提前离开了，今天下午他儿子的学校有演出。"她盯着那只橙色的闹钟，"我们殡仪馆不可能有人做出这种事。"

"那这么说，一定是外面的人干的。那么我的问题是：棺材单独停放过吗？"

"是的。"艾琳嗫嚅道，似乎不想承认，"死者先前停放在我们位于富勒姆宫路的停尸房，今天才从那里运来。可惜我们南肯辛顿的办事处没有足够的空间。我们在汉默史密斯环岛附近有一间教堂，丧亲之地。如果考珀太太的亲朋好友希望去看她的话，可以前往吊唁。"

"那有多少人去看过她呢？"

"我现在不清楚。但我们有一份访客名单，任何不能出示身份证明的人都不允许进入。"

"那在公墓里有机会吗？"霍桑追问道。艾琳一言不发，于是他继续说道："我们到这里时，棺材已经停放在灵车里了，车就停在教堂后面。其间一直有人看着吗？"

艾琳将问题抛给了四名抬棺人中的一个，那人拖着脚步，眼睛望着地面。"我们大部分时候都在，"他嘟囔了一句，"但不是一直在。"

"你是谁？"

"阿尔弗雷德·劳斯。我是这家公司的主管之一。"他吸了一口气，"艾琳是我的妻子。"

霍桑皮笑肉不笑地说："肥水不流外人田，你们这一家子！

那么，你们当时在哪儿？"

"我们到了以后，把车停好，就来这里了。"

"所有人吗？"

"是的。"

"灵车上锁了吗？"

"没有。"

"从以往的经验来看，没人会试图偷走一具尸体。"艾琳冷冰冰地说。

"好吧，也许这是你以后要考虑的事。"霍桑靠近她，语气近乎威胁，"我需要和康沃利斯先生谈谈。在哪里可以找到他？"

"我给你他的地址。"艾琳伸出手，她丈夫递给她一个笔记本和一支笔。她在第一页草草写了几行，然后撕下来交给霍桑。

"谢谢。"

"等一下！"梅多斯一直站在一旁，仿佛这才意识到自己刚才一言未发。与此同时——我从他的目光里能看出——他无话可说。"我要把闹钟带走，"他喃喃自语，以显示自己的权威。"不应该用手碰，"他补充了一句，忘记自己就是最先从艾琳手中接过它的人。"法医会不高兴的。"

霍桑说："我猜法医不会有太多收获。"

"好吧，如果是从网上购买的，我们有很大概率可以查出购买者的身份。"

霍桑把闹钟交给他。梅多斯用拇指和食指小心翼翼地捏着数字闹钟的两侧，用行动表达了自己的态度。

"祝你好运。"霍桑说。

这是在送客了。

* * *

守丧，如果可以这么说的话，是在一家美食酒吧举行的，就在芬伯勒路的拐角处，从公墓到酒吧步行只有几分钟的路程。这就是达米安气冲冲地离开时提到的那个地方。他不是唯一直接回家的人，一半来送葬的人都决定省去这一环节。只剩下格蕾丝·洛威尔和十二位客人，喝着普罗塞克起泡酒，吃着迷你香肠，彼此慰藉，不仅是为失去一位老朋友而感到悲伤，还为她的葬礼演变成一场可怕的闹剧而唏嘘。

霍桑说过他想和达米安·考珀聊聊，而且他已经给罗伯特·康沃利斯打过电话，在他的手机信箱里留了言。但在这之前，他想和其他前来送葬的人聊聊。毕竟，如果他们和戴安娜·考珀不熟的话，也不会来参加葬礼，这也是一次千载难逢的机会，让他可以趁他们齐聚一堂的时候把他们"一网打尽"。当我们穿过富勒姆街，迈进酒吧时，他的脚步无疑是轻快的。任何形式的谜题都能激发他的活力——越离奇，越有效。

我们在人群中一眼看见了格蕾丝。虽然她穿着一身黑，裙子却很短，披着天鹅绒材质的礼服外套，垫着夸张的垫肩。她靠在吧台旁，比起葬礼，她更像是刚参加完电影首映礼。她没和任何人聊天，当我们走到她身边时，她露出了紧张的笑容。

"霍桑先生！"显然，她很高兴见到他，"真不知道我在这里做什么，我几乎一个人都不认识。"

"他们都是什么人？"霍桑问道。

她环顾四周，然后指着其中一个说："那是雷蒙德·克鲁尼斯。他是个戏剧制片人，达米安演过他的剧。"

"我们见过。"

"那是戴安娜的私人医生。"她冲一个六十多岁的男人点了点头。男人是鸽形身材,穿着黑色的西装三件套。"我想,他是巴特沃斯医生,身旁的女人是他的妻子。站在角落里的那个人是戴安娜的律师查尔斯·肯沃西。他负责遗嘱的事。其他人我就不认识了。"

"达米安回家了。"

"他非常难过。是有人故意选了那首儿歌,惹他心烦。开这种玩笑真是可怕。"

"你知道那首歌?"

"呃,对!"她犹豫了一下,不确定是否要继续说下去,"这就要说起发生在那两个孩子身上的那件可怕的事,"她说,"那是蒂莫西·戈德温最喜欢的儿歌。他们给他下葬时就放了那首歌……在哈罗威尔德。"

"你是怎么知道的?"霍桑问。

"达米安告诉我的,他经常说起这件事。"出于某种原因,她觉得有必要替他说话,"他不是那种情感外露的人,但是那件事对他影响很大——很多年前发生的那场意外。"她倒了一杯普罗塞克酒,一饮而尽,"天哪,多么可怕的一天。我今天早上醒来,就感觉会有可怕的事发生,但从没想过会发生这种事!"

霍桑在仔细地观察她。"印象中,你不是很喜欢达米安的母亲吧。"他突然说道。

格蕾丝脸红了,她颧骨上方的那道阴影加深了。"不是的!谁告诉你的?"

"你说她会忽视你。"

"我没说过那种话。她只是对艾什莉更感兴趣,仅此而已。"

"艾什莉呢?"

"在豪恩斯洛,我父母那里。我待会儿离开这里就去接她。"

她把酒杯放在吧台上,从路过的服务员的托盘里又取了一杯。

"那么说,你和她的关系很亲近?"霍桑说。

"我不会这么说。"她沉思了片刻,"我和达米安在一起没多久艾什莉就出生了,她担心成为父亲会耽误他的事业。"她停下来,"我知道这话不中听,但你必须理解,她是一个非常孤独的人。劳伦斯去世后,她只有达米安,很溺爱他。他的成功对她来说是天大的事。"

"那孩子是绊脚石喽?"

"她是计划之外的,如果你是这个意思的话。但是达米安很爱她,他没有其他想法。"

"那你呢?洛威尔小姐?艾什莉对你的事业可没有帮助。"

"您的话确实不中听,霍桑先生。我今年才三十三岁,停下来休息几年,对我没有任何影响。而且我非常爱她。现在这样我很满意。"

我想,她可能成不了多么出色的演员。她说的我一点也不相信。

"你喜欢洛杉矶吗?"霍桑问她。

"我花了一段时间才适应那里。我们在好莱坞有一栋房子,每天早上醒来,都不敢相信我竟然在那里。我在戏剧学院上学时,那一直都是我的梦想——早上一睁眼,就能看到好莱坞的标志。"

"可以想象,你交了许多新朋友。"

"我不需要新朋友。我有达米安。"她的视线从霍桑的肩膀上方掠过,"如果你不介意,我得去和其中几位打个招呼。本该由我招待好其他人,我不想在这里逗留太长时间。"

她抽身离开。霍桑目送她,我可以看到他的大脑在高速运转,理清思绪。

"现在怎么办?"我问他。

"医生。"他说。

"为什么是他?"

霍桑厌烦地瞥了我一眼。"因为,他对戴安娜·考珀里里外外的事都清楚。因为,如果她有任何问题,也许和他提起过。因为,他也许就是杀害她的凶手。我不知道!"

霍桑一边摇头,一边靠近那个格蕾丝指给我们看的穿着西装三件套的男人。"巴特沃斯医生[①]。"他打了个招呼。

"巴提沃尔。"医生和他握了握手。他块头很大,蓄着胡子,戴着金边眼镜,是那种会愉快地形容自己"老派"的人。霍桑叫错了他的名字,这让他感觉受到了冒犯,但等霍桑解释完他和苏格兰场的关系,医生的态度就缓和了一些。我经常看见这一幕。人们喜欢配合谋杀案的调查,既有帮忙的想法,也有一些猎奇的心态。

"之前墓地上的闹剧到底是怎么回事?"巴提沃尔好奇道,"我敢打赌,您也是头一遭遇上这种事吧,霍桑先生。可怜的戴安娜!天知道,她要是还活着会怎么想?您认为是有人故意的吗?"

"我不认为有谁会不小心把提前下载好歌曲的闹钟放进棺材里,先生。"霍桑说。

我很感谢他没忘记加一句"先生"。不然,他说话的口吻明显有些轻蔑的意味了。

"您说得太对了,您肯定会调查清楚的。"

"嗯,调查考珀太太的谋杀案是我的当务之急。"

[①] 由此可知,格蕾丝记错了医生的名字,导致霍桑也跟着叫错了他的名字。

"我还以为凶手的身份已经确认了。"

"是名小偷,"他的妻子说。她的体形只有丈夫的一半,五十岁左右,表情严肃。

霍桑解释说:"我们必须通过各种途径验证。"他转过头看着医生,"巴提沃尔医生,我知道你是考珀太太的密友。我想知道你上次和她见面是什么时候,这对案情会有很大帮助。"

"大约三个星期前。她去了我在卡文迪什广场的诊所。事实上,她来找过我几次。"

"是最近吗?"

"最近几个月吧,她有睡眠障碍。其实这在某些年龄段的女性身上很常见——尽管她还有焦虑症。"他的目光左右逡巡,对在公共场所分享保密信息感到不安。他压低了声音:"她在担心她的儿子。"

"为什么呢?"霍桑问道。

"我以她的医生和朋友的身份与您交谈,霍桑先生。她担心他在洛杉矶的生活方式。她一开始就反对他去那里,然后她又读了八卦专栏里那些可怕的报道——毒品、派对,还有其他丑闻。当然,那些报道没有一点可信度。名人嘛,报纸上难免会胡编乱造、无事生非。我就是这么告诉她的,但她明显状态不佳,所以我给她开了安眠药。一开始是安定文锭,后来药效还是不够,就开了羟基安定。"我想起在死者卧室发现的那些药片。"它们似乎有效果,"巴提沃尔继续说道,"我刚才提过,我上次见她是四月底的时候,我又给她开了一种药——"

"你不怕她药物上瘾吗?"

巴提沃尔医生露出和善的笑容:"霍桑先生,我这么说请您谅解,但是如果您了解药物的话,您就会知道羟基安定成瘾的可能性很小。我开药的时候也考虑了这点。唯一的副作用是会导致患者短期记忆衰退,可考珀太太的身体整体来说似乎还很健康。"

"她和你提过她去过殡仪馆的事吗?"

"什么?"

"她去了一家殡仪馆,就在她死亡的当天为自己安排了后事。"

巴提沃尔医生眨了眨眼。"居然这样。我想不出她为什么会这么做。我可以向你保证,她除了有些焦虑,没理由认为自己的健康状况正在恶化。我只能推想她的死亡时间是个巧合。"

"那是起入室盗窃案。"他的妻子依然坚持之前的看法。

"说得没错,亲爱的。她不可能知道会发生什么事,就是巧合。没有其他可能。"

霍桑点点头,然后我们就告辞了。"该死的傻瓜。"一走到他们听不见的地方,霍桑就咕哝了一句。

"你怎么这么说?"

"因为他完全不知道自己在说什么。"

我一脸困惑。

"你听到他刚才说的话了,说不通。"霍桑说。

"可在我看来说得通。"

"他是个傻瓜,你要一字不落地记下来。"

"该死的傻瓜?我猜你会喜欢保留脏话。"

霍桑没有吭声。

"我保证会写得清清楚楚,这句话是你说的。"我补充了一句,"这样一来,他要起诉的人就是你,和我无关。"

"如果这就是事实,他不能起诉任何人。"

接下来要找的人是查尔斯·肯沃西,那名律师。他仍然待在角落里，和一个女人聊天，据我判断，应该是他的妻子。他个子不高，身材圆润，一头银色的鬈发。他和妻子的体形相像，却更重一些。他们可能刚从乡村回到伦敦，因为两人身上散发着野性的生命力，脸色红润，是呼吸大量新鲜空气调养的好气色。他喝着普罗塞克起泡酒，她在喝果汁。

"你好？是的，是的，我是查尔斯·肯沃西。这是弗里达。"

他表现得不能再平易近人了。霍桑刚介绍完自己，肯沃西就滔滔不绝地讲起自己的事。他与过世的考珀太太认识有三十多年了，他之前是劳伦斯·考珀（"得了胰腺癌，太令人震惊了。他是个了不起的人……一流的牙医"）的好友。他还住在肯特郡的法弗舍姆。出了那件"可怕的事"之后，他帮助戴安娜卖掉房子搬到了伦敦。

"你在庭审时向她提过建议吗？"霍桑问道。

"当然啦。"肯沃西脱口而出。他不只是在说话，简直是在倾吐内心的想法。"她的罪名不成立，法官的判决绝对是正确的。"

"你认识他吗？"

"威斯顿？我们之前见过一两次面。那家伙很公正。我告诉过她，没什么可担心的，不要理睬报纸上怎么写。尽管如此，对她来说，那仍然是一段难熬的日子。她非常难过。"

"你上一次见她是什么时候？"

"上个星期……她死的那天。在董事会的会议上。我们都是环形剧院董事会的成员。你也许知道，剧院是一个教育慈善机构。我们倚重捐款，保持运转。"

"你们上演哪种类型的剧？"

"呃……莎士比亚的戏剧，显而易见啦。"

我不知道霍桑是否真的不知道。环形剧院是泰晤士河南岸一家有着四百年历史的剧院重建而成的,主要演出原汁原味的伊丽莎白女王时期的戏剧。他身上没有一点迹象表明他对戏剧感兴趣——或是对文学、音乐和艺术亲近。可他一向知识渊博,很可能他只是想让这位律师不爽。

"我知道那天你们发生了一些争执。"

"不完全正确,谁告诉你的?"

霍桑没有回答。实际上是罗伯特·康沃利斯打电话给戴安娜,想要询问她布朗普顿公墓的墓地编号时,听到电话里有争吵的声音。"她从董事会辞职了。"他说。

"是的,但不是因为有意见分歧。"

"那她为什么要辞职?"

"我不知道。她只是说她考虑过一段时间了,打算离开,立即生效。她这一宣布,我们所有人都大吃一惊。她一直积极支持剧院的发展,推动捐款的募集和教育项目。"

"她有什么不满吗?"

"完全没有。如果要说有什么不对劲,就是她说完好像松了口气。她在董事会待了六年,也许她觉得待够了。"

他身旁的妻子有些坐立不安:"查尔斯,也许我们应该离开了。"

"好的,亲爱的。"肯沃西转头看着霍桑,"我真的没法告诉你有关董事会的更多信息,那些都属于机密。"

"你能告诉我考珀太太遗嘱的内容吗?"

"这个嘛,可以。我相信这很快就是众所周知的事了。遗嘱很简单,她把一切都留给了达米安。"

"据我了解,很可观。"

"我不能透露更多细节。见到你很高兴,霍桑先生。"查尔斯·肯沃西放下酒杯,在口袋里摸索,掏出一把车钥匙,递给他的妻子。"咱们走吧,亲爱的,最好你来开车。"

"你说得对。"

"钥匙……"霍桑自言自语。他目不转睛地盯着查尔斯和弗里达离开时的背影,但与此同时,他对他们已经丧失了兴趣。他的思绪飘到了别处。弗里达手里攥着车钥匙,当她穿过大门时,我瞥见了那把钥匙。我意识到,也许它无意中触动了某个开关,让霍桑想起了那条他遗漏的线索。

接着,他找到了答案。事实上,我亲眼见证了那一刻,他几乎可以说是一脸震惊,仿佛遭受了当头棒喝。我不能说"他脸上的血色渐渐褪去",因为一开始也没什么血色。但他的眼睛里写满了一切:他突然意识到一个可怕的事实——他犯了一个错误。"我们这就走。"他说。

"去哪里?"

"没时间了,快起来。"

他已经迈开大步,推开一个服务员,向门口走去。我们超过了肯沃西夫妇,他们正和一位熟人道别。我们风风火火地冲到大街上,走到街角的时候,霍桑突然停下脚步,就快按捺不住心头的怒火。

"该死的,怎么一辆出租车都没有?"

他说得没错。尽管马路上车水马龙,视线所及之处却没有一辆出租车。但是在我们驻足张望的时候,有一辆出租车停在了马路对面。它刚被一个提着大大小小的购物袋的女士拦下来。霍桑大喊一声——可以说是惊叫了一声。与此同时,他穿过马路,全然不顾来来往往的车辆。我稍微留了留神——我还记得公墓就在不远处——跟了上去。轮胎摩擦地面发出刺耳的声音,喇叭声此起彼伏，但不管怎样，我成功抵达了马路对面。霍桑已经插进了女人和司机之间，司机已经启动了计价器，关闭了黄灯。

"喂……"我听到那个女人说，她提高音量，语气中带着不满。

"警察办案，"霍桑抢先说道，"紧急情况。"

她没有让他出示证件。霍桑在警察队伍里效力多年，自然能装出一副威严的派头。或者也许是他外表就很危险，是那种不能惹的人。

上车后司机问："你们要去哪儿？"

"砖巷。"霍桑说。

那是达米安·考珀的家。

我永远不会忘记那段出租车旅程。此时刚过正午，交通其实不算拥堵，但每一次堵车，每一次红灯亮起，对霍桑来说都是种折磨，他坐在我旁边，弓着身子，如坐针毡。我有一连串的问题想要问他。那把车钥匙究竟让他想到了什么？为什么他会由此联想到达米安·考珀？达米安有危险吗？但是我懂得察言观色，所以我保持沉默。我不希望霍桑把怒气撒在我身上——不知道为什么——但在我内心深处的某个角落，有声音在窃窃私语，无论发生什么事，都可能是我的错。

从富勒姆到砖巷，路途漫漫。我们不得不从西到东横穿整个伦敦，也许坐地铁还会快一点。我们实际上经过了几个地铁站——南肯辛顿站、骑士桥站、海德公园站——每一次我都看见霍桑在默默计算路程，想要弄清楚还有多远。当我们快到皮卡迪利时，他把一部分沮丧发泄在了司机身上。

"你为什么要走这条路？你应该经过那座该死的宫殿才对。"

司机没有理睬他。当我们驶到皮卡迪利广场附近时，车辆确实在缓慢地向前挪动,但在伦敦,如果你忙着赶路,任何一条路线都是错误的选择。我看了一眼手表。车一路开到这里,用时二十五分钟,感觉却过了很长时间。一旁的霍桑喃喃自语,我坐直身体,闭目养神。他仍然没有告诉我这究竟是怎么回事。

终于,我们到了达米安·考珀的公寓门口。霍桑跳下车,留下我付钱。我递给司机五十英镑,没等他找零钱,就跟随霍桑穿过狭窄的入口,爬上一截楼梯,来到两家商店之间的那扇门前。大门虚掩,是个不祥的征兆。

我们走进去。

一股血腥味扑面而来。我写过数十个谋杀案,小说或是电视剧本,但我从未想象过这种场面。

达米安·考珀面目全非地侧躺在一摊深褐色的血泊里,他的四周都是血,渗到了地板里,他的一只手向外伸展,我最先注意到的是,他的两根手指被削掉了半截,可以想象他曾伸手阻挡接连刺向他的刀,最终被一刀刺中了胸口。有几刀划在他的脸上,这些伤口比其他伤口更加触目惊心,因为当我们看到一个人,最先注意到的是他的脸。被砍下一条胳膊或是一条腿,你还是你。可如果面目模糊,几乎就抹去了人们对你的全部印象。

达米安脸上有道伤口很深,剜出了一只眼睛,掀起了一大块皮肤,伤口一直延伸到嘴角。他的衣服之下也许还隐藏着更加骇人的伤口,但无法掩饰行凶之人对尸体的残害。他的一边脸颊紧贴着地板,整个脑袋瘪瘪的,像是一只泄了气的皮球。他已经看不出原本的模样。我真的只是靠那身衣服和那头卷曲的黑发才认出了他。

血腥味充斥着鼻腔。味道浓重、幽深,就像刚挖出的泥土。我从来不知道血腥味是这种味道,接着,那股味道铺天盖地地弥漫开来,公寓里很暖和,窗户紧闭,墙壁开始扭曲……

"托尼?醒醒!我的天哪!"

不知怎么,我盯着天花板,后脑勺隐隐作痛。霍桑凑过来,俯视着我。我张开嘴想要说话,却说不出口。我不可能晕倒了。那是不可能的。这太荒谬了,太丢人了。

但我确实晕了过去。

第十三章　死人的鞋子

"托尼？你没事吧？"

霍桑俯身看着我，他的身影占据了我的整个视野。他看起来并不在意。如果硬要形容他当时的表情的话，那应该是困惑，仿佛看到一具面目全非、鲜血淋漓的尸体后晕倒是一个怪异的举动。

我感觉不太好，脑袋撞在了达米安·考珀仓库风格的地板上，让我感觉有些恶心。那股血腥味在我的鼻腔里挥之不去，我担心自己晕倒的时候是不是沾上了血迹。我愁眉苦脸地四下摸索。地板是干的。

"你能拉我一把吗？"我说。

"当然。"他稍作犹豫，然后伸出手，抓住我的胳膊，把我拉了起来。那一瞬间的犹豫是怎么回事？我洞悉了那一刻的反常。自打我认识他起，无论是在案件的调查过程中，还是他协助我创作的时候，我们都从未有过任何肢体接触，甚至连手都没有握过。事实上，仔细想想，我从未见过他与任何人发生肢体接触。他有洁癖吗？或者纯粹就是排斥社交？这是有待我解开的另一个谜题。

我挑了一张皮制的扶手椅坐下，远远地避开了那具尸体和那摊血迹。

"要喝水吗?"他问我。

"不用了,我没事。"

"你不会吐出来,对吧?我们必须保护犯罪现场。"

"我不会吐的。"

他点了点头。"亲眼看见一具死尸,感觉不会很好。我可以告诉你,那只会变得越来越糟。"他摇了摇头,"我见过被砍掉脑袋的人,眼球突出——"

"谢谢!"我感到胃里一阵翻涌,深吸了一口气。

"凶手一定不喜欢达米安·考珀。"他说。

"我不明白。"我想到了葬礼过后格蕾丝和我们说的那些话。"这是事先计划好的,对吗?有人把音乐播放器放进了棺材里,因为他知道达米安会听到那首儿歌。他想让他离开,让他落单。可为什么是他呢?如果一切都和迪尔的那场事故有关——可那几乎不能怪到他头上。他当时甚至都不在车里。"

"你说到点子上了。"

我想要把这点捋清楚。一个女人鲁莽驾驶,撞死了一个孩子。十年之后,她受到了惩罚。但为什么还牵连了她儿子?有没有可能是宗教的原因:以牙还牙,以眼还眼?那没有道理。戴安娜·考珀已经死了。如果有人想利用她的儿子伤害她,也该先杀死他才对。

"他母亲没有直接投案自首,因为她想要保护他。"我沉思道,"这就是她驾车离开现场的原因。也许这就足以让他脱不了干系。"

霍桑沉默了片刻,却不是在思考我说的话。"我要暂时离开一下,"他说,"我已经报过警了,但是我得去检查一下公寓。"

"去吧。"

说来也有意思,我想起我们合作《正义与否》那个剧本时的一件事。我们当时在讨论第一季中的一个场景,动物保护人士被发现死在农舍里。霍桑当时告诉我,当发现一具尸体时,任何一名警察或侦探的当务之急就是保护自身的安全。他们是否身处危险?袭击者是否还藏在建筑物中?他们会确保自身安全,然后寻找潜在的目击者……比如经典的一幕,躲在衣柜里或是床底下的孩子。我躺在地板上的工夫,霍桑已经报了警。他还能注意到我,真是太体贴了。

他离开房间,身影消失在螺旋梯上。我坐在扶手椅上,试着无视那具尸体,甚至不去想那些可怖的伤口。可这并不容易。我要是闭上眼睛,那股血腥味就更加明显。可我要是睁开眼睛,就总是忍不住想要瞥一眼那摊血泊和伸展的四肢。我不得不转过头,让达米安·考珀离开我的视线。

接着,他咕哝了一声。

我转过身,以为自己幻听了。可紧接着,那个声音再次响起,让人毛骨悚然。达米安的头背对着我,但我确定那声音就是他发出的。

"霍桑!"我大声喊道。与此同时,我感觉胆汁泛到了嗓子眼。"霍桑!"

他匆匆忙忙地走下楼梯:"怎么回事?"

"达米安,他还活着。"

他用怀疑的目光看着我,然后走到那具尸体旁边。"没有,他死了。"他言简意赅地说。

"我刚刚听到他发出声音。"

达米安再次咕哝了一声,这回更大声。我没想到竟会遇到这种事。一具尸体想要说话。

霍桑却不屑一顾。"待在那里别动，托尼，别想了，好吗？他的肌肉已经僵硬了，包括声带附近的肌肉。他胃里的气体想要逸出，那就是你听到的声音。这种情况时常发生。"

"哦。"我内心深深地希望自己不曾出现在这里。不止一次，我真希望自己从未答应要写这本该死的书。

霍桑点了根烟。

"楼上有什么发现吗？"我问他。

"屋里没有其他人。"他说。

"你知道他有生命危险。"

"我知道有这种可能。"

"怎么知道的？"

他弯曲手掌，将烟灰弹进掌心。我看得出他不愿意告诉我。"我真笨，"他最后只是说，"我们第一次来这里时，你分散了我的注意力。"

"所以是我的错喽？"

"我告诉过你，我和他人交谈时，需要集中精力，当你打断我们的对话时，在某种程度上也打断了我的思考，我的思路。"他语气软下来，"这都怪我。我承认，是我漏掉了。"

"漏掉了什么？"

"达米安说他妈妈会来给阳台上的植物浇水，他说她会邮件回复他。我应该想起来的。我们在戴安娜·考珀的住所时，厨房里有五个挂钩。你还记得吗？"

"是在一条木鱼上。"

"没错。而且上面有四把钥匙。如果他在洛杉矶的时候，戴安娜·考珀可以来这里，就说明她有他家里的钥匙，但是我没有看到哪一把上贴着对应的标签。"

"有个空的挂钩。"

"这就对了。有人杀了她,在家里搜寻的时候发现了钥匙,然后趁机拿走了。"他停下来,我知道他是在重新梳理刚才说过的话,"无论如何,有这种可能性。"

通向大门的楼梯上传来一阵脚步声,片刻之后,出现了两个身穿制服的警察。他们把视线从尸体上挪开,落在了我们身上,试图弄清楚事情的经过。

"待在原地别动。"走在最前面的警察问道,"是谁报的警?"

"是我,"霍桑说,"你们倒是不慌不忙的。"

"先生,你是谁?"

"前警督霍桑,曾效力于伦敦警察厅。我已经与梅多斯警督取得了联系。我有理由相信,这起谋杀案可能与当前调查的一起案件有关。你们最好与当地的警督和重案组取得联系。"

英国警察有一种特别的对话方式,那是一种正式又有些拗口的措辞,譬如"我有理由相信",或是"与某某取得联系",而不说"给谁打过电话"。这就是我总是很难在荧幕上塑造这一形象的原因之一。张口闭口的陈词滥调,观众很难与角色产生共鸣。他们看起来也没有美国同行那么有趣,白衬衫、防刺背心,还有那令人感到绝望的蓝帽子。没有配枪,不戴太阳镜。眼前的这两名年轻警察办事认真。一个是亚洲人,另一个是白人。他们几乎没再和我们说过话。

其中一个拿出他的对讲机,汇报情况,其间霍桑则开始亲自检查案发现场。

我看见他走到通往阳台的那扇门旁,从口袋里掏出一条手帕,小心翼翼地避开门把手。门没有锁。他的身影消失在门外,尽管我仍然感到恐惧，还是硬拖着身躯离开那把扶手椅，跟了上去。两名警察汇报完现场的情况后，似乎就无事可做了。我离开的时候，他们犹犹豫豫地朝我的方向看了一眼，甚至没有问我是谁。

来到阳台，呼吸着午后的空气，我立刻感觉好多了。与公寓的室内装潢一样，阳台的布置——折叠躺椅、盆栽植物、燃气烧炉——也让我不禁想起了片场。它就像是《老友记》里乔伊、钱德勒，和其他几位朋友经常放松的那个阳台，可以看见大楼后方有一条金属防火通道通往一条小巷。霍桑站在边缘，向下凝望。我注意到他脱了鞋，大概是为了避免留下脚印。他又在抽烟。他每天吸烟的数量无异于慢性自杀。一天要抽至少二十根，也许更多。我走近时，他转过身来。

"他事先就是埋伏在这里。"他说，"达米安·考珀参加完葬礼回到家中时，他已经潜入了公寓，用那把从不列颠尼亚路拿来的钥匙打开大门。然后来到外面的阳台上，伺机而动。行凶之后，他也是从这里离开的。"

"等一下。这些你是怎么知道的？而且，你怎么知道凶手是名男性？"

"戴安娜·考珀是被人用窗帘绳勒死的。她的儿子被砍得面目全非。凶手多半是男性。如果是女性，那她一定非常、非常愤怒。"

"其余的推测呢？你怎么能确定这就是谋杀的经过？"

霍桑只是耸了耸肩。

"如果你想让我写，就必须告诉我。否则，我只能胡编乱造。"我之前就这样威胁过他。

"好吧。"他把烟头扔到阳台外面，我看着它在空中急速旋转,然后消失不见。"首先要把自己放在凶手的位置上,思考他脑子里在想什么。"

"你知道达米安参加完葬礼会回到这里。音乐播放器,还有'公交车上的轮子'那些把戏都是为了刺激他回到这里。或者,也许你当时就在墓地——躲在人群中或是一块墓碑后面。你听见他对女朋友说'我要回家了'。这时你脑海里浮现出了一个计划。

"唯一的问题是,你不能确定他是否会单独行动。毕竟格蕾丝有可能会一起回来。也许他会带牧师回家。所以你必须潜伏在一处可以看到他的地方,如果时机不成熟,你可以立刻离去。"他用拇指示意了一下,"这里有楼梯可以通向一层。"

"也许他也是这么上来的?"

"不可能,进入客厅的门上了锁,门闩是从里面插上的。"霍桑摇摇头,"他有钥匙,是从大门进来的。他要先找到一个藏身之处,于是来到了阳台上。这里是完美的藏身地点。透过窗户可以看到室内的情况,以便确认达米安是否有同伴。事实证明,达米安是独自一人,这正中他的下怀。凶手回到客厅,接着……"其余的他就没有往下说。

"你说他是从这里逃走的。"我提醒他。

"这里有个脚印。"顺着霍桑手指的方向,我看到逃生通道旁有一块红色的,大概二分之一半月形的印记,那是凶手的鞋底在沾上达米安的血迹后不小心留下的。这让我想起了戴安娜·考珀家里的足迹,大概是同一个人的。

"总之,他无法从正门离开,"霍桑继续说道,"你见过尸体上利器所致的伤口了。流了很多血。他身上肯定也沾了不少血迹。你觉得他可以不引人注意地穿过砖巷吗?我的猜测是,他穿了一件外套之类的,从逃生通道爬下去,穿过小巷离开。"

"那你知道闹钟是怎么放进棺材里的吗?"

"还不知道,我们必须先找康沃利斯聊聊。"香烟在他的手指间滚动,"但我们要过一会儿才能离开这里。等梅多斯露面之后,你不得不向他提供一份证词。不用说太多,装聋作哑就好。"他瞥了我一眼,"这应该不太难。"

在接下来的几小时里,达米安·考珀的公寓变得越来越拥挤,而我们两个坐在里面,无事可做。最先赶来的两名警察通知了他们的警督,而这位警督接着又通知了重案调查组。一共来了六名警察,戴着头套、口罩和手套,穿着一次性防护服,几乎分不清谁是谁。每隔几秒钟,令人眼花缭乱的闪光灯就会亮起,负责拍照取证的警察就会用镜头捕捉下公寓的一角。达米安的尸体旁蹲着一男一女,他们都是法医团队的成员,正在用棉签小心翼翼地擦拭他的两只手和脖子。我知道他们在找什么。如果行凶者拿刀袭击达米安时,两人有过肢体接触,那他们也许就能采集到凶手的DNA。达米安的两只手都被套上了袋子,不透明的塑料袋用胶带牢牢地固定。不过才短短的一天,他就不再被当成一个活生生、有尊严的人,而更糟的还没有发生。当他们终于准备好将他运走时,两个人跪下来,用聚乙烯材质的袋子包裹住他,然后用电工胶带密封。整个过程让我同时联想到了古埃及人和联邦快递。

他们用蓝白相间的胶带拉起了一道警戒线,从大门开始,封住了楼梯口。我不确定他们该如何应付楼上楼下的邻居。至于我,虽然我没有被讯问,但一个穿着塑料防护服的女人让我把鞋子脱掉,要把它们一并带走。这让我感到困惑。"他们要我的鞋做什么？"我问霍桑。

"潜在的足迹，"他回答说，"他们需要排除你的嫌疑，让你免于接受讯问。"

"我知道，但是他们没有拿走你的鞋。"

"我更加小心，老兄。"

他看向自己的脚，脚上只穿着一双袜子。他一定一看到达米安的尸体，就把鞋脱掉了。

我问他："我什么时候能把鞋要回来？"

霍桑耸了耸肩。

"我们还要在这里待多久？"

他同样没有回答。他想再抽一支烟，但屋里不允许抽烟，这让他有些烦躁。

过了一会儿，梅多斯到了，在门口的登记员那里签了字。他已经接手了这个案子——达米安·考珀的谋杀案，已经并入他目前的调查之中——而这一次我看到了他的另外一面。与犯罪现场的负责人核实情况，与法医小组交谈、做笔记，整个过程中，他冷静镇定、富有威严。等他终于来到我们身边时，他直奔主题。

"你在这里做什么？"

"我们过来表示慰问。"

"滚开，霍桑。没跟你开玩笑。他给你打电话了吗？还是你知道他可能有危险？"

梅多斯并不像霍桑暗示的那样愚蠢。他猜得没错。霍桑早就知道，但是他会承认吗？

"没有，"他说，"他没有给我打电话。"

"那你为什么在这里？"

"你觉得是为什么？葬礼上发生的那件事——显然有什么不

对劲,如果你没有忙着追踪你那个不存在的盗贼,你也能发现。我想问问他发生了什么事,只可惜来得太晚了。"

他没有提到钥匙的事。霍桑永远不会承认自己犯了错误。他忘记了,总有一天梅多斯会从我的书里读到这件事。

"等你赶到时,他已经死了。"

"是的。"

"你没看见有人离开吗?"

"阳台上有个血脚印,如果你想去看的话。它可能会给你提供一个鞋子的尺码。要我说,凶手是通过逃生通道下去,进入小巷,所以也许监控设备拍到了他。但是我们什么也没看到。我们来得太迟了。"

"那好吧,你会迷路。所以把阿加莎·克里斯蒂也带来了。"

他是在说我。阿加莎·克里斯蒂是我心中的英雄,可我还是感觉受到了冒犯。

霍桑起身,我跟着他向门口走去,我们俩脚上都只穿着一双袜子,步伐轻快地穿过木地板。我刚想指出来,霍桑就从艺术装饰风格①的家具柜里取出一双黑色皮鞋,递给了我。我都没留意他什么时候在这里放了一双鞋。"这是给你的。"他说。

"你从哪里拿的?"

"我上楼时,从鞋柜里顺手拿的。是他的鞋。"他朝达米安·考珀尸体所在的方向努了努下巴。"鞋的尺码应该和你的差不多。"

看见我似乎有些犹豫,他补充说:"他用不到了。"

我穿在脚上,那是一双意大利手工皮鞋,价格不菲。非常

---

① 艺术装饰风格是二十世纪二十到三十年代流行于法国的主要的艺术风格,它生动地体现了这一时期巴黎的豪华与奢侈,以其富丽和新奇的现代感著称。

合脚。

他穿上自己那双,我们走出大门,一路经过更多穿制服的警察,然后拐进砖巷。有三辆警车停在外面,旁边还有一辆车,侧面印有"私人救护车"的字样。它不是什么救护车,只是一辆黑色货车,用来将达米安·考珀的尸体运送到停尸房。更多的警察在忙碌着,把房子正面到人行道边缘沿途都遮挡起来,以防搬运尸体的时候有人看见。一大群人被挡在马路对面。道路已经封锁。我又一次想起了之前参与制作的那些电视剧。我们从来请不起这么多群演,也负担不起这么多车辆的费用,更不要说在伦敦中心地带取景了。

一辆出租车停在我们前面,格蕾丝·洛威尔从车上下来的时候,我轻轻地推了推霍桑。她还穿着在葬礼上穿的那身衣服,胳膊上挎着手提包——但是现在她身边还跟着艾什莉,女孩穿着粉红色的连衣裙,紧紧地抓着她的手。格蕾丝停下脚步,环顾四周,眼前的一切让她感到震惊。然后她看到了我们,匆忙走上前来。

"出什么事了?"她问道,"警察为什么在这里?"

"你恐怕不能进去。"霍桑说,"我有个坏消息。"

"达米安……?"

"他被人杀了。"

我以为他会措辞委婉一些。毕竟他面前还站着一个三岁的小女孩。如果她听懂了怎么办?格蕾丝也有同样的顾虑。她把女儿拉近身边,用胳膊搂住她的肩膀,下意识地想要保护她。"你这话是什么意思?"她小声说。

"葬礼之后有人袭击了他。"

"他死了?"

"恐怕是这样。"

"不,不可能的。他当时很难过,说要回家。因为那个可怕的玩笑。"她的视线从霍桑脸上移开,飘向门口,然后又落回他脸上。她意识到我们两个人正打算离开。"你们要去哪里?"

"公寓里有一个名叫梅多斯的督察,他负责调查这个案子,他会想要和你谈谈。但如果你接受我的建议,就不要进去。不会很愉快。你一直和父母在一起吗?"

"是的,我去接艾什莉了。"

"那就坐进出租车里,回到他们身边。梅多斯很快会去找你。"

"我能这么做吗?他们不会认为……"

"他们不会认为你与这件事有关,你当时和我们一起待在酒吧。"

"我不是这个意思。"她拿定主意,然后点点头,"你说得对。我不能进去,不能带着艾什莉。"

"爸爸在哪儿?"艾什莉第一次开口说话。周围的警察和人们奇怪的举动似乎让她感到既困惑又恐惧。

"爸爸不在这里。"格蕾丝哄她说,"我们要回去找外婆和外公了。"

"你需要有人同行吗?"我问她,"如果你愿意,我不介意陪你走一趟。"

"不用了,我不需要人陪同。"

我不知道该如何看待格蕾丝·洛威尔这个人。和演员打交道,我从来都会感到局促,因为我永远也无法判断出他们是真心实意,还是只是……呃,演戏。我现在就是这种感觉。格蕾丝神情沮丧,泪水在眼眶里打转。她此刻也许惊魂未定。但是内心却有一个声音告诉我，这只是作秀，从出租车停下的那一刻起，她就一直在练习台词。

我们看着她回到车里，关上门。她向前探着身体，告诉司机地址。片刻后，出租车开走了。

"悲痛的寡妇。"霍桑喃喃自语。

"你是这么认为的吗？"

"不，托尼。我在土耳其人的婚礼上能看见更多的悲伤。如果你要问我的话，我会说她有很多事情瞒着我们。"出租车驶过砖巷口的交通信号灯，消失在视野中。霍桑嘴角上扬："她甚至都没问一句他是怎么死的。"

第十四章　威尔士登绿地

那是一栋二十世纪五十年代建造的半独立房屋，二楼是红砖砌成的，再上面是灰泥砌的，顶部是一个人字形屋顶。就像是三位建筑师没有互相商量就同时设计了这栋房子，但他们一定对自己的成果非常满意，因为他们在隔壁还建造了一栋一模一样的。相邻的两栋房子就像在照镜子一般，木栅栏分隔出各自的车道，两户共用一个烟囱。它们各有一扇凸窗，可以俯瞰一片铺着碎石子路的区域，那片区域一直延伸到一堵矮墙边，墙的那头是斯尼德路。我猜里面大概有四间卧室。前窗上贴着一张海报，上面是为伦敦北部临终关怀医院长跑募集的广告。房屋一侧是一间开放式的车库，里面拥挤地停着一辆翠绿色的沃克斯豪尔雅特，一辆三轮车和一辆摩托车。

门廊是拱形的，门是仿中世纪的样式，厚厚的窗格里嵌着磨砂玻璃。门口是一条别致的欢迎垫，上面写着"不要管那只狗——要当心主人！"霍桑按下门铃时，响起了《星球大战》主题曲开头的旋律。也许放肖邦的《葬礼进行曲》更加应景，因为这里就是罗伯特·康沃利斯居住的地方。

开门的女人热情洋溢，仿佛她这周一直在期盼我们的造访。她笑容灿烂地看着我们，就像在说："你们终于来了，怎么这久才来?"

她大约四十岁,正毫无顾忌地一头扎向中年。事实上,她不修边幅的外表说明她欣然接受了这一事实:宽松走形的运动衫,不合身的牛仔裤(一只膝盖上绣着一朵花),卷曲的头发,笨重的首饰。她体重超标——也许她会自称为"大地母亲"类型的人。

她一只胳膊底下夹着一大堆衣服,另一只手里拿着无绳电话,但她似乎完全没有察觉。我可以想象她开门的时候,一边抬起腿,平衡胳膊上衣服的重量,一边歪着头,把电话夹在耳朵和肩膀之间。

"霍桑先生?"她看着我,问道。她的语气令人愉快,显然受过良好教育。

"不是我,"我说,"是他。"

"我是芭芭拉。请进,家里的情况恐怕要让你们见笑了。现在晚上六点了,我们在哄孩子上床睡觉。罗伯特在另一个房间。相信你们能理解,白天大家都手忙脚乱的!艾琳和我们说了葬礼上发生的事,真可怕。您是在协助警方办案,对吗?"

"我正在协助警方进行调查。"

"这边走!留神旱冰鞋。我和孩子们说过,让他们不要把旱冰鞋放在走廊里,总有一天会有人摔断脖子!"她低下头,这才注意到胳膊底下那堆脏衣服。"哎呀!抱歉,我正要把它们放进洗衣机里,这时门铃响了。我这人真是!"

我们跨过松松垮垮的旱冰鞋,走进门厅。各式大衣、惠灵顿靴、各种尺码的鞋子随处乱放。一把椅子上放着一顶摩托车头盔。两个孩子在房子里嬉戏追逐。虽然看不见他们,却能听见他们的叫声。几秒钟后,两个金发小男孩从另一扇门冲进屋里,他们一个大约五岁,另一个大约七岁。两人看了我们一眼,然后又转身跑得没影了,依旧尖叫着。

"那是托比和塞巴斯蒂安,"芭芭拉说,"他们待会儿去洗澡,也许我们能稍微清静一会儿。你有小孩吗?老实说,有时候这地方就像战场一样。"

孩子占领了这栋房子。暖气片上有他们的衣服,到处都是玩具——足球、塑料剑、毛绒玩具,旧网球拍,散落在各处的卡片和乐高积木。你很难忽略房间里的杂乱无章,但是当我们跟着主人穿过门廊,进入客厅后,这间屋子给我留下了截然不同的印象。这是一个温馨、老式的家,壁炉里放着干花,地上铺着剑麻地毯,摆着十有八九已经走音的立式钢琴,沙发上放着毯子,还有那些似乎永远都不过时的圆形纸质灯罩。墙上挂着抽象风格的画,色彩斑斓,是那种从百货商店里精心挑选的艺术品。

"你是在你丈夫的公司工作吗,康沃利斯夫人?"我们跟着她去厨房的路上,霍桑问道。

"天哪,不是!还有,叫我芭芭拉就行。"她把衣服扔在椅子上。"我们互相已经看腻了。我是一名药剂师……兼职的,在当地博姿的分店。这份工作虽说谈不上热爱,但我们要付账单啊。小心!那是另一只旱冰鞋。罗伯特在里面……"

厨房明亮而凌乱,有早餐吧台和乡村风的白色餐桌。水槽里堆积着一摞脏盘子,旁边是一摞干净盘子。不知道芭芭拉该怎么区分二者。透过法式的窗户,可以眺望楼下的花园,是篱笆围成的一方矩形的草坪,一侧长着几丛灌木。就连这片花园也被孩子们霸占了,蹦床和攀爬架占据了草坪的绝大部分空间,也破坏了上面的草丛。

罗伯特·康沃利斯还穿着在布朗普顿教堂见到他时穿的那身

西装,只是这会儿没打领带,他坐在餐桌旁,正在浏览一些账目。在这里看见他的感觉很奇怪——在殡仪馆之外看到殡仪馆的馆长。至少,因为我知道他是殡仪馆的馆长。我不禁好奇在停尸房修修补补尸体一天之后,回归舒适日常的家庭生活是一种什么感觉。他或他的妻子是否会感觉受到了某种程度的影响?孩子知道他们的父亲是做什么工作的吗?我从没在我的哪本书里塑造过殡仪员这一角色,但愿霍桑能多询问一下他的工作。我会积累诸如此类的各种素材,你永远不知道什么时候会派上用场。

厨房像其他地方一样,也遭到了入侵。餐桌上放着更多的塑料玩具、蜡笔和纸。每面墙上都用透明胶带挂着色彩鲜艳的涂鸦。我想起了哈罗山丘那栋房子,还有朱迪思·戈德温那因失去了一个孩子而毁灭的生活。康沃利斯的家也是由孩子们定义的,却是以截然不同的方式。

"罗伯特在这里,"芭芭拉宣布道,接着开始责备他,"你还在看账目吗?我们要准备晚餐,还要哄孩子上床睡觉,现在家里还来了警察!"

"亲爱的,我刚弄完。"康沃利斯合上他的账本,指着面前的空座位说,"霍桑先生,请坐。"

"你们要喝茶吗?"芭芭拉问道,"我可以给你们做英式早餐茶、伯爵茶或者正山小种。"

"不用了,谢谢。"

"或者喝点更有劲儿的?罗伯特——我们冰箱里还有些酒。"

我摇了摇头。

"要是你们不介意的话,我想喝一杯。毕竟,现在还算周末……罗比,你要来一杯吗?"

"不用了,谢谢你,亲爱的。"

霍桑和我坐在桌子的另一边。霍桑正准备开始问话，两个孩子突然冲了进来，绕着桌子互相追逐，闹着要听睡前故事。罗伯特·康沃利斯抬起手，试图掌控局势。"好了，你们俩。够了！"孩子们没有理睬他。"你们为什么不去花园里玩儿呢？作为特殊奖励，你们可以睡前在蹦床上玩十分钟！"

孩子们兴高采烈地欢呼雀跃，他们的父亲起身打开落地窗。兄弟俩一溜烟跑了出去，我们看着他们爬上了蹦床。

"可爱的孩子。"霍桑咕哝了一句，带着世上最大的恶意。

"每天这个时候，他们都会有点不听话。"康沃利斯再次坐下，"安德鲁呢？"他大声询问一旁的妻子，她正站在冰箱旁边，手里端着半杯白葡萄酒。

"在楼上，做功课。"

"或者在玩电脑，"康沃利斯说，"我没法让他不碰那东西，他已经九岁了。"

"他所有的朋友都玩，"芭芭拉附和道，"我搞不懂现在的孩子，他们对真实的世界不感兴趣。"

短暂的沉默。在这栋房子里，拥有片刻的沉默是一种奢侈。

"艾琳和我说了葬礼上的事，"康沃利斯打开话匣，印证了芭芭拉之前在走廊里说的话。"我没法告诉您我有多么沮丧。我从事这行已经十年了。之前是我父亲经营这家公司，再之前是我的祖父。我可以向您保证，这样的事情从未发生过。"霍桑正要问他一些事情，但他接着说道，"很抱歉，我当时没有在场。我尽量参加每场葬礼，但我相信艾琳已经告诉你们了，那天我儿子的学校有演出。"

"他一连好几周都在记台词。"芭芭拉大声道，"每晚上床睡觉前都是，他很重视这次演出。"她又满上一大杯酒，过来加入我们。"如果我们没有去看，他永远都不会原谅我们。表演是流淌在他血液里的东西……他张口闭口都在说。而且他无疑很出色。好吧，也许只有我这么觉得，不行吗？可这是事实！"

"我当时就不应该离开。我感觉到了，直觉告诉我会出事。"

"为什么你会这么觉得呢，康沃利斯先生？"

他回想道："这么说吧，考珀太太的死很蹊跷。也许这么说会让您感到意外，霍桑先生，可是暴力性质的犯罪对我来说并不陌生。我们在伦敦南部还有一家分公司，警察不止一次传唤过我们……持刀伤人，帮派械斗。但是这一次，考珀太太为自己安排了葬礼，然后当天就死了……"

"你和我说过你很担心，"芭芭拉附和道，"就在今天早上，你换衣服的时候，还在说这件事。"她上下打量着他，"你怎么还穿着这身衣服？我以为你会换一身。"

芭芭拉·康沃利斯是一个亲切、友善的女人，但她总是话说个没完，我要是娶了她，一定会被她逼疯。她的丈夫没有理睬她最后那个问题。他解释说："这就是我要求艾琳待在那里的原因。我知道会有警察和记者前来，当然达米安·考珀有一定的知名度。我不相信阿尔弗雷德一个人可以应付。即便如此，我也应该留下来。"

"你甚至都没机会和达米安·考珀交谈。"桌上放着一碗薯片。芭芭拉将它拽到自己面前，抓起一把。花园里，男孩们正上蹿下跳。隔着双层玻璃，我们都能听到他们兴奋的笑声。"他是你最喜欢的演员之一。"

"没错。"

"我们看过他的所有片子。他演的那个电视剧叫什么来着？关于记者的那一部？"

"我不记得了，亲爱的。"

"你当然记得，你还买了录像带。你看过很多遍。"

"《政局密云》。"

"就是这部。我没有追完，可他演得非常好。我们还在剧院见过他，对吧，奥斯卡·王尔德的那部喜剧——《不可儿戏》。我带着罗伯特去看的，为了庆祝我们的周年纪念日。"她转向丈夫，"我们都觉得他很出色。"

"他是一个非常好的演员，"康沃利斯表示赞同，"可我永远都不会想要在他母亲的葬礼上接近他，即便有机会。那不合时宜。"他允许自己小小地幽默了一下。"我都没有找他要个签名！"

"好吧，我有一个消息，可能会让你感到意外，"霍桑说，他拿起一片薯片，就像拿着一份证据一样，"达米安·考珀也死了。"

"什么？"康沃利斯盯着他。

"他今天下午被人谋杀了，就在葬礼结束大约一小时后。"

"你在说什么？这不可能！"康沃利斯一脸震惊，我原以为电视或网上已经有了相关的新闻，但他们俩一定是忙着照看孩子，还没看见。

"他是怎么死的？"芭芭拉问，她也一脸震惊。

"他是被人捅死的，就在他那栋坐落在砖巷的公寓里。"

"你知道是谁干的吗？"

"还不知道，我很惊讶梅多斯警督居然还没有和你联系。"

"我们没有得到任何消息。"康沃利斯看着我们，组织起语言，"葬礼上发生的事……有关联吗？我的意思是，这两件事一定有关联！艾琳和我说的时候，我以为那只是个不友好的玩笑……"

"有人怀恨在心,你的原话。"芭芭拉提醒他。

"这似乎是显而易见的结论,但正如我所说,这完全超出了我的经验范围。但要是达米安被人杀了,我猜想,这一切都没那么简单。"

霍桑思考再三后,把薯片放回碗里。"有人把录音闹钟放进她的棺材里。上午十一点半,按时播放了一首儿歌。我敢打赌,这与他的死有关。所以我想知道它是怎么被放进去的。"

"我不知道。"

"你为什么都不思考一下?"霍桑焦急地说。我觉得乱糟糟的屋子、上蹿下跳的孩子、一边喝酒一边吃薯片的芭芭拉……威尔士登绿地的一切都让他神经紧张。

康沃利斯看着他的妻子,好像在寻求她的支持。"我可以向您保证,不是给我干活的人放的。康沃利斯父子殡仪馆里的每个人都在公司工作至少五年了,其中许多人都是我的家人。我相信艾琳一定告诉过你。考珀太太是直接从医院运到我们位于汉默史密斯的停尸房的。我们将她清洗干净,给她合上眼。考珀太太不希望给尸身做防腐处理。没有人提出来看尸体,即便有人提出了要求,也没有机会搞鬼。

"她被放在她亲自挑选的纯天然柳藤编织的棺材里。大概是那天早上九点半的时候。我当时不在场,但是四个抬棺人都在。然后她被抬到灵车上。我们有一个带电动门的私人庭院,大街上的人不可能随意进出。她会从那里被直接运到布朗普顿公墓。"

"所以她会一直在人们的视线范围之内。"

"是的,据我所知,大概只有三到四分钟的时间,棺材无人看管,就是灵车停进教堂后方的停车场时。顺便说一句,我会确保以后再也不会发生这种情况。"

"但可能闹钟就是那时被放进棺材里的。"

"是的,我想是的。"

"棺材容易打开吗?"

康沃利斯思考片刻。"很快就能打开。如果是传统棺材,比如实木的,盖子会用螺丝拧紧。但是柳藤棺材盖子上只有两条皮带。"

芭芭拉喝光了杯里的酒。"你们确定不要来一杯吗?"她问。

"不了,谢谢。"我说。

"好吧,我还要再来一杯。毕竟咱们正在聊这些谋杀、死亡的话题!通常,我们在家从不讨论罗伯特工作上的事。孩子们不喜欢。安德鲁在学校里,不得不在全班同学面前提及爸爸的工作时,就会编故事。他说罗伯特是名会计。"她发出响亮的笑声,"我不知道他是怎么编造事实的,他对会计学一无所知。"她打开冰箱,又给自己倒了一杯酒。

她关冰箱门的时候,另一个男孩走进了厨房里,他穿着运动长裤和T恤。

男孩个头比之前两个孩子高,深色的头发笨拙地遮住了一部分脸。"为什么托比和塞巴在花园里?"他问道,然后注意到我们,"你们是谁?"

"这是安德鲁,"芭芭拉说,"这些人是警察。"

"怎么了?出什么事了?"

"不是你操心的事,安德鲁。写完作业了吗?"男孩点了点头。"那么你就可以看电视了,如果你想看的话。"她微笑地看着他,拿他炫耀道,"我刚才还和先生们说了你学校演出的事。皮诺曹先生!"

"他演得不太好,"康沃利斯说,然后模仿鼻子变长的样子,

"等一下。这是个谎话,他很出色!"

安德鲁得意地迈着重重的步子离开了,一边走一边大声宣布:"我长大以后要当演员。"

"我们现在先不谈论这件事,安德鲁,"康沃利斯打断他,"如果你想帮忙,可以到外面告诉弟弟们该上床睡觉了。"

花园里,托比和塞巴斯蒂安已经转移到了攀爬架上。他们筋疲力尽地冲对方吼叫,几乎到了失去人类理性的地步。这一幕我记忆犹新,我在我的孩子身上见过。安德鲁点点头,按照父亲的吩咐去做。

"我能问你一件事吗?"我知道我在冒险,这没准会勾起霍桑的怒火,但我很感兴趣。"能问个不完全相关的问题吗?我想知道你为什么选择从事这一行。"

"做殡仪员?"康沃利斯似乎并没有为这个问题感到困扰,"在某种程度上,是它选择了我。你看到我们南肯辛顿办事处门上方的那个标志了吧。这是一个家族企业。是由我曾曾曾祖父开创的基业,一代传一代。我有两个堂兄也在殡仪馆工作。你见过艾琳。我的堂兄乔治负责做账,也许我的某个儿子有天也会接管公司。"

"谁能说得准呢!"芭芭拉嘲笑道。

"他们没准会改变主意。"

"像你一样?"

"这年头年轻人打拼不容易。他们知道只要自己愿意接受,永远有份工作留给他们,这是多好的事。"他转头看着我们,"大学毕业后,我从事过其他职业,四处旅行,也干过一些疯狂的事。我内心有一部分拒绝成为殡仪员——可如果我没有加入公司,我的生活会截然不同。"他伸出手,握住了妻子的手。"我们就是这么遇见的。"

"在我叔叔的葬礼上!"

"我早先承办的一个葬礼。"康沃利斯微笑着回忆道,"这可能不是邂逅人生伴侣最浪漫的方式,但这是那天发生的最美好的事。"

芭芭拉说:"反正我从来都不喜欢大卫叔叔。"

外面天色渐暗,两个孩子正和想要把他们领回家的哥哥吵个不停,"如果您没有别的问题,恐怕我们要请您离开了,"康沃利斯说,"我必须让孩子们上床睡觉了。"

霍桑起身。"你们帮了很大的忙。"他说。

我不确定这是不是真心话。

"如果您查到什么,可以让我们知道吗?"芭芭拉问道,"不敢相信达米安·考珀竟然被人杀了。先是他母亲,然后是他。这让人忍不住想知道下一个会是谁!"

康沃利斯领我们向门口走去,芭芭拉出门去叫孩子。

"还有一件事,我想我应该告诉你,"我们站在外面的石子路上,灰蒙蒙的天光下,他忽然说,"我只是不确定是否和这个案子有关。"

"你说。"霍桑说。

"好吧,两天前,我接到一个电话。电话那头的人想知道丧葬礼举办的地点和时间。电话那头是个男人。他说他是戴安娜·考珀的朋友,想参加葬礼,但他拒绝留下姓名。实际上,他的行为——我该怎么说呢——相当可疑。我不会说他是精神错乱,但他听起来像是承受了很大压力。他很紧张,甚至不愿意告诉我他是从哪里打来的电话。"

"他怎么知道是你承办葬礼?"

"我也想知道，霍桑先生。我想他一定给伦敦西部的所有承办人都打过电话，问过同样的问题，不过我们是规模最大、口碑最好的殡仪馆之一，所以他可能最先打给了我们。总之，我当时并没有细想，只是把他想知道的细节告诉了他。今天艾琳告诉我发生了可怕的事情，我就想起了他。"

"我猜你没有他的电话？"

"我有，我们保留了所有来电记录。他是用手机给我打的电话，所以号码记录在了我们的系统里。"康沃利斯取出一张折叠起来的纸，交给霍桑，"老实说，我很犹豫要不要把它给你。我不想让任何人惹上麻烦。"

"我们会调查的，康沃利斯先生。"

"可能没什么价值。纯属浪费时间。"

"我有很多时间。"

康沃利斯回到屋里，关上了门。霍桑展开纸，看了一眼，露出一个意味深长的微笑。

"我认识这个号码。"他说。

"怎么会？"

"我们在哈罗山丘，朱迪思·戈德温家中时，她给了我一模一样的号码。这是她丈夫，艾伦·戈德温的号码。"

霍桑把那张纸折好，放进口袋里。他还保持着那个微笑，仿佛这正是他期待已久的事。

第十五章　与希尔达共进午餐

"你买了一双新鞋。"第二天我出门的时候妻子说。

"没有。"我说,低头一看,原来我穿着霍桑给我的那双鞋,也就是达米安·考珀的鞋。它们上脚很舒服,是意大利产的。我不假思索地就穿在了脚上。

"哦,这双啊!"我喃喃道。

我的妻子是电视制片人。任何细节都逃不过她的双眼,她轻而易举就能当侦探,或是间谍。我笨拙地站在原地。霍桑的事,我对她只字未提。

"买了有一阵了。"我说,"只是不经常穿。"我们不会对彼此撒谎。这两个陈述大致都属实。

"你要去哪里?"她问我。

"和希尔达吃午餐。"我说。

希尔达·斯塔克是我的文学经纪人。我也没跟她说起过霍桑。我用最快的速度出了门。

作家与经纪人之间的关系很奇特,我甚至不确定自己能完全理解这种关系。从基本的开始说起,作家需要经纪人。大部分作家在处理合同、买卖和发票这些事情时,是毫无头绪的。事实上,处理任何生意上的事都是如此。经纪人会办好这些,作为回报，你赚的钱的百分之十要进入他们的腰包。这个价格其实很公道，除非你出了本畅销书。但如果你的书真卖得这么好，你也不会在乎这点钱。其他的事他们不太插手。他们不会真的帮你带来工作机会。如果他们设法提高了你的预付款，那这部分金额远没有他们自己赚取的佣金高。

经纪人不完全是你的朋友。就算是，也是长袖善舞的那一类。他们还有几十个其他客户，同样也很乐于和他们见面。他们可能会试探地问候你妻子和孩子的近况，但实际上他们最感兴趣的还是你新书的进展。可以说，他们的脑回路只关注一件事，与尼尔森公司（英国一家追踪图书销售数据的公司）完美同步。我的书出版一周后，希尔达会打电话告诉我图书的排名情况，即使她知道我讨厌听这些。我会告诉她："图书销量不是全部。"简而言之，这就是我们之间的差异。

我记得在她和我签约之后不久，我们约好在机场碰面。我要去爱丁堡做一场演讲，她同意一起前往，我很惊讶。她难道不用回家吗？没有家人在等她吗？我永远也不会知道答案了。她没有邀请我去过她家，我也从未见过她的家人。我看到她的时候，她在安检通道的那头，正扯着嗓门冲手机那头的人叫嚷，她示意我不要打扰她。我花了大约十几秒，意识到电话那头是出版社的人，又用了十秒钟才意识到那是我的出版商。安检后她穿上鞋子，系好皮带，套上夹克，走进了 W.H. 史密斯的机场书店，却发现里面没有我新书的存货。她想知道为什么。

这就是希尔达。在我和她签约之前，我在迪拜、香港、开普敦、爱丁堡和悉尼的书展上都见过她。她对我了如指掌：我的新书表现如何，我的编辑为何离职，接替她的人是谁。如果我是阿拉丁，那她就是我的灯神，虽然据我所知，我从未擦过那盏传说中的神灯。和她签约是必然的结果,最后我也确实和她签了。顺便说一句,我远算不上她签的最大牌的作家。但她的才能就是总能让我相信,我其实就是大牌作家。

我总是不得不提醒自己,从理论上讲,她为我工作,而不是反过来。即使这样,我见她时也总是很紧张。她是个身材娇小、穿着干练的女人,留着细密的鬈发,一双探究的眼睛总是目光灼灼地看着你。她的一切都很强硬:她冲你指指点点的样子,字正腔圆的语气,不动声色的表情,甚至是她的着装品位。她说脏话和霍桑有得一拼。我喜欢她,也同样惧怕她。

我知道我必须要把正在创作的这本小说告诉她。她会卖掉它。她会做这笔生意。我同样知道,她会为我没有事先征求她的意见就自作主张而生气,这也是为什么我尽可能地拖延时间。我和她聊完了其他重要的事:《丝之屋》的推广,少年间谍系列最新一本的构思(我有个想法,这本书我想写亚森·格雷格罗维奇,这名杀手在之前几次冒险里登场过),还有英国独立电视台、《正义与否》的进度、下一季的《战地神探》(如果真有下一季的话)。希尔达一反常态地有些焦躁,即使是按照她的标准来衡量。服务员收拾餐盘的时候,我问她出什么事了。

"我不想提,"她说,"不管怎样,你可能也会在报纸上看到。我的一个客户被逮捕了。"

"是谁?"

"雷蒙德·克鲁尼斯。"

"那个戏剧制片人?"

她点了点头。"他去年为一部音乐剧拉了一笔投资。《摩洛哥之夜》。它的表现不如预期。"希尔达任何时候都不会用"失败"这个词,即使它赔得一分钱都不剩。如果一本书被评论家们骂得体无完肤,她也总是能找到一个词,可以让她宣称"毁誉参半"。"如今有些投资者声称他误导了他们,他因商业欺诈正在接受调查。"

葬礼开始前布鲁诺·王告诉我的事是真的。我很惊讶。我甚至都不知道希尔达还代理了戏剧制片人,不禁疑惑她是否也亏损了。我不敢问,但这是我一直在寻找的开口时机。我先说我最近见过克鲁尼斯,因为他去参加了戴安娜·考珀的葬礼。这让我顺带引出了霍桑,最后我描述了一下我答应写的这本书。

她没有生气。希尔达从来不对她的客户大喊大叫。此时,用"难以置信"形容她更加准确。"我真的不明白你的意思。"她说,"我们谈论过让你摆脱儿童作家的形象,重新塑造成一个成人作家……"

"这是一本成人书。"

"这是真实案件!您不是写非虚构小说的作家。而且,不管怎么说,真实案件类的书不好卖。"她伸手去拿酒杯,"我认为这不是一个好主意。几个月后《丝之屋》就要出版了,你知道我有多喜欢那本书。我以为我们已经达成共识,会再写一部续集。"

"我会写的!"

"您现在就应该构思。那才是人们想要读的东西。人们为什么会对这个人感兴趣……他叫什么来着?"

"霍桑。全名是丹尼尔·霍桑,但他只用霍桑这个姓。"

"这种人向来如此,他是个警探。"

"他曾经是个警探。"

"所以他是个失业的侦探!'失业侦探'。你是打算叫这个名字吗?你想好书名了吗?"

"没有。"

她把酒杯重新丢回桌上。"我真的不明白,他哪一点吸引了您。您喜欢他吗?"

"很不喜欢。"我坦白说。

"那其他人为什么会喜欢呢?"

"他很聪明。"我知道这个理由听起来有多无力。

"他还没有破案。"

"嗯,他还在调查。"

服务员上了主菜,我给她讲了我参与的几次走访。麻烦的是,除了我记下来的笔记之外,我还没有动笔,在讲述的过程中,一切听上去都是那么虚无缥缈,像是在讲趣闻逸事,甚至有点无聊。想象一下,详细描述阿加莎·克里斯蒂小说的情节会是什么样,现在的我就是如此。

最后她打断了我。"霍桑,这人是谁?"她问我,"他的有趣之处是什么?他喝单一麦芽威士忌吗?他开老爷车吗?他喜欢爵士乐还是歌剧?他养狗吗?"

"我对他一无所知,"我可怜兮兮地说,"他之前结过婚,有个十一岁的儿子。他在苏格兰场的时候可能把某个人推下了楼梯。他不喜欢同性恋……我不知道为什么。"

"他是同性恋吗?"

"不,他不喜欢谈论自己的事。他拒绝让我靠近。"

"那你怎么写他呢?"

"如果他破案了……"

"某些案件可能要花数年的时间才能侦破。您后半辈子都要跟着他满伦敦跑吗?"她给自己点了一盘薄牛肉片,用刀切肉的架势就好像那盘肉惹她生气了。"您必须改名字,"她补充说,"您不能就那样闯进别人家,把他们写进您的书里。"

她瞪着我说:"您最好把我的名字也改了,我不想被写进去。"

"听我说,等案子破了,这会是一个非常有意思的案子。"我一口咬定,"而且,我认为霍桑是一个有趣的人。我会尝试挖掘出更多关于他的信息。"

"怎么挖掘?"

"我和一位警探见过面,我会从他入手。"我想的这个人是梅多斯警督。也许我请他喝一杯酒,他会和我聊聊。

"你和霍桑先生谈过钱的事吗?"希尔达嘴里嚼着牛肉,问我。

这其实是我一直担心的问题。"我建议五五分。"

"什么?"她差点把刀叉扔掉,"这太可笑了。"她说,"您写过四十本小说,是一位知名作家,而他只是一个没工作的侦探。如果要合作的话,他应该付钱给您写他,当然,他的分成不应该超过百分之二十。"

"可这是他的故事!"

"但是您是写故事的人。"她叹了口气,"您真的打算继续下去吗?"

"现在退出为时已晚了," 我说,"反正我确定我不想退出。我去过案发现场的那个房间,希尔达。我亲眼看见了尸体,面目全非,倒在血泊里。"我瞥了一眼盘子里还有几分生的牛排,然后放下了手中的刀叉。"我想知道谁是凶手。"

"好吧。"她看我的表情似乎在说,这事没什么好下场,但这不是她的错。"把他的电话号码给我,我和他聊聊。可是我现在要提醒您,您手里还签了两份出版合同,而且至少其中一部作品的故事背景应该设定在十九世纪。我不确定您的出版商是否会对它感兴趣。"

"五五分。"我说。

"除非我死。"她说。

午餐后,我去了维多利亚车站,感觉自己就像个逃学的小学生。为什么忽然之间我会瞒着大家做这件事?霍桑的事我从没和妻子提过,现在我又偷偷溜过来和他碰面,也没告诉希尔达。霍桑就这样一点点混进了我的生活中。从某种程度上说无疑是危险的。可最糟糕的是,我竟然很期待见到他,期待接下来会发生什么。我刚才和希尔达说的是实话,我被迷住了。

我不喜欢维多利亚车站,鲜少涉足那里。那是伦敦一处格格不入的地方,在白金汉宫的另一头,也是错误的那头。据我所知,那里没有像样的餐厅,商店里卖的东西没人想要,没有电影院,仅有的几个剧院也孤零零的,与它们天然的故乡沙夫茨伯里大街①隔绝开来。维多利亚车站是那么的复古,仿佛下一秒就会开出一辆蒸汽火车。当你前脚刚迈出车站,就会发现自己迷失在了随意交错的路口,每条街看上去都是一样的破旧寒酸。

近年来,他们还找来一帮活泼开朗的导游,戴着圆顶礼帽,站在车站前的空地给游客提供建议。我给他们唯一的建议是:一边去。

这就是艾伦·戈德温工作的地方,他经营着一家公司,为企业组织会议,策划社会活动。他的办公室在大楼的三层,那是一栋二十世纪六十年代落成的建筑,饱经风吹雨打,坐落在一条狭窄的街道尽头,和几家门庭冷落的咖啡厅挤在一处,附近就是长

---

① 沙夫茨伯里大街是伦敦西区的一条重要街道,也是西区的剧院集中区。

途汽车站。我到的时候外面正在下雨。一整天都阴沉沉的，人行道上的水坑里泛着涟漪，长途汽车隆隆驶过时溅起了水花。我几乎无法想象还有什么地方是我更不想去的。门牌上写着"亲爱的孩子事件"，我思考了片刻它的出处。这是取自哈罗德·麦克米伦的一句话，曾经有人问他政客应该害怕什么，他回答说："事件，亲爱的孩子，是事件。"

我被领进一间狭小、形状不规则的会客室，我不需要当侦探就可以判断这里的生意好坏。家具很贵，但有些磨损，散落在桌子上的行业杂志已经过时。盆栽里的植物渐渐枯萎。接待员无所事事，也没有试图掩饰。她的电话没有响。架子上陈列着几个奖项，是我从没听说过的组织颁发的。

霍桑已经到了，就坐在沙发上，带着我日渐熟悉的那种不耐烦的感觉，仿佛沉迷于案件之中，迫不及待想要开始下一轮审讯。"你迟到了。"他说。

我看了一眼手表，下午三点零五分。"你还好吗？"我问他，"周末过得怎么样？"

"还行。"

"你干什么了？看电影了吗？"

他用好奇的目光注视着我："你怎么了？"

"没怎么。"我想到了和希尔达共进午餐时的情景，我坐在他对面。"你知道雷蒙德·克鲁尼斯被逮捕的事吗？"

他点了点头。"我在报纸上看到了。他从戴安娜·考珀手中拿走五万美元，无异于狠狠宰了她一笔。"

"也许她抓住了他的把柄，给了他杀害她的理由。"

霍桑思考了一下我的提议，我看得出来他早就推翻了这个假设。"你是这么想的？"

"存在这种可能性。"

一个年轻女孩走进接待区,用绝望的语气告诉我们,戈德温先生可以见我们了。她带着我们穿过一条短短的走廊,路过两间办公室——我注意到,里面都空荡荡的。走廊尽头有一扇门,她打开门:"您的访客到了,戈德温先生。"

我们走进去。

我立刻认出了艾伦·戈德温。我在葬礼上见过他。他就是那个高个子,头发乱糟糟的,拿着白手帕的男人。此刻,他正坐在一张桌子后面,身后是一扇窗户,视线越过他的肩膀,可以望见外面的长途汽车站。他穿着运动外套和圆领毛线衫。我们进门的时候,他也认出了我们。他知道我们在墓地见过他,拉下了脸。

桌子对面有两个座位,我们坐下了。

"你是警察吗?"他紧张地打量着霍桑。

"没错,我和警察一起工作。"

"我想,你是否可以出示一下某种身份证明?"

"我想,你能否告诉我们,你去布朗普顿公墓做什么?说到这个,你离开的时候做了什么?"戈德温没有吭声,于是霍桑继续说,"警察不知道你去过那儿,可我知道,如果我告诉他们,他们应该会很感兴趣和你聊聊。坦白说,相对而言,和我说话要轻松得多。"

戈德温似乎陷入了椅子中。凑近看,他是个不堪重负的男人。这也难怪。一场事故带走了他的一个儿子,让另一个致残,而这只是揭开了不幸的序幕,之后他又接连面对失去家庭,婚姻破裂,生意失败的打击。我知道,他会回答霍桑的问题,他几乎没有招架之力。

"参加葬礼又不犯罪。"他说。

"事实并非如此,你听到那首儿歌了。'公交车上的轮子……'如果我没记错的话,《殡葬法修正案》里有一条:在葬礼上引起骚乱、实施暴力或是做出其他不当举动。但这个插曲也可以被归到非法入侵罪那一条。有人打开棺材,在里面放了一个音乐播放器,你了解什么情况吗?"

"不了解。"

"但是你目睹了事情的经过。"

"是的,当然了。"

"那首歌对你有什么意义吗?"

戈德温停顿了,有那么一刻,我看到绝望在他深邃的眼睛里弥漫开来。"我们给蒂莫西下葬时放过,"他粗声粗气地说,"那是他最喜欢的歌。"

这一次连霍桑都犹豫了,但只是一瞬间。很快,他又发起了进攻。"你为什么去那儿?"他诘问道,"为什么要去参加一个你完全有理由憎恨的女人的葬礼?"

"因为我恨她!"戈德温的脸因为愤怒而充血。他浓密的黑眉毛加剧了他的愤怒。"那个愚蠢又粗心的女人杀了我儿子,一个八岁的男孩,把大家的开心果,他生龙活虎的哥哥几乎变成了植物人。因为她没戴眼镜,就毁了我的生活。我去参加葬礼,因为我知道她死了很高兴,我想亲眼看她入土,觉得这样可以让我放下过去。"

"你放下了吗?"

"没有。"

"那达米安·考珀的死呢?"霍桑应该去打网球,他用力挥球过网,有着和网球运动员一样百折不挠的毅力和专注力。

戈德温冷笑道:"霍桑先生,你认为是我杀了他吗?所以你才问我葬礼过后做了什么？我散了很久的步，沿着国王路，后来去了泰晤士河畔。没错，我知道。很合适的借口，不是吗？没有目击者。没有人可以告诉你我去过哪里。但是，我为什么会想要伤害他呢？开车的又不是他。他在家里。"

"他的母亲驾车逃逸了，也许是为了保护他。"

"那是她的决定。她的行为既胆小又自私，但他和这件事无关。"

这与我一直以来的想法不谋而合，艾伦·戈德温也许有充分的理由杀害戴安娜·考珀，但我不知道怎么会殃及她的儿子。两个男人都没再说话，就像两名拳击手，要在最后一局决出胜负。霍桑首先出击："你去见过考珀太太。"

戈德温犹豫道："没有。"

"别骗我，戈德温先生。我知道你去见过她。"

"你怎么知道的？"

"考珀太太和她儿子说过她很怕你。据他所说，你威胁过她。"

"我没有做过这种事。"他停下来，调整了一下呼吸，"好吧，我去见过她。我也不明白我为什么会否认，大约三四个星期前。"

"她去世前两个星期。"

"我来告诉你是什么时候。那是朱迪思要我离开家后的两个星期时，我们终于意识到我们的婚姻无法挽救。我就是那个时候去见她的，因为我突然想到，也许，只是也许，她能帮上忙。我以为她甚至可能愿意帮忙。"

"帮忙？怎么帮？"

"用钱帮！不然你以为呢？"他长吸了一口气，"我不妨告诉你，因为，你知道吗？我真的什么也不在乎了。我一无所有。我的公司破产了。企业不愿意再掏钱……举办公司活动。戈登·布朗让这个该死的国家陷入泥潭,新上任的又毫无头绪。人人都勒紧裤腰带,像我这样的人是最先无家可归的。

"我和朱迪思——我们的婚姻也走到了尽头。二十四年的婚姻,有一天你突然醒来,意识到你们无法忍受继续共处一室。总之,这是她的原话。"他指着天花板,"楼上有一个单间公寓,我就住在那里。我今年五十五岁,在单个煤气灶上煮鸡蛋,要不就买一个装在棕色纸袋里的巨无霸凑合一顿,我的生活沦落到了这个地步。

"我可以忍受这一切。我不在乎。但是你知道真正痛苦的是什么吗?为什么我要去见那个可恶的女人?我们房子的贷款要断供了。甚至这对我来说也没关系,但那是杰里米的住处。是他的家呀,是唯一让他感到安全的地方。"他眼睛里迸发出愤怒的火焰。"如果我能想到任何办法,让他可以不用经受这一切,我都会去做。所以,这就是为什么我吞下自己的尊严,去见了考珀太太。我以为她会帮忙。她在切尔西有个像样的住处,我在报纸上看到过,儿子在好莱坞赚得盆满钵满。我想,也许,但凡她还顾及一点体面,可能会想要弥补之前的所作所为,做点实际的举动,帮助我们一家。"

"她怎么做的?"

"你觉得呢?"他的脸上又浮现出一抹冷笑,"她当着我的面摔上了门,当我想要强行进去的时候,她威胁说要报警。"

"强行进去?这是什么意思?"霍桑问。

"我的意思是,我努力说服她让我和她聊聊。我没有威胁她,没有使用暴力。我差点要跪下来求她给我十分钟的时间了。"他稍作停顿,"我只想要借一笔款,这算过分的要求吗?我有几个宣传要上,可能会迎来事业的转机。我只需要一点喘息的时间,但她什么都不听。我不知道怎么会有人如此冷酷，这么不近人情。她让我离开，我也正是这么做的。我真的后悔一开始决定去找她，我对自己感到恶心。你可以看出来，我当时多么绝望。"

"戈德温先生，你们的对话是在哪个房间里发生的？"

"前室，起居室。怎么了？"

"几点？"

"午餐时分，大概中午时。"

"所以窗帘是系上的。"

"是的。"这个问题让他感到困惑。

"你怎么知道她在家呢？"

"我不知道，只是去碰碰运气。"

"后来，你给她写了一封信。"

戈德温稍作犹豫："是的。"

霍桑把手伸进夹克口袋，掏出安德莉亚·卡卢瓦涅克给他的那封信。过去的几天里发生了很多事，我几乎忘记了信的事。他展开信纸。"'我一直在盯着你，我知道你最宝贵的东西是什么。'"他读道，"你说你没有威胁她，但在我看来这已经构成了威胁。"

"我当时很愤怒，我不是故意的。"

"你是什么时候寄出这封信的？"

"我不是寄的，是亲手投递的。"

"什么时候？"

"在和她见面大约一个星期之后。是个星期五，我想可能是六号或者七号。"

"她死前的那个周末！"

"我没有进屋，只是把它塞进门缝里。"

"她回复了吗?"

"没有,我一句话都没收到。"

霍桑再次看了一眼那封信。"'你最宝贵的东西'是什么意思?"

"没什么意思!"戈德温把拳头砸在桌上,"只是一句话。你换位思考一下!去见她是愚蠢的举动,写这封信也很愚蠢。但是当人们陷入困境时,就会做愚蠢的事情。"

"考珀太太养了只猫。"霍桑说,"波斯猫。我想你应该没见到吧。"

"没有。我没见过什么该死的猫——实际上,我言尽于此了。你没有向我出示任何证件,我不知道你的身份,我希望你离开。"

隔壁办公室的电话响了,那是我们进入大楼以来听到的唯一一声响。"你打算过多久从这里搬走?"霍桑问道。

"还有三个月租约才到期。"

"那我们就知道去哪里可以找到你了。"

我们穿过几乎空荡荡的办公室,来到门外,外面还在下雨。霍桑立刻点了一支香烟。"我明天要去坎特伯雷。"他突然宣布,"你要去吗?"

"为什么要去坎特伯雷?"我好奇道。

"我找到了奈杰尔·威斯顿。"我已经想不起这人是谁了。"奈杰尔·威斯顿法官,"霍桑提醒我,"那个让戴安娜·考珀获得自由的人。之后,我会去一趟迪尔。你可能会喜欢,托尼。呼吸一下海边新鲜的空气。"

"好吧。"我说,尽管我真的不想离开伦敦。我正在被拖进一个全然陌生的区域,让我感到不舒服的是,霍桑是我的向导。

"那一会儿见。"

我们各自上路，可当我走到街道尽头的时候，想起了那个我一直想问的问题。艾伦·戈德温说过很高兴她死了，他说"我很高兴"。但是当我在葬礼上见到他时，他一直在哭，不断地用手帕擦眼睛。为什么？

他还有所隐瞒。

"因为她没戴眼镜，就毁了我的生活。"

这是他刚才说的，他的声音因为愤怒而哽住了。可另一个知情人，雷蒙德·克鲁尼斯，说起戴安娜·考珀，却是完全不同的说法。

我一进门，就迫不及待地跑去翻笔记，找到了我想找的东西。那是霍桑错过的线索——可它一直在那里，就在我们眼前——母子两人都必须死去的理由。这准确地向我们传达了凶手是谁。事实上，这是显而易见的。

突然间，我开始期待我们这趟前往坎特伯雷的火车之行。这一次，我占了上风。

第十六章　梅多斯警督

这本书的结尾已肉眼可见，我意识到我需要更多背景资料。是时候和查尔斯·梅多斯警督见一面了。

实际上，这很容易。我给警察局打了一个电话，报出他的名字，很快就转接通了他的电话，我们通电话的时候，我听到了风钻的噪声。我告诉他我是谁，为什么想见他，他有些迟疑，开始找借口。说实话，要不是我及时贿赂他，说要给他五十英镑，约他在酒吧面谈一小时，请他喝一杯，他没准已经挂断了电话。他谨慎地答应了，尽管我有种感觉，他不需要我过多说服。他不喜欢霍桑，肯定会抓住一切机会落井下石。

那天晚上，我们在Soho区的格鲁乔俱乐部见面。他本来想选在伦敦市中心，可我认为去一家以名流云集而闻名的私人俱乐部会给他留下深刻的印象。

我还知道，我们能在那儿找到地方坐下来聊天。他迟到了十分钟，等他的工夫，我已经在楼上安静的角落里抢占了一个位置。他点了一杯伏特加马提尼，这让我感到惊讶。倒三角的玻璃杯在他宽大的手掌中显得很滑稽，他三口就喝光了一杯，接着又点了一杯。

我有很多问题要问他，但他想要先了解我。我是怎么遇到霍桑的？我为什么在写一本关于他的书？他向我支付了多少钱？我给他讲了我们认识的经过，我为什么答应接下这份工作（没有薪水），并明确表示我对霍桑也有重重疑虑，他不是我的朋友。

梅多斯听完之后笑了。"像霍桑这种人不会有那么多朋友，"他说，"我抓过的小偷和强奸犯都比他更受欢迎。"

所以我给他讲了《正义与否》，讲了我们怎么合作，以及他如何接近我，说服我写他最近的案子。我没有提到在海伊文学节上让我改变想法的那次经历。"听起来挺有意思，"我说，"我写过很多谋杀案，却从未遇见过像霍桑一样的人。"

他又笑了："谢天谢地，周围没有很多像霍桑这样的人。"

"你究竟为什么不喜欢他？"

"你为什么会觉得我不喜欢他？和你说点掏心窝子的话，我完全不在乎他。我只是觉得，既然他已经不是警察了，再雇他干警察的工作，这么做不对。"

"我想知道发生了什么事，他为什么被解雇了？"

"你告诉过他你和我见面的事吗？"

"没有，但是他知道我在写他。是他要我写的。而且我告诉过他，我会尽可能挖出他所有的事情。"

"有点像侦探。"

"确实。"

我不知道如果这时有人向我们所在的方向瞥一眼，他们会怎么看我们呢？橄榄球运动员般的身材，歪鼻梁，一头油腻的长发，穿着一身廉价的西装，梅多斯看上去与常来格鲁乔喝酒的那些名流格格不入。他和霍桑一样，身上散发着一种说不清道不明的危险气息。服务员端来一碗全麦饼干棍，他一把将手伸了进去，等再次拿出来的时候，碗里空了一半。

"他怎么和你说重案组的?"嘎吱,嘎吱,嘎吱。我们接下来的对话将不时被他这可恶的机械的咀嚼声打断。

"他什么都没和我说,我对他几乎一无所知,甚至不知道他住在哪里。"

"河苑,黑衣修士。"距离我在克拉肯韦尔的公寓有大约一英里的路程。"那儿真是个好地方,可以眺望泰晤士河。我不知道具体情况,不过不是他自己的房产。"

"你知道门牌号吗?"

他摇了摇头:"不知道。"

"他告诉我他在间士丘有个住处。"

"他和妻子离婚时,那个地方归了女方。"

"我也是这么想的。"我停顿了一下,"你见过她吗?"

"见过一次,她来过办公室。一米八左右的个头,高加索人。"他就像在描述一个正在接受调查的嫌疑犯,"她很漂亮,一头金发,比他年轻几岁。有点紧张。她说要见他,我把她带到了他的办公桌旁。"

"他们聊了些什么?"

"完全不知道。没人和霍桑有交情,我是个例。"

"他喜欢和什么样的人共事?"

"你根本没法和他共事,那是他的问题。"嘎吱、嘎吱、嘎吱。他不是在品尝饼干,只是在嚼。"我还能再来一杯吗?"

他举起酒杯,我向服务员示意。

"霍桑是二〇〇五年加入我们的。"他说,"他在其他分局干过一段时间——萨顿和亨顿——那边没要他,很快我们就找到了原因。据他们所说,为侦破谋杀案件,警察之间的竞争激烈。没错,各个小组会斗红眼。但与此同时,我们也会打交道。下班后一起喝喝酒，偶尔也会互相搭把手。

"可他不会这一套。他是个独行侠，如果你想听实话，没有人喜欢独来独往的人。我不是说大家不尊重他。他很擅长这份工作，也取得了成绩。我们有一本《谋杀手册》。你听说过吗？"

"没听过。"

"好吧，这不是秘密。如果你想看的话，可以在网上下载到全本。这本手册大约是二十年前编成的，是调查谋杀案件的权威指南——扉页上是这么写的。这本手册基本涵盖了所有相关的内容，从应急措施到犯罪现场策略，从挨家挨户走访到验尸步骤。一些警官查案的时候会随身携带，就像洗心革面的基督徒，《圣经》不离手。我们这份工作就是这样。进展是关键。问题是，总有人会过于迷信这本手册。我认识一个警察，当时负责调查一个案子——教堂地窖里挖出一具尸骨，受害者死亡时间推测是在五十年代。他却试图调取监控录像，因为手册里是这么写的——可这玩意儿二十五年后才被人发明出来。

"而霍桑办事有自己的风格。他会凭空消失，甚至连招呼都不打一个，因为他有预感，或者也许只是碰巧猜中，天知道他究竟是怎么知道的。但几乎每一次他都是对的。这就是让人恼火的原因，他的破案记录无人能及。"

"那大家不喜欢他什么？"

"全部。平时他就惹人嫌，对上司很没礼貌，跟谁都不合拍。而且他不喝酒。我不是对此有意见，而是说这没有帮助。晚上七点一到，他就消失了。也许是回家陪老婆，尽管我听到了一些窃窃私语，说他有私情。这没什么。如果他能交更多朋友，也许他惹上麻烦的时候还有人能站在他背后。"

"你和我说过，不要靠近楼梯。"

"我真的不该那么说,我总是忍不住想要挖苦霍桑。"第三杯伏特加马提尼端了上来。他忙接过来。"有一个叫德瑞克·阿伯特的男人,是一名六十二岁的退休教师,住在布伦特福德,因为'黑桃行动'被捕。这是一个涉及五十个国家的跨国行动,调查一个通过邮件和互联网传播的儿童色情网络。案件起源于加拿大,最终逮捕了三百多人。阿伯特被怀疑是英国的主要散播者之一,因此他被带到警局接受讯问。我甚至不知道他在普特尼干了什么,但他当时被带到了那里。

"总之,他最后被关进了三层的羁押室。他已经登记过,搜了身,走完了其他程序,得有人带他去地下的审讯室。通常,是警员带他去,但当时没人在。事到如今,我也不太清楚究竟发生了什么事,但是霍桑主动说要带他下去。他领着嫌疑人穿过走廊,来到楼梯口——我忘记说了,他给阿伯特铐上了手铐。其实没必要,他都六十多岁的人了,也没有施暴的前科。好吧,也许你已经猜到接下来发生什么事了,我们也只是猜测,因为那栋楼里那片区域的闭路电视正好坏了。阿伯特发誓说是霍桑绊倒他的。霍桑否认了。我只能告诉你,阿伯特头朝下滚了十四级台阶,因为他的双手是铐在背后的,没有缓冲的可能。"

"他伤得严重吗?"

梅多斯耸了耸肩。"扭伤了脖子,摔断了几根骨头。他原本会死掉,要是这样,霍桑也许就会进监狱。事实上,阿伯特没有资格大惊小怪,整件事情几乎被压下来了。不过也不是被完全压下去了。有太多知情人,而且,很多人看霍桑不爽。所以他被炒了鱿鱼。"

这个故事并没有惊人之处。我能感觉到,霍桑外表下压抑着施暴的冲动,那种愤愤不平的感觉,甚至有些讽刺的——正义感。如果他打算把谁从楼梯上踹下去,那当然是恋童癖了。这让我想起了我们拜访雷蒙德·克鲁尼斯时他的举动。

"他讨厌同性恋吗?"我问他。

"我怎么会知道?"

"他一定说过什么吧。即使他不善于交际,也一定表达过意见——他有没有评论过报纸或电视?"

"没有。"梅多斯看着装饼干的碗,里面已经空了。"人们不再在警察队伍里表达意见了。要是你口无遮拦地谈论同性恋或黑人,还没等你反应过来,就被扫地出门了。我们甚至不再用'manpower'(人力)之类的词。你得意识到性别平等。十年前,如果你口无遮拦,可能只是挨个耳光。最多不过这样。这年头,PC[①] 指代的不仅仅是警察,你最好知道这一点。"

"那阿伯特后来怎样了?"

"我不知道。他被送到了医院,我们再也没见过他。"

"有位总督察一直在帮助霍桑。"

"那应该是拉瑟福。他总是对霍桑另眼相待,是他想出了这个主意。几乎就像是平行调查。你当时在犯罪现场,看到了我们是怎样将一切原封不动地留在现场,等着霍桑来做出推断。他直接向拉瑟福汇报,独立于整个系统……"梅多斯及时刹住了车,他说的话已经超出了预期。"拉瑟福不会和你谈话的,"他补充道,"所以,我就不浪费你的时间了。"他看了一眼手表,"还有别的事吗?"

"我不知道,你还能告诉我什么吗?"

"没有了。不过也许你可以告诉我一些事。你一直跟着霍桑,

---

① PC,除了是 Police Constable 的缩写,也可以是 politically correct 的缩写,意指"政治正确"。

他和一个叫艾伦·戈德温的男人见过面吗？"

我感觉胃里渗进一股寒意，我从没想过梅多斯可能会利用我在调查中抢先霍桑一步。现在我才反应过来，也许这才是他答应和我见面的真正理由。我立刻意识到我什么都不能告诉他。如果梅多斯突然公布了凶手的身份，那将会是一场彻头彻尾的灾难。这本书也就泡汤了！

与此同时，我意识到，自己要对霍桑保持忠诚。这一定是过去几天来不知不觉形成的念头，因为我之前从未察觉。我们是一个团队。要破案的是我们——不是梅多斯，也不是其他人。"我还没有参与所有的走访。"我底气不足地说。

"当真？"

"抱歉，我真的没法告诉你霍桑在做什么。我们达成了协议，这是机密。"

梅多斯凝视着我，他看我的眼神就像在看一个罪大恶极的人。不是殴打了领取抚恤金的老人，就是杀死了一个孩子。我分别在三个不同的场合见过他，还以为他反应迟钝、智力堪忧，甚至有些痴呆。我想，在我心里，我一直把他视为贾普、雷斯垂德、伯登[①]之流：那种永远破不了案的角色。现在我明白自己低估了他，他可能也很危险。

"安东尼，你似乎不太了解情况。"他说，"但是我想你应该听说过'妨碍执行公务'这项罪名。"

"是的。"

"根据一九九一年颁布的《警察法》，妨碍警察执行公务，可能会被罚款一千英镑或是拘留。"

[①] 贾普出自阿加莎·克里斯蒂的"波洛系列"。雷斯垂德出自柯南·道尔的"福尔摩斯探案系列"。伯登出自鲁斯·伦德尔的"韦克斯福德探长系列"。

"这太荒谬了！"我说。而且的确如此。这里又不是苏格兰场——这可是格鲁乔俱乐部。是我邀请他来的！

"我问你一个简单的问题。"

"问他吧。"我说，直视他的目光。我不知道他会作何反应。可接着，他突然放松下来。阴云散去。仿佛刚才不愉快的小插曲从未发生过。

"我忘记提了，"他说，"我儿子听说我要和你见面非常兴奋。"

"是吗？"我小口呷着杜松子酒奎宁水。

"是的。他是少年间谍系列的忠实粉丝。"

"听你这么说，我很高兴。"

"其实……"不知怎的，梅多斯忽然局促起来。他随身带着皮革公文包，把手伸进去摸索着。我知道接下来会发生什么。这些年来，我已经对这个肢体语言再熟悉不过了。梅多斯掏出了少年间谍系列的第三部，《万能钥匙》。还是全新的。他一定是在来俱乐部的路上从书店买的。"你介意签个名吗？"他问我。

"很荣幸。"我拿出一支笔，"他叫什么？"

"布莱恩。"

我翻开书页，在扉页上写道：致布莱恩，我见过你父亲，他差点逮捕我。祝你一切顺利。

我签上名字，交还给他。"很高兴见到你，"我说，"谢谢你的帮助。"

"我记得你说过，要为占用我的时间付钱。"

"哦，是的。"我伸手去拿钱包，"五十英镑。"我说。

他看了一眼手表。"实际上，我们已经待了一小时十分钟了。"

"这么长时间吗？"

"而且我花了三十分钟才赶过来。"

最后,他带着一百英镑离开了。我还付了三杯鸡尾酒的钱,给他签了名。那我得到了什么呢?我不确定这是不是个划算的买卖。

第十七章　坎特伯雷

这是我头一次这么期待见到霍桑。第二天，当我赶到国王十字圣潘克拉斯火车站和他碰面时，我发现他心情很好。他已经买好两张车票，还说让我只付我的那张票钱就行。

火车驶离车站时，我们已经隔着桌子面对面坐下。我还没开口说话，他突然拿出一张纸、一支笔，还有一本平装书。书头朝下对着我，我看见封皮上的书名是《局外人》，作者是阿尔贝·加缪，是根据原文法语翻译过来的英译本。那是一本二手书，企鹅经典版，内页松散，有几页已经脱离了书脊。我非常惊讶，我从未想过霍桑竟然会阅读通俗小报之外的东西。他给我的印象真的不像是一个会对小说感兴趣的人，更别说阅读一个名不见经传的年轻人在二十世纪四十年代的阿尔及尔钻研存在主义的故事。要是有人问我，我想象中，他应该是那种惬意地躺着，手里拿着一本丹·布朗的小说，看得津津有味的人。或是情节更加跌宕起伏的读物，比如哈兰·科本[①]或是詹姆斯·帕特森[②]的书。甚至这些书我觉得他都不一定会看。霍桑很聪明，受过良好的教

[①]哈兰·科本：美籍犹太人，畅销书作家，第一位获得爱伦·坡文学奖、莎马斯文学奖和安东尼文学奖三项文学大奖的美国人。代表作《天使的隐私》。
[②]詹姆斯·帕特森：美国惊悚推理小说天王，代表作：《蜘蛛来了》《死亡之吻》。

育,但在我印象中,他不像是那种有丰富内心世界的人。

我不想打扰他,但同时我心痒难耐,想要告诉他我的推论,有关戴安娜·考珀和她儿子被谋杀的前因后果。伦敦在我身后飞速掠过,安静地坐了十五分钟后,我再也忍不住了。霍桑已经读完三页书,顺便提一句,他每翻过一页都很果断,可以想象每读完一页他都费了不少力气,而且庆幸自己不用再从头看一遍。

"好看吗?"我问他。

"什么?"

"《局外人》。"我说的是法语书名,他一脸茫然,于是我又把书名翻译成英语。

"还不错。"

"这么说,你喜欢现代文学。"

他知道我在挖掘他的隐私,有些生气。但唯一一次,他主动提供了一些信息:"不是我选的。"

"不是吗?"

"是读书会布置的。"

霍桑竟然参加了读书会!这就像他告诉我他参加了编织小组一样。

"我十八岁的时候,读过这本书。"我说,"它对我影响颇深,默尔索那个角色让我很有共鸣。"

默尔索就是书名里提到的"局外人"。他第一视角的讲述贯穿了全书——"今天我的母亲去世了。也许是昨天……"——他因为杀了一个阿拉伯人锒铛入狱,最后死去。他阴郁的人生态度、缺乏连贯性的表述,吸引了当时还是青少年的我,内心深处,我隐隐希望自己可以像他那样。

"相信我,老兄。你和默尔索一点都不像,"霍桑回应道。他合上书,"我见过很多像他一样的人。他们心如死水。他们在外头做了傻事,觉得世界欠了他们一条活路。我不会写这类人。如果由我选择的话,我也不会读关于他们的故事。"

"读书会里都有谁?"我问他。

"就是那些人。"

我等着他说下去。

"他们来自一家图书馆。"

"你们什么时候见面?"

他什么也没说。我看着窗外背铁轨旁的排屋,一片片小花园将它们与没完没了的火车轰鸣声分隔开。到处都是垃圾,灰蒙蒙的尘土笼罩着一切。

"你还读过什么书?"我追问道。

"你问这个做什么?"

"我想知道。"

他回想了一下,我看得出他心头的火蹿起来了。"兰诺·丝薇佛[①]的书。讲一个男孩杀死了他的同学,最近读的一本书。"

"《凯文怎么了》。你喜欢这本书吗?"

"她很聪明,能引发你的思考。"像是生怕这会变成一场没完没了的对话,他生生截住了话茬儿。"你应该想想这个案子。"他说。

"我确实在想这个案子。"霍桑说了我一直期盼的开场白。我迫不及待地说:"我知道是谁干的了。"

他用饶有兴致的目光看着我,等着看我失败。"是谁干的?"他问我。

[①] 兰诺·丝薇佛:美国作家、记者,处女作《凯文怎么了》获得英国百利女性文学奖。

"艾伦·戈德温。"我说。

他缓缓地点点头,但并不是赞同我的说法。"他有充分的杀人动机,"他说,"但我们参加葬礼的时候他也在场。你认为他有时间穿过伦敦,赶到达米安的公寓吗?"

"音乐声刚响起,他就离开了公墓——如果不是他,还有谁会把音乐播放器放进棺材里呢?你听见他是怎么和我们说的了吧。那是他夭折的儿子最喜欢的一首儿歌。"趁他还没打断我,我继续说道,"这整件事一定和蒂莫西·戈德温的案子有关。我们之所以坐上这趟列车,也是这个原因。事情很简单,没有其他人有动机杀死戴安娜·考珀。是那个清洁工,因为她从雇主那里偷钱?还是雷蒙德·克鲁尼斯,因为那部愚蠢的音乐剧?醒醒吧!我很惊讶,我们甚至还在为此争论。"

"我没有争论。"霍桑镇定自若地说。他权衡了一下我刚才说的话,却遗憾地摇了摇头。"事故发生时,达米安·考珀在家里。他与那件事无关。那么杀害他的动机是什么?"

"这个我也想明白了。"我说,"假设开车的人不是戴安娜·考珀。玛丽·奥布莱恩其实没有看清她的脸,据我们所知,她的身份是通过注册的车牌号确认的。"

"考珀太太去了警察局,她自首了。"

"她这么做可能是为了保护达米安,他才是坐在方向盘后面的人!"我越是思考,就越觉得是这么回事。"他是她儿子,名气越来越大。也许他当时喝醉了,或是服用了可卡因之类的东西。她知道如果他被捕,事业就会毁于一旦,所以由她来背黑锅。她为了逃脱制裁,编造出了忘戴眼镜那一套说辞。"

"这个推论你没有证据。"

"事实上,我有。"我打出了王牌,"你在跟雷蒙德·克鲁尼斯聊天时,他提到和她共进午餐那天,也就是她被害当天,他看到她从车站出来。'她在马路那头冲我招手。'这是他的原话。所以,如果她能在马路对面看见他,就意味着她的视力非常好。没戴眼镜是她编造的谎言。"

霍桑向我露出一个罕见的微笑,笑容在他脸上一闪而过。"看得出,你一直在留心案情。"

"我一直在仔细听。"我谨慎地说。

"问题是,她可能出站的时候一直戴着眼镜。"霍桑继续说道。他似乎发自内心地感到难过,就像推翻我的论断让他感到痛苦一般,"克鲁尼斯没再提供其他信息。还有,如果开车的人不是她,为什么她再也不开车了?她为什么搬家?她似乎为一件没做过的事表现得太难过了。"

"她可能是为达米安犯下的错感到难过。而且,她是帮凶。不知怎的,艾伦·戈德温发现了真相,所以杀死了他们两个人。他们是同谋。"

火车加速前行。伦敦东部高楼林立的景象渐渐有了一抹绿意,时不时也能看到一片空地。

"你的理论我不能信服。"霍桑说,"事故发生后,警察也会检查她的视力,总之,你忽略了很多细节。"

"比如?"

霍桑耸了耸肩,仿佛不想继续这段对话。但紧接着,也许是出于对我的同情,他说道:"戴安娜·考珀去殡仪馆的时候心情如何?还有,她到那里之后最先看到的是什么?"

"你说说看。"

"没必要,老兄。你写得乱七八糟的第一章里提到过,你还给我看过。但我还想着,你会发现那才是最重要的线索。一切都取决于那条线索。"

我试图让自己站在她的角度,从公交车上下来,穿过人行道。显而易见,最先映入眼帘的应该是那家殡仪馆的名字:康沃利斯父子殡仪馆,出现过不止一次,而是两次。或者她最先看到的是停在午夜前一分钟的那个钟表。可这和整件事有什么关系呢?橱窗里有一本大理石书——任何一家殡仪馆都能看到这种东西。还有她的心情如何?霍桑告诉我,考珀太太知道自己会死。有人威胁过她,可她没有报警。为什么不呢?

我油然而生一股怒火。

"天哪,霍桑,"我说,"你拽着我,穿越大半个英格兰,来到海边。你至少可以告诉我,我们来做什么吧。"

"我告诉过你了,我们要去见那位法官。然后我们去事故现场看看。"

"所以你确实认为和那场事故有关。"

他微微一笑,玻璃窗里映出他的脸。窗外,乡村飞快地向后退去。"你要是按天计酬,一切都是相关的。"他说。

他将注意力重新放回到书本上,不再说话。

主持皇家检控署起诉戴安娜·考珀的案件,最终倾向于后者的法官——奈杰尔·威斯顿住在坎特伯雷市中心。一侧是大教堂,另一侧是圣奥古斯丁大学。仿佛毕生投身于法律事业的他故意选择生活在这片历史和宗教氛围浓厚的区域。古老的城墙,教堂的尖顶,骑自行车的传教士。他的房子是一栋坚固的方形建筑,比例匀称,可以望见一片绿地。城市宜居,房屋舒适,一个男人惬意地生活在其中。

霍桑已经事先安排好上午十一点与他见面，我给出租车司机付钱时，威斯顿已经在门口等候我们。他看起来不像是一位退休的大法官，更像是一名音乐家，也许是指挥家：身材颀长单薄，手指修长，一头银发，用好奇的目光打量着我们。他已经七十多岁了，随着年龄的增长，身形日渐萎缩。他穿着厚实的羊毛衫和灯芯绒长裤，脚上穿了一双拖鞋，没换鞋。他眼窝凹陷，颧骨线条硬朗，目不转睛地望着我们，就像在看柜台后的两名店员。

"请进，希望你们旅途愉快。坐火车很累吧？"

我不禁疑惑，他为什么表现得这么和蔼可亲。我猜，霍桑应该没有告诉他我们此行的目的。

我们跟着他走进门厅，地上铺着厚地毯，家里陈列着古董家具和昂贵的艺术品。我认出了埃里克·吉尔[①]的版画。还有艾里克·拉斐留斯[②]的水彩画——都是正品。他带我们来到一间小巧的客厅，可以眺望窗外那片绿地。壁炉里的火焰熊熊燃烧——是真的火。桌上已经摆好了咖啡和饼干。

"很高兴见到你，霍桑先生。"我们落座后，他开口说道，"你的名气很大。俄罗斯大使馆的那个案子，别兹鲁科夫。案子破得真漂亮。"

霍桑提醒他："他被无罪释放了。"

"他的辩护很出色，在我看来，陪审团受到了误导。毫无疑问，他有罪。你们要喝咖啡吗？"

我没想到法官听过霍桑的名字，不禁好奇别兹鲁科夫案是在他离职之前还是之后破的案子。这个名字听起来不太可能是之前

[①] 埃里克·吉尔：英国字体设计师、雕塑家、版画家。他被英国皇家艺术协会评为皇家工业设计师，获得了英国设计师的最高荣誉。
[②] 艾里克·拉斐留斯：英国魔幻现实主义艺术家，"二战"时活跃的战地画家。

的案子。伦敦警察厅还和俄罗斯大使馆打过交道吗?

法官为我们三个倒了咖啡。我环顾四周,房间里的一台小型三角钢琴吸引了我的目光,是博兰斯勒牌的,钢琴盖上摆放着六个昂贵的相框。其中四个相框里都是威斯顿和一个男人的合照。在一张照片中,他们穿着夏威夷风的衬衫和短裤,挽着胳膊。我毫不怀疑霍桑早就注意到了这些照片。

威斯顿问:"所以说,是什么风把你吹到了坎特伯雷?"

霍桑解释说:"我正在调查两起谋杀案。戴安娜·考珀和她儿子的案子。"

"是的,我看到新闻了,真是可怕。你是伦敦警方的顾问。"

"是的,先生。"

"他们没有放你走,非常明智!你认为迪尔的那场交通事故,还有那名不幸丧命的小孩,与这两起谋杀案有某种关联?"

"我不排除任何可能性,先生。"

"确实如此。嗯,涉及这类案件人们的情绪会很激动,我留意到,那场事故就快满十周年了,所以大概不能排除这一明显的可能性。即便如此,我确信,你可以全权调取法院的卷宗,所以我不太清楚能怎么帮到你。"

他说话的语气依然带着职业的痕迹。未经仔细斟酌的话,绝不脱口而出。

"与相关的涉案人员交谈总是很有帮助。"

"我同意,证词和书面证据还是不同的。你见过那家人了吗?戈德温一家?"

"见过,先生。"

"我为他们感到非常难过。当时就是如此,也这么说过。他们觉得判决有失公允,可是——我相信,我不需要告诉你这些,霍桑先生。受害人家属的态度,尤其是在这种案件中,不会被考虑进来。"

"我明白。"

就在这时,门开了,一个男人探头进来。我认出他就是照片中的那个男人。他个头不高,身材魁梧,看上去比威斯顿要年轻十岁左右,他拿着一个超市的环保袋。

"我正要出门。"他说,"有什么想买的吗?"

"我把购物清单放在厨房里了。"

"我看到了,我只是想问问还有没有什么要补充的。"

"我们需要更多的洗碗机片。"

"列在清单里了。"

"其他的就没了。"

"那晚点见。"男人又消失了。

威斯顿说:"这是科林。"

真遗憾,科林选择在这个时候介绍自己。我瞥了一眼霍桑。他的举止没有什么异常,可我觉察到房间里隐隐浮动着一种之前没有的紧张气氛,我相信,这突如其来的干扰影响了这场面谈,以及它的走向。

"纸媒对你的判决不太满意。"霍桑说,而我捕捉到了他的目光里涌动的那抹恶意。

威斯顿冲他无力地笑着。"我一直没有看报纸的习惯,"他说,"什么让他们开心或是不开心,与事实无关。"

"事实是,她撞死了一个八岁男孩,让他哥哥留下了残疾,被不痛不痒地罚了一下,就释放了。"

威斯顿脸上的笑容变得越来越淡。"控方的任务是根据一九八八年颁布的《道路交通法》第一七〇条第2a款,证明被告危险驾驶致死。"威斯顿说,"可他们无法证明,并且提供充分的理由。考珀太太没有无视交通规则,没有做出任何有重大危险的举动,没有摄入毒品或酒精。我还需要继续吗?她无意置任何人于死地。"

"她没戴眼镜。"霍桑瞥了我一眼,警告我不要打断他。

"我同意,这很遗憾——但是你应该明白,霍桑先生,那场事故发生在二〇〇一年。在那之后,法律才在这一点上变得严格起来,我认为这是完全正确的。可是不管这么说有没有用,我想,即便是如今,有了新规则,要是由我断案,我还是会得出相同的结论。"

"为什么?"

"我建议你参考一下庭审记录。正如被告的辩护人成功指出的那样,责任不仅限于被告。两个孩子跑到了马路上。他们看到马路对面有家冰激凌店,保姆暂时对他们失去了控制,这绝不是怪罪她。可是即便考珀太太戴着眼镜,她也很有可能无法及时刹车。"

"这就是你告诉陪审团不对她追究刑事责任的原因吗?"

威斯顿表情痛苦,过了一会儿才回答说:"我没这么做过,坦白地说,我发现你言语间有些冒犯。事实上,根据庭审规程,我可以建议陪审团不要定罪,反之他们也可以忽略我的意见。我同意,我最后的总结确实对考珀太太有利,但我再说一次,你必须用事实说话。我们在谈论的是一位没有前科、非常受人尊敬的女士。根据当时的法律,她没有犯下任何明显的罪行。判处监禁对这位女士来说,就像那两个孩子家人的遭遇一样悲惨,也完全不妥当。"

霍桑身体前倾,我又一次想起了潜伏在丛林里伺机而动的猛兽。"你认识她。"

四个简单的字眼,却让房间顷刻间陷入了沉默,就像太平间的大门轰然关闭,掷地有声的死寂。就在这时,一切都不同了,奈杰尔·威斯顿终于接收到了危险信号。壁炉里的火焰噼啪作响,热气炙烤着脸颊。

"你说什么?"威斯顿说。

"我只是对你和她认识这件事感兴趣,我想知道这是否与案情有关。"

"你错了,我不认识她。"

霍桑一脸困惑。"你是雷蒙德·克鲁尼斯的挚友——"

"我不认为——"

"雷蒙德·克鲁尼斯,那位戏剧制片人。我想,这不是一个会让你忘记的名字。而且,他让你赚了很多钱。"

威斯顿勉强保持着镇定:"我确实认识雷蒙德·克鲁尼斯,非常熟悉。他是我的社交人脉,商业对接人。"

"你投资了一场演出。"

"事实上,我投资了两场演出。《一笼傻鸟》和《不可儿戏》。"

"达米安·考珀出演了第二个,你在首演派对上见过他和他母亲吗?"

"没见过。"

"但是你和克鲁尼斯讨论过这个案子。"

"谁告诉你的?"

"他说的。"

威斯顿终于忍无可忍。"你怎么敢坐在我家,无端地指责我!"他没有提高嗓门,但是很生气。他搭在扶手椅一端的手攥紧了。我可以看到皮肤下面鼓起的静脉血管。"我和考珀太太能扯上一点关系，但凡有点智力的人都会明白，这个国家的任何一位法官都有可能发现自己面临相同的处境。按照你的逻辑，他们就必须把自己换掉吗？我相信你听说过'六度分隔'理论！法庭上的任何人都可能通过中间人和被告产生关联。碰巧，我的确去了《不可儿戏》首演第一晚的派对，但如果达米安·考珀或是他母亲也在派对上，我没有见过他们，也没有和他们说过话。"

"在庭审期间考珀太太也没有请雷蒙德·克鲁尼斯接近你吗？"

"她为什么要那么做？"

"说服你站在她的角度看待那件事。也许你能听得进他说的话，因为你们俩都是……那个词怎么说来着？"

"你告诉我。"

"天使！你和考珀太太都在投资他的剧。"

"我受够了。"威斯顿起身，"我答应和你见面，因为我久仰你的大名，以为自己可以帮上忙。相反，你带着各种各样令人不快的暗示来到这里，我完全看不出这场对话还有什么继续下去的意义。"

然后，霍桑还是没有罢休。"你知道雷蒙德·克鲁尼斯要坐牢了吗？"

"我说过了，请你离开！"威斯顿厉声说道。

于是，我们离开了。

我们回到大街上，在去车站的路上，我忍不住冲他发火："你究竟想做什么？"

霍桑似乎毫不介怀。他点了根烟。"只是试水。"

"你真的认为存在什么同性恋阴谋吗？雷蒙德·克鲁尼斯和奈杰尔·威斯顿没准'在一起过'。就因为他们的性取向碰巧一致吗？如果你是这么认为的——我必须和你说实话——我觉得你有毛病。"

"也许我有很多毛病。"霍桑回答说。他走得更快了，都没看我一眼。"但是我没有提及任何关于性的内容。我说的是钱的事。我们大老远来一趟是为什么？因为我们想弄清楚那场事故，还有戴安娜·考珀和戈德温一家之间的联系。奈杰尔·威斯顿法官就是其中一环，这就是我一直想要搞清楚的事。"

"你认为他和她的死有关？"

"我们遇到的每个人都与她的死有关。这就是谋杀的逻辑。你可以死在床上。你可以死于癌症。你可以寿终正寝。但要是有人拿刀把你大卸八块，或是把你勒死了，就存在一个模式，是一个网络——而这就是需要我们解开的。"他摇了摇头，"我不知道！托尼，也许你不适合做这件事。很可惜，我不能和其他作家合作。"

"什么？"我吓坏了，"你在说什么？"

"你听到我说的了。"

"你跟其他作家聊过了？"

"当然了，老兄。他们都拒绝了我。"

第十八章　迪尔

火车驶向迪尔的一路上，我都没和霍桑说话。我们各自坐在过道的两侧，之间的距离也从未像现在这样遥远。霍桑在读他随身带的书，坚决地翻过一页又一页卷边的书页。我愁眉苦脸地凝视着窗外，心里忖度着他刚才说的话，觉得自己受到了冒犯。这么想不对，可我总是忍不住去想他接触过哪些作家。然而，等我们到达目的地的时候，我已经设法把整件事抛到了脑后。这本书最终是如何轮到我来写，这无关紧要。反正，现在这是我的书，这只会让我更加坚定，要捍卫自己的主导权。

我此前从未去过迪尔，但一直都想去一趟。我上学的时候读过霍恩布洛尔系列①的每一本。这里就是他们起航的地方。这也是〇〇七系列第三部小说《太空城》故事发生的地方：雨果·德拉克斯计划在附近的总部发射一枚新式 V2 火箭，摧毁伦敦；同样它也是我最喜欢的小说《荒凉山庄》②中出现的一个地点。主人公康斯坦就驻守在那里。

实际上，我始终都对海边小镇情有独钟。尤其是淡季的时

---

① 霍恩布洛尔系列是塞西尔·史考特·福雷斯特创作的十一部系列小说，描绘了拿破仑战争期间主人公霍恩布洛尔在皇家海军的职业生涯。
② 《荒凉山庄》是英国文豪狄更斯的一部作品，以错综复杂的情节揭露了英国法律制度和司法机构的黑暗。

候，街道上空无一人，天空灰蒙蒙的，飘着细雨。在我沉浸在霍恩布洛尔的世界里时，父母经常去法国南部，他们会把我、妹妹和保姆送到德文郡的海边小村庄伊斯托，我耳濡目染习得一口英国沿海口音。我喜欢沙丘、自动售货机、码头、海鸥，还有把名字不可思议地藏进糖果里的胡椒薄荷糖①。我对咖啡厅和茶馆很向往，喜欢看着老太太们从壶里倒出浑浊的茶汤，品尝几块百万富翁脆饼，悠闲地逛逛卖渔网、防风衣和款式新奇的帽子的小店。我想，可能是我上年纪了。现如今，你若想度个假，会坐飞机去更远的地方。而这也是这些沿海小镇的魅力所在：它们渐渐被人遗忘了。

我们出站后，走在迪尔的大街上，屋顶上的海鸥冲着我们不停地叫，眼前的景象出奇的平凡。现在已经是五月，但是夏季还没来临，气候丝毫不宜人。我不禁好奇住在这里会是一种什么样的感觉——困在塞恩斯伯瑞大型超市、一元店，还有冰岛超市形成的三角地带。在诺曼威斯登爵士酒吧喝点酒，到兴隆中餐馆吃顿饭，接着再到海洋房间夜店喝酒（入口就在合作商店旁边）。

我们来到海边，天气之阴冷，景色之单调，只有英吉利海峡可以与之媲美。迪尔有一处码头，但它是世界上最压抑的码头之一，只是一截空荡荡的混凝土，野兽派的设计风格，没有任何娱乐设施。没有便宜的游乐场，没有蹦床，没有旋转木马。我不明白为什么戈德温一家会送孩子来这里。相信这里一定有更有趣的去处吧？

可渐渐地，这个小镇却吸引了我。它像所有滨海度假胜地一样，有一种独特的反叛气质，独立于主流之外，处于边缘化的境

---

①英国海滨的商店出售一种叫作胡椒薄荷岩的糖果。每块糖果上都刻着当地度假村的名字，糖块一碎开，名字就会露出来。

地。许多临海的房屋和别墅粉刷得鲜艳夺目，窗台上摆满了花箱，生机盎然。卵石滩是一面望不到头的斜坡，一侧伸向海里，另一侧连着条宽阔的滨海步行道，步行道上摆着数十张长椅。沿途可以看见花床、草坪、公园，停泊的旧渔船，狗在嬉戏追逐，海鸥在低空盘旋。我们来到一座迷你的城堡附近，我这才发现，阳光下的迪尔就是一个冒险乐园。我太愤世嫉俗了，我需要用一双孩童般的眼睛观察这里。

我们没有直接去事故现场。

霍桑想看看戴安娜·考珀曾经居住的地方，所以当我们来到海边后，右转去了邻近的沃尔默村。我们相互之间还是没有交流，一声不吭地走着。经过一家老古董店时，霍桑突然停下脚步，朝着窗户里面望去。里面的东西不多：一个船上的罗盘、一个地球仪、一台缝纫机、一些铸模书籍和几幅画。似乎是为了打破沉默，他指着里面的一个东西，说道："那是福克沃尔夫Fw-190。"

他目不转睛地看着一架悬在一根线上的德国战斗机，机身和机翼上有三个黑色的十字，机身上印着数字"一"。隐约可见驾驶舱里有一个小小的飞行员。这应该是利华、火柴盒或钢铁苍穹生产的塑料模型套组——让孩子们来组装。说句公道话，这架战斗机模型组装得太好了，以至于我都怀疑是不是孩子组装的。

"这是一架单座、单发动机的战斗机，三十年代发明的。"他继续说道，"'二战'期间德国空军用的就是这种战斗机，这是他们最喜欢的飞机。"

眼前这个说话的霍桑和平时迥然不同，我知道他和我说这些是在向我求和，弥补之前在火车上对我出言不逊。我感兴趣的不是这架福克沃尔夫战斗机的历史，而是霍桑终于对某件事物展示出了热情。在一天之内,他竟然透露了和自己有关的两件事。先是读书会,然后是这个。我心里十分清楚,这些加起来也不足以塑造一个人物。但这只是一个开始,我已经很感恩了。

我们又步行了十五分钟,不知从什么时候开始,迪尔变成了沃尔默,我们来到了斯托纳之家,直到车祸迫使考珀太太搬走之前她一直都住在这里。它夹在两条道路之间,后面是利物浦路,前面就是海滩路。一条私人车道贯通了前后两条路,两头各有一扇华丽的金属门。以我对戴安娜有限的了解,我会说,这栋房子非常适合她。我完全可以想象她曾住在这里。

那是一栋淡蓝色的房子,维护得不错,上下两层,有几个烟囱和一个车库。门前站着一对石狮子,四周环绕着精心修剪过的灌木丛和亚热带植物,井然有序地栽种在狭长的土壤中,把房子围了起来。醒目之余,又确保了私密性。当然,这些细节也有可能是新主人的主意,但我有种感觉,它们更有可能之前就是这样。

"我们要按门铃吗?"我问霍桑。我们正站在利物浦路的一侧。据我判断,家里没有人。

"不用,没必要。"他从口袋里掏出一把钥匙,我看见钥匙下的标签上写着这栋房子的名字。有那么一刻,我感到困惑。接着我意识到,一定是戴安娜·考珀的厨房里挂着的几把钥匙中的一把,虽然我不确定他是什么时候拿走的。我觉得警方应该不会允许他带走证据,所以他们可能都没意识到它的存在。

那把钥匙看起来又大又沉,不是耶鲁牌的。我这才发现它与前门的锁眼不匹配。它更像是车库门的钥匙。霍桑试过几次后,摇了摇头:"不是这把。"

我们绕到房子的另一侧,试着打开面朝沙滩的那扇门,钥匙还是不对。"可惜。"霍桑喃喃自语。

"她为什么留着这把钥匙?"我感到不解。

"这也是我想弄清楚的。"

他环顾四周,我以为我们要返回迪尔——可就在这时,他注意到马路对面还有一扇门。斯托纳之家有一个独立的私密花园,就在沙滩旁边。他不自觉地嘴角上扬,穿过马路,进行第三次尝试。这次,门打开了。

我们进入一个方形的小花园,四周长着茂密的灌木丛。这里不完全像是一个花园,更像是一个院子,环绕着一座漂亮的大理石喷泉,栽种着小株紫杉树和玫瑰花圃,两条木头长椅相对而立。地面上铺着约克石。布置呈现出了戏剧效果——就像童话故事中的场景一样。这时我们走到了已经干涸的喷泉前,这里显然被闲置了一段时间,我不由得涌起一股悲伤,这时我忽然醒悟,明白接下来会发现什么了。

它就在那里,刻在喷泉的石板上:劳伦斯·考珀。一九四六年四月三日至一九九九年十月二十二日。睡着了,也许还会做梦。[①]

"是她丈夫。"我说。

"没错。他死于癌症,她建造了这个地方用来纪念他。她不能住在这里,但她知道自己还会想回来。所以留了一把钥匙。"

"她一定很爱他。"我感慨道。

他点了点头。就这一回,我们站在那里,都感觉很局促。

"我们走吧。"他说。

* * *

[①]莎士比亚《哈姆雷特》中哈姆雷特的一句独白。

那场改变了戴安娜·考珀人生的事故，就发生在迪尔市中心皇家酒店附近。酒店是一栋气派的佐治亚风格建筑，玛丽·奥布莱恩带着戈德温两兄弟，杰里米和蒂莫西住在那里。汽车撞倒他们时，他们刚起床喝完早茶。

我想起了玛丽和我们说的话。孩子们离开沙滩，在回酒店的路上——我们身后就是那片倾斜的卵石滩。码头就在附近。那条马路比迪尔其他各处的马路都要宽，所以，来往的车辆开得更快，从国王街上呼啸而过，斜坡右上方就是国王街的路口。街角有一家卖迪尔石的商店和一家投币式游乐场。戴安娜·考珀的车当时就是从那条路驶来的。我面前还有好几家商店，形成了一条短短的商业街：酒吧、酒店、药店。标牌上写着：码头药店。它旁边是一家冰激凌店，正面由平板玻璃窗组成，还有一顶色彩鲜艳的竖条纹遮阳棚。

还原事故发生的经过实在是太容易了：汽车在拐角处转弯，为避免堵在路口，速度很快。两个孩子偏偏挑了这个时候从保姆身边溜走，穿过人行道，急匆匆地跑到马路上，想要到对面的冰激凌店里。奈杰尔·威斯顿法官也许说得没错。即便戴上眼镜，戴安娜·考珀想要及时踩刹车也绝非易事。事故发生时刚好就是这个季节，日子也很接近。人行道上估计同样没什么人，傍晚的天色开始变得昏暗。

"我们从哪里开始？"我问霍桑。

霍桑点点头："冰激凌店。"

我们看到它正在营业，于是穿过马路，走进店里。

这家冰激凌店名叫"盖尔家的冰激凌"，是个让人心情愉快的地方。里面摆着塑料座椅，贴着福米卡地板贴，售卖自制的冰激凌。冷冻柜里有十二个桶，分别放着不同口味的冰激凌。蛋卷筒摞成一摞靠着玻璃，看起来放了有些日子了。盖尔家还出售碳酸饮料、巧克力、薯片和混合装的糖果——这是另一种海边特色。墙上贴着的菜单上有一道推荐菜：鸡蛋、培根、香肠、蘑菇和薯片——美味油炸大拼盘。我不禁好奇这种拿镇名做文章的双关语是否很常见。①

只有两张桌子旁边坐着客人。一张边上坐着一对年迈的夫妇，另一张旁边坐着两个年轻的母亲，孩子躺在婴儿车里。我们来到收银台前，那里站着一个身材高大、笑容可掬的女人，年纪有五十多岁，穿着一件连衣裙，系着一条和遮阳棚同色系的围裙，等着接待我们。

"想吃点什么？"她问。

"希望你能提供帮助。"霍桑说，"协助警方办案。"

"哦？"

"我正在调查之前这里发生的一起事故，两个孩子被一辆车撞倒了。"

"那是十年前的事了！"

"戴安娜·考珀，那个开车的女人，她死了。你没有听说吗？"

"我也许看过相关报道，可我没有——"

"新的证据也许已经曝光了。"霍桑敏锐地阻止了这场差点就要展开的对话。

"哦！"她紧张地看着我们，那反应让我忍不住怀疑她是否有所隐瞒，"我恐怕不能提供太多线索。"她说。

"你当时在这里吗？"

"我叫盖尔·哈考特，这家店是我开的。事故发生那天，我

---

① 菜单上的美味油炸大拼盘"The Big Deal Fry-UP"，其中"Deal"与迪尔这座海边小镇的英文名字相同。

在店里。我一想起那两个可怜的孩子，心里就不舒服。他们只是想吃冰激凌，所以才横穿马路。但他们是在浪费时间。我们那天没有营业。"

"六月初不营业？为什么？"

她指着天花板。"我们的管道裂了，店里全被淹了，冰激凌存货都毁了，电路也烧坏了。当然，我们也没有投保。唉，你真该看看保险费有多贵。因为那次漏水，我的生意几乎都做不下去了。"她叹了口气，"要是他们停下来看一眼就好了！他们偏偏挑了最危险的时刻横穿马路。我听说了那次事故，但没亲眼看见。等我来到街上的时候，他们都已经躺在那儿了。保姆不知道该怎么办。她吓坏了——她毕竟还年轻，才二十岁左右。我转过头，看见了那辆车。它停在码头对面。停了没一分钟，然后就开走了。"

"你看见司机了吗？"我问她。霍桑面色不善，但我不在乎。

"只瞥见她的后脑勺。"

"所以也说不定另有其人？"

"就是那个女人！他们对她进行了审判！"她转头看着霍桑，"我不知道怎么有人能做出这种事，在事故现场驾车逃逸。而那两个小孩还躺在地上！贱人！她当时没戴眼镜，你们知道吧。可有谁会明知自己看不清楚，还坐到方向盘后面呢？她就应该坐一辈子牢，那个让她逍遥法外的法官就该被开除。真恶心！还有没有公道了！"

她义愤填膺的样子着实让我大吃一惊。有那么一瞬间，她看上去有些吓人。

"打那以后，我感觉这里的氛围都变了。"她继续说道，"那场事故把经营这家冰激凌店的乐趣都带走了，我却无能为力。"店里走进两位客人，她忙系上围裙带子，准备做生意。"你们应该去和隔壁的特拉弗顿先生谈谈。他当时就在现场,看到的比我多。"她把我们推到一边,转眼就变回了那个笑容可掬、身形丰满的女士,那个人见人爱的阿姨。"亲爱的,你要吃点什么?"

"那场事故就像昨天发生的一样。下午四点一刻。美好的一天,不像今天这样。阳光很好,天也暖和,人们可以去海里踏浪。我当时正在接待一名客人。是个神秘的男人。他大概五点的时候离开店里,刚离开没几秒钟,事故就发生了。多亏了他,我才听得那么清楚。你想,他当时刚离开,感应门还是开着的。我听到汽车撞上了两个孩子。那声音很可怕。你想象不到会发出那么大的动静。我立刻意识到出事了。我一把拿起手机,直奔门外。顺便提一句,店里当时除了普雷斯利小姐外没有别人,她之前负责纯天然的药物。不过她现在已经结婚了,应该不住在迪尔了。我确认她在店里之后才离开。我这里有很多药品,不能在无人看管的情况下离开店内,即使是这种特殊情况。"

码头药店是那种不伦不类,可偏偏开在英国的海滨度假胜地却毫无违和感的老店。我们进门时,自动感应门从中间打开,映入眼帘的是一排架子,上面摆着十二个各式各样的热水瓶。不远处,五颜六色的丝巾孤零零地挂在绳子上展示。店里似乎什么都卖一点。环视四周,我看见有毛绒玩具、果酱、巧克力棒、麦片、卫生纸和遛狗绳。就像我之前和孩子们一起玩的那种疯狂的记忆游戏。一个角落里摆着文具和可怕的生日贺卡——就是你可能会在车库里找到的那种。整条过道都被草药占据,最宽敞的一片区域在商店后方,实际上那里才是药品陈列区。迪尔也许居住着超出正常比例的退休老人,但无论他们晚年患上哪种疾病,我相信，都能在这里找到对症的药方。工作人员穿着白大褂。他们能取出成百上千种药品——盒装的、铝箔板的、瓶装的。

和我们交谈的人叫格雷厄姆·特拉弗顿，他是这家药店的老板兼经理，一个五十多岁的男人，光头，面色红润，两颗门牙之间牙缝很宽。他热心地和我们攀谈起来，他对细枝末节的记忆力让我感到吃惊。他似乎对那天发生的一切都记忆犹新，以至于我不得不怀疑他的话是否有编造的成分。可话又说回来，他之前接受过警察的讯问，还有记者的采访。他有很多机会来复述他看到的一切。而且，我想，当可怕的事情发生时，人确实会对相关的细节印象深刻。

"我穿过那扇门，差点撞上站在人行道上的那位客人。"特拉弗顿继续说道，"我径直走上前去。"

"发生了什么事？"我追问道，他没有回答。什么也没说。

"我现在仍然忘不了那一幕。每天我回到家里，它就像照片一样深深地烙在我的脑海里。两个孩子躺在马路中央，穿着蓝色短裤和短袖。我知道其中一个一定已经没气了，看那孩子躺在地上，胳膊和腿扭曲的姿势，我就知道了。他闭着眼睛，一动不动。那名保姆——玛丽·奥布莱恩——跪在另一个小男孩身旁。她吓得六神无主，就像一个鬼魂。我站在原地，她抬头看着我。有那么一瞬间她盯着我的眼睛，就像在乞求我的帮助，可我能做什么呢？我打电话报了警。我想，许多人都会做出相同的反应。

"不远处的路边停着一辆汽车，蓝色大众，我注意到里面坐着一个人，几秒后，它就加速驶离了马路边缘。我发誓它的排气管冒烟了，我还听见橡胶轮胎在柏油路上发出刺耳的摩擦声。当然，当时我不知道那辆车的主人就是肇事的那个女人，但我记下了她的车牌号，提供给了警方。这时我才注意到我之前接待的那名客人突然转身离开了。他拐过街角,走到了国王街上,身影渐渐消失了。"

"这让你感到奇怪吗?"霍桑问道。

"当然了。他的行为非常奇怪,我的意思是,如果你目睹了一场事故,你会怎么办?你要么留下来看热闹——这是人的本性。或者你认为不关你的事,转身离开。可他急匆匆地走了,仿佛不想被人看见。这就是重点。他目睹了一切,事件就在他眼前发生的。可当警察搜集证人证词时,他从未出面。"

"关于他,你还能告诉我们什么吗?"

"不多了——因为那又是另外一回事了。他戴着一副墨镜。现在想想,他为什么要戴墨镜呢?那时候是下午四点半,太阳要落山了。事实上,天有点阴了。他用不着墨镜——除非他是什么名人,不想被人认出来。说实话,其他的我就没什么印象。对了,他还戴着一顶帽子。不过我可以告诉你他买了什么东西。"

"什么?"

"一罐蜂蜜和一包姜茶。是本地产的蜂蜜,芬格山姆村产的。我推荐你试试。"

"那么,后来发生了什么?"

特拉弗顿叹了口气。"没有太多有价值的信息可以告诉你了。保姆跪在那里,至少其中一个孩子还活着。我看到他睁开眼睛,呼唤他的父亲。那叫声很可怜,真的。事故刚发生没多久,警察和救护车就赶到了。我回到了店里。实际上,我上楼去喝了杯茶。我感觉浑身不舒服,想起这些,即便现在我也感觉不舒服。我知道车里那个女人被人杀了。你们是因为这个才来的吗?发生这种事很可怕,我不会说她罪有应得。可肇事逃逸?看看她造的孽!我觉得法官太轻易就放过了她,别人也会这么想。"

离开药店后,我们前往皇家酒店,短短的路程中,霍桑一言不发。他有一个儿子,今年十一岁了,只比蒂莫西·戈德温去世的时候大三岁,也许我们刚刚听到的故事让他有所触动。但是我不得不说,他看上去没有多伤心。要说有什么不同的话,他似乎在急匆匆地赶路。

我们进入了英国海滨酒店特色的大堂:低矮的天花板,木地板上铺着小块地毯,里面摆放着舒适的皮革家具。出人意料的是,里面很拥挤,大部分是吃着三明治、喝着啤酒、上了年纪的夫妇。房间里热得让人难以忍受,电暖气调到了最高挡,一旁还摆着暖炉。

我们穿过拥挤的人群,来到接待处。负责接待的当地女孩态度友好地说她帮不上忙,但她给经理打了个电话,经理从楼下酒吧赶了过来。

经理名叫伦德尔太太("像犯罪小说作家的名字[①]。"她自我介绍说)。她在皇家酒店工作了十二年,但事故发生当天没有来上班。不过,她见过玛丽·奥布莱恩和那两个孩子。

"他们是一对可爱的小家伙,举止非常得体。他们住在三楼的家庭套房。里面有一张特大号的双人床和一张上下铺。您想看看吗?"

"不用了。"霍桑说。

"哦。"虽然他语气唐突,但她还是继续说道,"他们是周三入住的,第二天就出了事。事实上,奥布莱恩小姐对房间不太满意。房间里看不到海景。她之前要的是一个标间和一个大床房,相邻的房间。但是我们酒店没有这种布局的房间,也不允许两个

[①] 指鲁丝·伦德尔(Ruth Rendell, 1930—2015),著有《女管家的心事》等。

小孩单独睡一间房。"伦德尔太太是个瘦小的女人,有一张易怒的面孔。"我不能说我很喜欢她。"她说,"我不信任她,尽管我也不乐意说人坏话,但我的判断没错。她就应该时刻看好两个男孩。反而,她让他们跑上了马路,这才让他们丧了命。我真的不认为考珀太太应该为那场事故负责。"

"你认识她吗?"

"当然认识。她经常来酒店吃午餐或晚餐。她很有魅力——还有一个名人儿子。迪尔是个名人出没的地方。最有名的是纳尔逊勋爵[①]和汉密尔顿夫人,诺曼·威斯登爵士[②]也来过这里。查尔斯·豪特瑞之前常常喜欢来酒吧坐坐。他退休后搬到了迪尔。"

查尔斯·豪特瑞,我还记得他:骨瘦如柴,一头深色鬈发,戴着圆框眼镜。他是同性恋,没有朋友,是英国幽默最病态的时期的一名喜剧演员,演过电影"疯狂"系列里的那个醉汉。我九岁那年在寄宿学校看过他演的黑白电影。学校还在体育馆里播放过:《护士也疯狂》《教师也疯狂》《警察也疯狂》。那周是难得的放松,暂时将挨打、难以下咽的食物、受人欺负的痛苦抛诸脑后,而这些一直伴随着我之后的寄宿生活。对于一些孩子来说,成长的开端是发现圣诞老人并不存在。而对我来说,是在意识到查尔斯·豪特瑞并不好笑,而且从未好笑过的那一刻。而他曾经就坐在这家酒店里,啜饮杜松子酒,看着路过的男孩们。

突然,我再也不想在这里停留。我很高兴听见霍桑向那个女人致谢,说自己没有其余的问题了。我们离开了这里。

[①]纳尔逊勋爵,即霍雷肖·纳尔逊(Horatio Nelson),十八世纪后半叶至十九世纪初英国海军中将,世界著名海军统帅,被誉为"英国皇家海军之魂"。汉密尔顿夫人是他的情人。
[②]诺曼·威斯登爵士:英国老牌喜剧演员,代表作《沙子精灵》《我爱圣诞节》。

第十九章　蒂布斯先生

我没想过第二天会和霍桑见面。所以当我刚吃完早餐,接到他的电话时,我很意外。

"你今晚有事吗?"

"我有工作。"我说。

"我需要过去一趟。"

"来我这儿?"

"是的。"

"为什么?"

霍桑之前从来没有来过我在伦敦的公寓,我很乐意保持这种距离。我才是那个想要暗中潜入他生活的人,而不是反过来。而到目前为止,他甚至都没有告诉我他的地址。实际上,他还故意误导我。他之前说家住在间士丘,而他实际上却在河苑有一间公寓,就在对岸的黑衣修士区。我不喜欢他用侦探般的目光在我家里四处逡巡,扫过我每一处财产,也许得出一些之后对我不利的结论。

他一定察觉出电话另一端我在犹豫,于是解释说:"我需要安排一次会面,想选在某个中立的地方。"

"你家有什么问题?"

"不合适。"他停顿了一下,"我已经弄清楚了迪尔那场车祸究竟是怎么回事了,"他说,"我想你也同意这与我们的调查有关。"

"你要见谁?"

"等他们到了,你会知道这两个人都是谁。"他最后一次请求道,"这件事很重要。"

碰巧,那天晚上我独自一人在家。而且我突然想到,如果我让霍桑来我的住处,也许就可以说服他让我去他家看看。我仍然热切地想要弄清楚他怎么能买得起一间河景房,虽然梅多斯曾说过他不是业主,但我还是好奇他家里是什么样的。

"什么时候?"我问道。

"下午五点。"

"好吧,"话音刚落,我就已经开始后悔了,"你可以待一个小时,不能再多了。"

"太好了。"他挂断了电话。

我花了整整一上午的时间录入迄今为止我在调查中记录的笔记:从不列颠尼亚路,到康沃利斯父子殡仪馆,再到南艾顿庄园。我的手机里有几小时的录音,都上传到了电脑里。我戴着耳机,听霍桑用他那波澜不惊的语调对采访对象循循善诱。我也拍了几十张照片。我一张张滑过,回忆之前的情景。我已收集到了充足的素材,远远超出了我的需求,其中百分之九十是无关紧要的信息。例如,安德莉亚·卡卢瓦涅克详细地讲述了她在斯洛伐克共和国的班斯卡·什佳夫尼察①的童年生活;讲述了她父亲在一次农业事故中过世前她幸福的童年生活。即使她讲了那么

---

①班斯卡·什佳夫尼察:是斯洛伐克最古老的矿城,在这里还可以见到十六世纪保存至今的建筑以及采矿业留下的遗迹。

多，我也怀疑没有什么可以写进初稿里。

我以前从来没有这样创作过。当我计划创作一部小说，或是筹备一个电视剧本前，通常都是胸有成竹，不会浪费时间在无关紧要的细节上。但是我不清楚霍桑脑袋里在想什么，我怎么能分辨得出什么相关，什么不相关呢？这也正是他在读过我写的第一章后提醒我注意的问题。门上有没有安装门铃，结论会大不相同，遗漏某些东西和凭空编造一样有害。结果，我不得不把我去过的每个房间里的每件东西都记录下来——戴安娜·考珀卧室里斯蒂格·拉森的书，她厨房里的鱼形钥匙挂钩，抑或是朱迪思·戈德温厨房里的便利贴——迅速涌入的信息要把我逼疯了。

我仍然坚信艾伦·戈德温是凶手。如果不是他，还能是谁呢？这就是我坐在书桌前，被揉成团的A4纸包围时，问自己的问题。

好吧，还有朱迪思·戈德温。她有相同的动机。我回想起我们在犯罪现场时，霍桑提及凶手时说过的话，我翻过一页又一页笔记，终于找到了那句话："作案人几乎可以确定是一名男子。我听说过有女人勒死女人的案例，但就我的经验判断——这种情况并不常见。"这是他的原话，经过录音后记录下来。结果，我就没有考虑过任何一位女性。可是，"几乎可以确定"不是百分之百确定，"不常见"并非不可能。凶手可能是朱迪思。可能是玛丽·奥布莱恩。一个尽心竭力，在雇主家工作了整整十年的人。杰里米·戈德温可能是凶手吗？他很可能没有大家想象得那么无助。

还有格蕾丝·洛威尔——那名和达米安·考珀同居的女演员。虽然她没有这么说，但显然她和达米安的母亲之间没有感情。戴安娜·考珀感兴趣的只有她的孙女艾什莉。这个孩子终结了格蕾丝的演艺事业,如果报纸上写的是真的,那么达米安远非一个理想的伴侣。毒品、派对、艳舞女郎……这些加在一起很容易构成谋杀动机。可从另一方面来看,戴安娜被杀的时候她身在美国。

还是,她其实不在?

我再次迅速浏览了一遍笔记,找到了我想要的,那是达米安·考珀曾经说过的一句话,当时我没有留意,可现在看,却是一条非常重要的线索。格蕾丝曾抱怨她不想回洛杉矶,想花时间多陪陪她的父母。达米安是这么对她说的:"你已经陪了他们一个星期了,宝贝。"我很满意,内心隐隐感到雀跃。我真是一字一句都没落下!在这一点上,我要领先霍桑。一个星期可能是估算的天数。格蕾丝可能比达米安提前九到十天回伦敦。这样的话,戴安娜被害的那天她很可能就在国内。即便如此,我们先她一步离开富勒姆街的那家酒吧,想想那天拥堵的交通,她不可能赶在我们前面抵达砖巷。

还有谁呢?我和罗伯特·康沃利斯打过很多次交道,说到这里,还有他的表亲艾琳·劳斯。他们中的任何一个都有机会把音乐播放器偷偷放进棺材里,可他们为什么要这么做呢?他们在戴安娜·考珀死的那天才初次见面。两人都不能从她或她儿子的死中获得任何好处。

之后,我一直沉浸于研究笔记,几乎没有留意时间,下午四点四十五分,门铃响了。我在六楼工作,通过对讲机与外界沟通,尽管有时候我就像是被困在象牙塔里,根本感觉不到与外界的联系。我忙激活了电控门,然后下楼去迎接客人。

"好地方,"霍桑走进门,赞叹道,"不过我认为我们用不着饮料。"

我已经提前摆好了杯子，为客人提供了矿泉水和橙汁，似乎这才是礼貌的待客之道。把饮料放回冰箱里的时候，我注意到他正在四下打量我的客厅。

公寓的主楼层空间很大。里面摆着书架——我家有大约五百本书，但我最喜欢的那些却放在——厨房、餐桌，还有我母亲的旧钢琴上。这架钢琴我每天都会弹。客厅里还有专门看电视的区域，咖啡桌旁摆着几张沙发。霍桑就坐在这里。他看起来没有丝毫拘束。

"这么说，你已经搞清楚了迪尔那场事故的经过。"我说，"是不是知道谁是杀害戴安娜·考珀的凶手了？"

霍桑摇了摇头。"现在还不知道，但我想你会发现事情很有趣。顺便说一句，我有一个好消息。"

"什么消息？"

"蒂布斯先生出现了。"

"蒂布斯先生？"我花了几秒钟才想起蒂布斯先生是谁，"是那只猫？"

"戴安娜·考珀养的那只波斯猫。"

"它在哪儿？"

"它跑到了邻居家——通过天窗。然后就困在了里面。直到主人从法国南部回来，才发现它，然后他们给我打了电话。"

"我想这是个好消息，"我说，心中却暗暗忖度戴安娜·考珀的猫和整件事有什么关系。接着，另一个想法突然冒了出来，"等一下，她隔壁住着一位律师。"

"格罗斯曼先生。"

"他为什么会联系你？他怎么知道你是谁？"

"我从他家门缝塞了一张纸条进去。其实，我给不列颠尼亚路上的每栋房子都留了一张纸条。我想知道那只猫会不会露面。"

"为什么？"

"蒂布斯先生是这一切的起因，托尼。要不是他，考珀太太可能不会被人杀害。她儿子也不会死于非命。"

我确定他是在开玩笑。可他坐在那儿，散发着一种奇怪的能量，像是预谋已久，一心要探个究竟，让人琢磨不透，我还没来得及盘问他，门铃再次响起。

"我来接吗？"我问他。

霍桑挥了挥手："这是你的地方。"

我走到对讲机旁，接起电话："喂？"

"我是艾伦·戈德温。"

我感到一阵兴奋。原来他就是我们等的第一位客人。我告诉他爬上三级台阶，然后激活了电控门。

片刻后，他出现在门口，穿着一件尺寸偏大的雨衣，身上的外套还是参加葬礼时穿的那件。他走进屋里，就像一个走向绞刑台的罪人。我十分确定，不管在去坎特伯雷的路上霍桑对我说过什么，他叫艾伦·戈德温来这里，就是要指控他，揭穿他的谋杀罪行。接着，我想起，要来的有两个人。戈德温还有同谋吗？

"你想怎么样？"他开门见山地问霍桑，"你说，有些事必须要告诉我，为什么不在电话上说？"他看了看四周，第一次注意到周围的环境。

"你住在这儿？"

"不是，"霍桑指着我所在的方向，"他住在这儿。"

戈德温意识到，尽管我们见过面，他对我却一无所知。"你是谁？"他一本正经地询问道，"你从没告诉过我你叫什么名字。"

所幸，门铃再次响起，我忙去接通对讲机。这次街上静悄悄的。"你是来见霍桑的吗?"我问道。

"是的。"是一个女人的声音。

"我去开门。沿着楼梯上来,就到公寓门口了。"

"是谁?"戈德温再次询问道,但是透过他声音里的恐惧,他应该是听出了对方的身份。

"为什么不坐下,戈德温先生?"霍桑说,"虽然你不相信我,但我其实努力地想要帮助你。你想喝点什么吗?"

我说:"我有果汁。"

"我喝点水就行。"戈德温坐在桌子的另一边,面对霍桑,但小心地避开了他的视线。

我起身去取霍桑让我收拾起来的水杯。刚回来,就听到一阵脚步声,玛丽·奥布莱恩走进了房间。我完全没想到会见到她,但与此同时,似乎显而易见,不是她还能是谁呢。她向我们走了两步,然后站定。如果说片刻前她还是忐忑不安,游移不定,现在她简直可以说是大吃一惊。她注意到了艾伦·戈德温,目不转睛地看着他。他同样一脸震惊地盯着她。

霍桑突然起身,我从未在他身上见过这种夹杂着些许邪恶的喜悦。"你们应该互相认识。"他说。

艾伦·戈德温最先回过神来:"我们当然互相认识,你这话是什么意思?"

"我想,究竟是怎么回事你心知肚明,艾伦。玛丽,你不坐下吗?我想我可以这么称呼你。在座的都是朋友。"

"我不明白!"玛丽·奥布莱恩竭力克制自己的情绪,但眼泪却在决堤的边缘,她看着戈德温,"你为什么在这儿?"

"他叫我来的。"

他们两个看上去既内疚,又生气,又害怕。戈德温站起来说:"我不会待在这儿。我不在乎你在玩什么把戏,霍桑先生,我完全没有兴趣。"

"很好,艾伦,可只要你走出这个房间,警察就会知道一切。还有你的妻子。"

戈德温僵住了,玛丽也没有动。一切尽在霍桑的掌握之中。

"坐下,"他说,"你们两个一直勾搭在一起,睡了有十年。但是现在结束了,所以你们才会出现在这里。"

戈德温再次坐下。玛丽和他一起坐在沙发上,彼此保持着距离。当她坐下的时候,我看到他用唇语说了一句"对不起"——就在这时,我明白过来,他们两个是情人关系,朱迪思·戈德温对此也有所怀疑。这就是为什么两个女人之间的关系有些紧张。

我在钢琴凳上坐下。霍桑是房间里唯一站着的人。

"我们需要了解迪尔那场事故的真相,"他开口道,"因为这个故事我听过六遍了,我甚至去过那个该死的地方,但一直说不通。这并不奇怪。你们俩满口谎言,天知道事实是怎样,但问题是,你们别无选择。你们陷在这个僵局之中,没有出路。我几乎要替你们感到难过。可惜我并不难过。"

他拿出一包香烟,点燃了一支。我走进厨房里,找到一个烟灰缸,放到桌子上让他弹烟灰。

"你们是什么时候开始的地下情?"霍桑问道。

沉默良久。玛丽开始掉眼泪。艾伦·戈德温想要握住她的手,但她把手抽了出来。

戈德温一定是已经看出来假装毫无意义。"玛丽在我们家工作后不久,"他回答,"是我挑起的。我负全责。"

"现在已经结束了。"玛丽安静地说,"已经结束很久了。"

"老实说,我不在乎你们俩的关系,"霍桑说,"我只想知道真相,事实上你们应该为迪尔发生的那场事故负责——你们两个人。戴安娜·考珀也许没戴眼镜——但那两个小孩是因为你才被车撞倒,你是清楚的。自那以后,你就一直活在那件事的阴影之中。"

玛丽点点头,眼泪顺着她的脸颊滚落。

霍桑转向我。"托尼,我和你说实话,在迪尔的时候,有太多事情我想不明白。我该从何说起呢?孩子想要跑到街对面的冰激凌店。可它没有开门。不仅如此,它还被水淹了,电路都出了故障。店里没有一点光亮。我知道他们只有八岁,但他们一定明白他们不可能从那里买到冰激凌。接着他们被车撞了,其中一个死了,另一个躺在地上,根据特拉弗顿先生的证词,他在呼唤他的父亲。但是没有孩子会这么做。当一个孩子受伤时,他下意识需要的是母亲。所以,发生了什么事?"

他停顿了片刻。没有人讲话,我惊讶地发现,他完全控制了局势,与其说这里是我的公寓,倒不如说是他的地盘。霍桑无疑有着磁铁般的吸引力。当然,磁铁可以相互排斥,也可以相互吸引。

"让我们从头说起,"他继续说道,"玛丽带孩子们去了迪尔。妈妈要开会,爸爸去曼彻斯特出差。她预定了皇家酒店,却不想要家庭套房。她想为孩子们订一个标间,然后在隔壁订一个大床房。你们觉得那是为什么?"

"酒店经理说,家庭房看不到海景。"我说。

"和海景没有任何关系。玛丽,不妨你来告诉他。"

玛丽没有看我。她说话时的声音没有丝毫感情,像机器人一样。"我们约好在迪尔见面。我们要在一起。"

"没错。保姆和她的雇主有一腿。可你们不能在哈罗山丘约会,也不能在家里约会。所以,你们挑了一个周末偷偷来到海边。孩子们六点钟上床睡觉,你们就可以整夜厮守。"

"你真恶心,"戈德温说,"从你嘴里说出来,是那么……肮脏。"

"不是吗?"霍桑吐出烟雾,"你就是出现在药店里的神秘男子。你在那里做什么?不是去买一组六瓶装的药。你去那里和你在戴安娜·考珀的葬礼上哭个没完的理由是一样的。"

我之前还疑惑过他为什么那么难过。

"是花粉过敏!"霍桑解释道。他再次对我说道,"我们在布朗普顿公墓的时候,你注意到那几棵梧桐树了吗?"

"是的,"我说,"我做了笔记,它们就长在墓地边上。"

"如果你容易花粉过敏,碰上那些树是最坏的情形。它们的花粉颗粒会钻进你的鼻腔。我需要告诉你们俩治疗花粉过敏众所周知的两种方法吗?"

"蜂蜜,"我说,"还有姜茶。"

"那正是艾伦在码头药店买的两样东西,"他回头看着戈德温,"这也是你戴墨镜的原因,即使那天太阳不大。你去迪尔见你的女朋友,可你突然花粉过敏,所以去药店买点可以缓解症状的东西。特拉弗顿给了你想要的,事故发生后没多久你就离开了。

"是你造成了那场事故。两个孩子在海滩旁的步行道上。他们被叮嘱过,永远不要跑到马路上,反正他们看得清清楚楚,冰激凌店没有开门。可就在这时,眼前突然出现了一道熟悉的身影,他们的父亲从隔壁的药店走了出来,虽然戴着帽子和墨镜,可他们还是认出了你,他们兴高采烈地向你跑去。就在这时,戴安娜·考珀开车绕过拐角,一切就发生在你眼皮子底下。两个孩子都被撞倒了。"

戈德温呜咽着,将头埋进手掌心。他身旁的玛丽安静地抽泣着。

"蒂莫西当场死亡。杰里米躺在那儿。他当然会呼唤父亲,因为他不久前刚看见他。我无法想象你当时的感受,艾伦。你恰好亲眼看到两个孩子被车撞倒,可你不能去看他们,因为你那时应该在曼彻斯特。你该怎么向妻子解释你会出现在迪尔呢?"

"我没有意识到他们伤得那么严重,"戈德温声音嘶哑地说,"我就算过去,也无能为力。"

"你知道吗?我认为你是在胡扯。我想你原本可以跑到马路上关心一下孩子,让你那小伎俩见鬼去吧。"霍桑捻灭手里的烟头,烟灰冒着火星。"可在那个关头,你和玛丽却达成了某种共识。特拉弗顿告诉我们,玛丽盯着他的眼睛,但他错了。你看的人是艾伦,他就站在特拉弗顿身旁。你是在告诉他,让他赶紧滚蛋。对吧?"

"他也无能为力。"玛丽重复了艾伦刚才说的话。她面如死灰,泪水在双颊上闪着晶莹的光。她凝视着不远处。发生在我家里的这一切让我感到恶心,我真希望他们从来没有来过。

"我可以理解你为什么这些年一直没有离开这家人,玛丽,"霍桑说出了他的推断,"那是因为你知道你要为这一切负责,对吗?还是你还在跟艾伦上床?"

"看在老天爷的分上!"戈德温怒道,"我们几年前就结束了。玛丽是为了杰里米才没有离开。只是为了杰里米!"

"是啊。杰里米变成那样是因为玛丽,你们俩真是天生一对。"

"你想从我们这里得到什么?"戈德温反问道,"你觉得我们还没为那件事受到足够的惩罚吗?"他闭上眼睛,过了一会儿才睁开,继续说道,"整件事是不走运。如果我当时没有从商店里出来，如果孩子们没有看见我……"他的语速非常缓慢，就像在不带感情地陈述一个事实。"最重要的是朱迪思永远都不能知道真相。"他说，"失去蒂莫西已经足够糟糕。还有杰里米现在的情况。可如果她知道了玛丽和我……"他没有说下去，"你要告诉她吗？"

"我不会告诉她任何事情，这不关我的事。"

"那你为什么让我们来这里？"

"因为我需要知道我对你们两位的推测是正确的。你想听我的建议吗？如果我是你，我会把事情的来龙去脉告诉妻子。她已经把你赶出去了，你们的婚姻结束了。可这件事，你们之间的这个秘密，就像是癌症。它会一点点蚕食你的生命，如果是我，我会把它切除。"

艾伦·戈德温缓缓地点了点头，然后起身。玛丽·奥布莱恩也跟着站起来。他们朝门口走去，但在最后一刻，戈德温转过身来。

他说："你是个聪明人，霍桑先生。但是你根本无法理解我们经历了什么。你没有感情。我们犯了一个可怕的错误，必须每天都背负着这个错误生活。但我们不是怪物，不是罪犯。我们只是彼此相爱。"

可霍桑完全不为所动。在我看来，他的脸色比以前更加苍白，目光中报复的火焰更盛。"你想做爱。你欺骗了你的妻子。还因为这样，让一个孩子丢了命。"

艾伦·戈德温用近乎厌恶的目光盯着他。玛丽已经走到门外。他转身，跟着她离开。房间里只剩我和霍桑两个人。

"你一定要对他们这么苛刻吗？"最后，我忍不住问道。

霍桑耸了耸肩："你为他们感到难过？"

"我不知道,也许是吧。"我试图整理自己的思绪,"艾伦·戈德温不是杀害戴安娜·考珀的凶手。"

"没错。迪尔的那场事故他并没有怪她,他怪的是自己。因此,他没有理由杀死她。她只是造成了那场事故,是途径,不是起因。"

"那辆车的司机……"

"是谁驾驶那辆汽车都无关紧要。达米安,他妈妈,隔壁的那位女士。这与本案无关。"

烟雾在空气中盘旋。我之后不得不想办法和妻子解释。我还坐在钢琴凳上。我对于这两起谋杀案的首要推论刚被全盘推翻。

"那么,如果凶手不是艾伦·戈德温,又会是谁?"我问他,"我们接下来去哪里?"

"去见格蕾丝·洛威尔,"霍桑回答说,"明天就去见她。"

第二十章　演员的人生

格蕾丝·洛威尔还没回到位于砖巷的那处公寓，这也在情理之中，不能怪她。清理掉喷溅的血迹要花很长时间，而清除这些血腥的记忆则需更长的时间。

她和艾什莉住在父母家，位于豪恩斯洛区，靠近希思罗机场，她父亲在那里担任高级商务经理。马丁·洛威尔特意请了一天假。他是一个体形高大，让人望而生畏的男人，穿着一件对他来说尺寸太小的马球衫，肩膀处的布料绷得紧紧的，肌肉发达的手臂撑起袖子。他剃了光头，让人猜不出他的年龄，但他一定至少五十多了。格蕾丝和他长得一点都不像。他小心翼翼地抱着艾什莉，不得不留心手上的动作。我轻易就能想象他一不小心就会让躺在他结实臂弯里的孩子感到窒息。像往常一样，小女孩没有表现出对周遭的兴趣，沉浸在她的儿童书里。

房间里干净整洁，装修现代，这处房产的部分房间十有八九和机场的主跑道在一条线上，因为我们每隔几分钟就能听到飞机起飞时震耳欲聋的轰鸣。格蕾丝和她父亲似乎对噪声浑然不觉。艾什莉开心地享受着这一切，每次飞机在天空中划过，她就咯咯笑个不停。格蕾丝告诉我们，她的母亲罗斯玛丽·洛威尔在上课，她在当地一所中学教书。所以就只剩我们五个尴尬地挤在沙发和扶手椅上。相对房间来说，家具显得太大了。马丁为我们准备了咖啡，但我们谢绝了。大部分时间是格蕾丝在说话，他安静地坐着，我注意到他不时用一种奇怪的眼神注视着我们，目光里压抑着怒火。

在接下来的二十分钟里，格蕾丝描述了她与达米安·考珀的生活：他们是怎么认识的，两人的关系，他们在美国度过的时光。她和我们之前几次见到时有很大的不同，仿佛达米安的死让她摆脱了某种义务。她讲述的时候，我意识到她很久以前就不再爱他了，我想起霍桑讽刺她为"悲痛的寡妇"。好吧，这点被他说中了。她是演员出身，而现在就是她在聚光灯下的时刻。我不是故意出言不逊。我之前喜欢她。她年轻而富有魅力，她让自己精彩的人生被偷走了——虽然她从没这么说过。显然，达米安的死给了她第二次从头开始的机会。

她是这么说的：

"打从我记事起，就一直想当一名演员。我上学的时候喜欢戏剧课，而且只要我买得起票，就会跑去剧院。我会一大早去国家剧院排队，排十英镑的位置，或者买最好的位置正后方的座位。假期的时候我会在一家美发沙龙里兼职，好负担这部分支出。妈妈和爸爸很棒。他们一直支持我。当我说想申请英国皇家戏剧艺术学院时，他们非常支持我。"

"我试过劝阻你！"马丁·洛威尔咆哮道。

"你陪我去了市里，爸爸。我第一次试镜，你就坐在街道拐角处那个酒吧里。"她回头看着我们，"我当时十八岁，刚通过了大学入学考试。爸爸想让我上大学，试镜结束后就申请学校。但我等不及了。我参加了四次试镜，一次比一次艰难。最后一场是最糟糕的。参加试镜的一共有三十个人，我们待了整整一天。我们必须参加很多场评选,而且自始至终都被不同的考官评判着。至少有一半的人不会再来。我紧张得想吐,当然,我要是表现出来,就彻底完了。后来过了几天,我接到了英国皇家戏剧艺术学院校长的电话——他会亲自给每个人打电话——他告诉我,我被录取了,我当时觉得'天哪!这不可能!',我的梦想成真了。

"当然,之后,我必须想办法交学费。爸爸说他可以提供一半学费,这太好了……"

"我这样做是因为相信你。"马丁喃喃自语,和他刚才说的话自相矛盾。

"……但我仍然必须想办法筹到另一半学费。地方政府无法提供五年的助学金,所以有一段时间我真的担心去不成。最后,皇家戏剧艺术学院帮助我解决了困难。有位著名演员——他们从没告诉过我他的名字——想资助一个刚起步的学生。也许因为我的肤色帮到了我。我听说他们非常希望资助对象是混血,所以我的另一半学费有了着落,然后九月份我入学了。

"我喜欢在那里上学,享受在那里度过的每一分钟。有时我感觉很无助。那里的气氛极其紧张,我们必须非常卖力地演出。那年学校就招了我们二十八个学生,还有几个学生,一个苏格兰男孩和一个香港女孩——退学了。大家非常亲近,但与此同时,你不得不让自己变得脆弱。这也是训练的一部分。有时候我觉得自己根本做不到,我会回家偷偷哭,但有位老师总是会鼓励我,我的朋友也支持我,总之我熬过来了,变得更加坚强。

"你们想知道达米安的事。你们要明白,我们是一个团体,非常亲密,大家都很友爱。而且我们完全不会相互竞争——至少,在毕业前的特里秀之前是这样,届时会有络绎不绝的经纪公司来看我们表演。"

"特里秀是什么?"我不解道。

"哦——是一场个人展示。每个人必须表演几个短短的片段和独白,很多经纪人都会来看我们表演。它是以演员比尔博姆·特里的名字命名的。"她继续说道,"当然,起初,人人都加入了不同的小团体。有三个从英格兰北部来的女孩,让我们都有点害怕。还有几个学生是同性恋。有些学生年龄较大,快三十岁了,彼此间更有共同语言。一开始,我是形单影只。我记得开学第一天我坐在一群人中,心里想着,这些人就是我之后三年的同窗,我谁都不认识,非常害怕!

"但后来,就像我说的,我们变得越来越亲近,几乎从一开始,如果说一群人中有谁脱颖而出,那无疑是达米安。每个人都认识他、钦佩他。他和我同龄,几乎没去过伦敦——他住在肯特郡——可他身上散发着非凡的自信,老师们都对他另眼相看。没有人说他是明星,大家不会这么说。可达米安总是能拿到最好的角色,收获最好的评价,人人都想成为他的朋友。不知怎的,这份幸运却降临到了我身上。顺便说一句,我们不是那种关系。好吧,我们确实有过一次。但就像我之前所说,我们是在毕业几年后才在一起的。

"达米安和我的关系很好,但还有一个女孩让他很着迷——她叫阿曼达·丽。虽然达米安总说那不是她的真名。她很崇拜费雯·丽,大家说她为此改了名字。我之后再告诉你们更多有关她的事。所以,达米安、阿曼达,还有我和另一个名叫丹·罗伯茨的男孩,成了好朋友。他也是一位出色的演员。很多人以为达米安和丹喜欢对方,但这不是事实。我们四个是最好的朋友,上学期间一直如此。直到毕业后,我们才各奔东西,但我想这就是人生吧。我的第一份工作是在格拉斯哥市民剧院。达米安去了皇家莎士比亚剧团。丹在布里斯托演了《第十二夜》。我不记得阿曼达去做了什么,但关键是,我们都分开了。

"我可以和你们聊一整天皇家戏剧艺术学院。我印象最深刻的就是这种归属感,在理想的学府遇上一群志同道合的人。学校安排了繁重的学习任务——表演课、台词课、声乐课——还布置了大量的作业。很有意思。我们经常去一家名叫希德家的脏兮兮的咖啡馆小聚,男孩们会吃好几大盘薯条、香肠之类的食物,因为价格便宜。偶尔晚上我们会去马尔堡阿姆斯酒吧喝酒。爸爸,就是之前你等我的那家酒吧。但大部分时候,大家都会各自回家,做劳埃德[①]的作业,或是做其他功课,然后上床睡觉。"

我不知道劳埃德的作业是什么。不过,这次我没有打断她。

"不过,如果你们对达米安感兴趣,那我必须给你们讲讲第三学年排的那部《哈姆雷特》,因为一切就是在那个时候出现了转折。那是一部非常重要的作品——首先,《哈姆雷特》对于任何一位出演主角的演员都是一个绝佳的事业跳板。大大小小的经纪人都会到场,它会由林塞·泊斯纳[②]执导,他在皇家剧院指导了大量优秀的作品,我们都在新维克剧院看过他那部精彩的《美国野牛》。人人都认为这个角色非丹莫属。他在上两部剧中,只演了一些小角色。有传言说,他故意在保留实力,因为他会得到这次千载难逢的机会。而且,他的特里秀不如预期中那样顺利——他念错了几句台词。所以,这次是他大显身手的机会。

"我们都很兴奋,等待最终名单的公布。信件架附近有一块逼仄的区域,用来张贴演员表,大家都会围在那里看谁要演什么

[①] 此处可能指的是英国演员哈里·劳埃德(Harry Lloyd, 1983—),出生于伦敦,曾加入牛津大学戏剧社,出演了《蜘蛛女之吻》和《谬误的喜剧》等舞台剧。
[②] 林塞·泊斯纳(Lindsay Posner),英国戏剧导演。

角色、在哪个剧院演出。到了这个时候,大家都变得紧张起来。我们已经在那里度过了三年时光,很快就要毕业了。有可能最坏的情形就是,我们从皇家戏剧艺术学院毕业了,却没有签经纪公司。因此,最后几部作品至关重要。

"总之,名单贴出来了,果然,由丹出演哈姆雷特。我拿到了奥菲莉亚一角,那真是太棒了。阿曼达只拿到了一个小角色——奥斯里克,他们打算让她反串出演。她只在第五幕有一次出场,但她早前在《辛白林》①中出演了伊莫琴一角,所以这很公平。达米安将会出演雷欧提斯。他很高兴,尽管很多人说他应该演哈姆雷特。他在特里秀上表演了"流氓和农奴"那段独白,人人都夸精彩。这部戏里演员会穿着现代服装,在GBS剧院内演出,那是一个地下演出厅,是整座建筑里最凉爽的空间。要比范布勒剧院凉爽得多。

"我们进行了为期五个星期的排练,听起来很久,可时间非常紧张。就在一周后,一切都发生了改变——而这其中的缘故,可以说,也改变了我的人生。丹病了,染上了腺热无法排练,所以经过几次讨论之后,他和达米安互换了角色,这意味着,突然间,达米安和我要花无数个小时投入那些情绪饱满的场景中。当我再次回顾那段时光,才意识到,我就是在那个时候爱上他的。当他站在舞台上时,他会散发出那种……吸引力。我是说,你在街上遇到他时,他会给你留下深刻的印象,可当你看他表演时,就像看着一片湖泊或者是一口深井。他很深邃,又有一种清澈感。林塞·泊斯纳喜欢和他合作,他也因此进入了皇家莎士比亚剧团。林塞在莎翁的故乡和巴比肯艺术中心导演了很多场戏,他

---

① 莎士比亚的一部喜剧作品。

一直带着达米安。

"人们现在仍然在谈论我们演的那场《哈姆雷特》，达米安、丹和我都因此签下了经纪公司，艺术指导告诉我，这是他看过最好的作品之一。我们利用了很多面具——林塞深受日本能剧的影响。毫无疑问，达米安表演得非常出色。

"他抢了全部风头。丹也很棒——在第五幕的那场打斗中，你能感受到他的爆发力。道具是扇子，不是剑。最后，观众竟然全体起立为我们鼓掌，这在皇家戏剧艺术学院的历史上并不常见，更别说观众中还有不少经纪人。

"但我记得这主要还是因为达米安。你们一定知道第三幕第一个场景吧。最后，我都流眼泪了。'啊，何等高贵的天才竟这般的毁了！'我至今都忘不了那个场景中他对痛苦与疯狂的诠释。有一刻，达米安扼住了我的喉咙，他的脸离我这么近，我能感觉到他的呼吸喷在唇边。当他松开手后，我的皮肤上留下了瘀青。我们在一起后，他说他再也不想和我一起演戏了——可那时因为艾什莉，我的表演生涯已经停滞不前了。我想说的是，比起爱达米安，我最爱的是那个演员，作为一个男人，他……"

她找不到合适的措辞，所以她父亲替她说完了这句话："是个混蛋。"

"爸！"

"他那样对待你，利用你——"

"他并不总是那样。"

"他和他的母亲从一开始就是这样，两个人都一样坏。"

从格蕾丝的眼神可以看出，她并不赞成他的说法，但她没有和他争辩，继续说道：

"我被独立经纪公司签下，第一份工作是在电视剧《幻术大师》中出演一个角色。我只有几句台词,扮演了一位魔术师的助手。但至少可以写进简历里。我还拍了几部电视剧:《急诊室的故事》《霍尔比市》《警务风云》。我还为斯特拉拍了广告,真是太棒了。我在布宜诺斯艾利斯待了一个星期!渐渐地,我得到了很多戏剧演出的机会。最好的一个机会是根据《超人前传》某一季改编的戏剧,在甘草市场上演。我在《乡下妻子》,还有爱德华·邦德的戏剧《大海》中拿到了不错的角色,评论里还提到了我的名字。我的经纪人菲奥娜·布朗确信我会红起来。我也得到了一些很棒的试镜机会。

"再后来,我和达米安重逢。他来看《乡下女人》。他甚至没有意识到这部剧里有我,他有一个朋友饰演费吉特太太一角。我们在后台碰见,出去喝了一杯。那真是久违的喜悦。我的意思是,我们之前曾亲密无间,但很多年没见面了。"

"这就是他。"马丁·洛威尔说。艾什莉终于翻完了她的书,在他怀里睡着了,他轻轻地把她放在沙发上。"他唯一关心的就是他的事业。他没有朋友。他利用了你。"

"别这么说,爸爸。"格蕾丝还是不认同他的说法,"达米安那时已经小有名气。我的意思是,即便人们不会排队找他要签名,也能认出他。他演过很多部电影和电视剧,还得过标准晚报戏剧奖[①]。他已经在好莱坞拍电影了,还即将出演《星际迷航》。我立刻发现了他的不同。他比我记忆中要硬朗许多,有一些锋芒,也许是因为他已经那么富有、那么成功了。他在砖巷刚买了一套公寓,但实际上,我认为他的锋芒绝大部分是出于自我保护。在这个行业打拼很难。这就是演员生活的一部分。

---

①标准晚报戏剧奖:一九五五年设立,是英国历史最悠久的戏剧奖项,由《标准晚报》赞助,每年十一月底或十二月初颁布。

"我们度过了一个美好的夜晚。大家都喜欢这出戏,掌声雷鸣。我们喝了很多酒,开始聊起在皇家戏剧艺术学院上学时候的事,还有大家一起度过的时光。达米安和学校里的几个同学合作过。他告诉我丹放弃了表演事业,真遗憾,因为他才华横溢。可有时候就是造化弄人,你拿到的都是一些不起眼的角色,或者替身角色,重要的试镜从来没有回音。丹差点就拿到了《加勒比海盗》的主要角色——可最后关头,却定了奥兰多·布鲁姆。他还与独立电视台的《日瓦戈医生》失之交臂。阿曼达失踪了。达米安说了很多自己的事。出演《星际迷航》的收入可观,够他在洛杉矶买房的首付,他计划搬到那里定居。

"他在英格兰待了三个星期,拍了一部迷你剧,我们几乎二十四小时黏在一起。他在砖巷的那幢公寓太棒了。当时,我在克莱珀姆和另外两个演员合租,而那栋公寓就像世外桃源一样。他的电话铃声响个不停。一会儿是他的经纪人、出版商,一会儿是报纸、广播电台。我意识到,这是我去皇家戏剧艺术学院求学时怀揣的梦想,只是他的梦想成真了。"

"你的梦想也会成真的,格蕾丝,他现在不在了。"

"这么说不公平,爸爸。达米安从没挡我的路。"

"就在你的事业要有起色的时候,他却让你怀孕了。"

"这是我的选择。"她转头看着我们,"当我告诉达米安我怀孕的消息时,他很兴奋,说想和我有个孩子。他要我搬过去和他一起住。他说他的钱足够养我们俩,还有孩子。他让我坐下一班飞机飞往洛杉矶。"

"你们结婚了吗?"霍桑问道。霍桑今天很不寻常,格蕾丝在提供证词的时候,他一直保持着沉默。虽然他一直在专心听。

"没有,我们一直没结婚。达米安认为没有什么必要。"

"达米安心里只有他自己。"她父亲一口咬定,"他不想受到束缚。他母亲和他一样坏,只关心她的宝贝儿子。从来没有把时间花在你身上。"

"这是我们共同做出的决定,爸爸。你懂的。而且戴安娜没有那么坏。她只是孤独,有点难过,又事事为他着想。"她凑近去看艾什莉,把她眼睛上的头发拨开,然后继续说道:"我按他吩咐的做了,他给我买了机票……"

"经济舱。他甚至都不愿意买张商务舱的票。"

"……然后我搬去和他一起住。他的经纪人设法帮我们取得了签证。我不知道他们是怎么操作的,但最终艾什莉在美国出生了,她甚至取得了美国公民的身份。我到那边之后,达米安已经在拍摄《星际迷航》了,所以我不常见到他,但我不介意。我帮助他找到了合适的房子。里面只有两间卧室,却是一个温馨的小窝,在好莱坞山上,景色优美,还有一个小小的游泳池,我很喜欢。他让我按照自己的心意装修。我为艾什莉装扮了一间婴儿房,还会去好莱坞西区和罗迪欧大道购物。达米安有时候很晚才回来,但我们会一起过周末,我以为一切都会顺利。"

她低下头,有那么一瞬间,我看到了她眼中的悲伤。

"可惜不是。是我的错,真的。我不太喜欢洛杉矶,虽然,我试过去适应。问题在于,它根本就不算是一座城市。不管去哪里,你都必须开车,但其实也没什么地方可以去。我的意思是,不是商店,就是餐厅、海滩,但不知道为什么,感觉去哪里都没有意义。天气总是很热,尤其是我还怀孕了。我发现自己一个人待在家里的时间越来越长。我说过达米安把我介绍给了他的朋友们认识,但是他实际上并没有那么多朋友,他们总是在分享工作八卦,不可避免地让我感觉自己受到冷落。他们大多都是英国人，演员占大多数。有趣的是，人们都有自己的小圈子，他们不是不友好，只是不会接纳你。我还很想家！我想爸爸妈妈，想念伦敦。想念我的事业。

"达米安和我没有吵架，但我们在一起并不快乐。我感觉，他已经不是我在皇家戏剧艺术学院认识的那个他了。也许是因为他的名气越来越大。他会回家，也很高兴见到我，有时我们很亲密，可我总觉得都是逢场作戏。他总是给我讲他遇见的名人——克里斯·派恩、伦纳德·尼莫伊、J．J．艾布拉姆斯——而我当然只是坐在家里，这让我心怀不满。我想成为母亲，但也不仅限于此。然后，艾什莉出生了，太神奇了，达米安办了一个热闹的派对，他成了骄傲的父亲。但是后来我发现他在外面的时间越来越长。他出演了《广告狂人》第四季，他的全部生活似乎都是各种聚会、首映礼、跑车和模特。而我却被困在家里，和奶瓶、婴儿车和尿布——或者应该说是纸尿裤——做伴。他花钱如流水，似乎谁都管不着。没完没了的园艺费和杂货账单。那种生活就像是好莱坞的廉价平装书，写满了陈词滥调。"

"告诉他们毒品的事。"她父亲提醒道。

"他服用可卡因和其他东西——但这没什么特别的。那儿的英国人都吸毒。你只要去参加派对，就会有人拿起手机，几分钟后，骑着摩托车的派送员就会带着小塑料袋赶来。后来我就没再去参加过派对。我从来没吸食过毒品，我感觉不舒服。"

艾什莉在沙发上翻了个身，马丁手脚利索地将她一把抱了起来，孩子开心地依偎在他的怀里。

"我说的这些听上去太糟糕了。"格蕾丝继续说道，"可这是因为一切都结束了，我可以说说心里话。在洛杉矶也不是没有一点开心事。阳光明媚的时候，花园里三角梅开得正好。我会感觉到幸福。达米安从来没伤害过我。他不是坏人。他只是……"

"……自私自利。"马丁·洛威尔帮她补充道。

"成功了,"格蕾丝反驳道,"他在成功里迷失了自我。"

"现在他死了。"霍桑说,目光冷峻地瞥了她一眼。"你也许会说,他死的正是时候。"

"我不明白你的意思!"格蕾丝很生气,"我永远都不会说这种话。他是艾什莉的父亲。她要在没有父亲的陪伴下长大,甚至记不住他。"

"我知道他留下了遗嘱。"

格蕾丝犹豫了一下:"是的。"

"你知道遗嘱内容吗?"

"知道。他的律师查尔斯·肯沃西来参加了葬礼,我那时询问过他。为了艾什莉,我必须要知道我们的生活是否有保障。我的顾虑打消了,他把全部财产都留给了我们。"

"他上了人身保险。"

"这我不知道。"

"我知道,格蕾丝。"他穿着西装坐在那里,跷着腿,双臂交叉,这是霍桑最放松,也最冷酷的时候。他的黑眼睛死死盯着她,对她施加压力。"六个月前,他买了一份保险。据我了解,你将获得近一百万英镑的保险金。更不用说还有砖巷的那栋公寓、好莱坞山上的房子、阿尔法罗密欧牌蜘蛛敞篷跑车——"

"你在说什么,霍桑先生?"她父亲质问道,"你认为是我的女儿杀了达米安?"

"为什么不可能呢?听了你刚才说的,你也不会感到太过抱歉,坦白说,如果我被他困住,我也不会犹豫。"他转头看着格蕾丝,"我留意到,你是在达米安的母亲死亡前一天抵达的英国。"

我还没有机会告诉霍桑,我在浏览笔记时的新发现,听到他没有事先和我沟通就得出了这个结论,我感到很失落。

"你见过她吗?"他问。

"我打算去看看她,可艾什莉长途飞行后累坏了。"

"我想,你们大概又坐的是经济舱!所以你没有四处走动吗?"

"没有!"

"格蕾丝在我这里,"她的父亲说,"而且我可以在法庭上宣誓——如果必须这么做的话。达米安被害时,她还在葬礼晚宴上。"

"葬礼期间,你在哪里?洛威尔先生?"

"我和艾什莉在里士满公园,我带她去看小鹿。"

霍桑又把目标对准了格蕾丝。"你说起皇家戏剧艺术学院的时候,和我们说,有位自称阿曼达·丽的女孩,你还有一些事情要告诉我们。是什么事情?"

"她是达米安的初恋女友,但快毕业的时候他们分手了。事实上,我觉得她是为丹·罗伯茨离开了他。我们开始排练《哈姆雷特》的时候,我看见他们两个接吻。是情侣间的那种亲吻!情投意合。

"她在那部戏中扮演奥斯里克。我和你说过。之后,她发展得很不错,还出演了几部大型音乐剧,那是她的专长。《狮子王》,还有《飞天万能车》。可后来她就失踪了。"

"你是说她不演戏了?"我问。

"不是。她不见了。她有天出去散步,就再也没回家。有很多报纸报道了这件事,没人知道她出了什么事。"

从马丁·洛威尔家出来之后,我在手机上快速搜索了一下,

搜到一篇八年前的报道,内容如下:

南伦敦新闻报
二〇〇三年十月十八日
女演员失踪,父母呼吁社会帮助

一名二十六岁的女演员,离开位于斯特雷汉姆区的家中后失踪,警方为此开展了搜查。

警察正在寻找阿曼达·丽的下落,她曾出演过西区几部重要的音乐剧,包括《狮子王》和《芝加哥》。据描述,她身材苗条,一头金色长发,淡褐色的眼睛,脸上长着雀斑。

丽小姐周日傍晚离开公寓。她穿着灰色真丝上衣和长裤,打扮时髦,拎着一只深蓝色的爱马仕凯利手提包。在她缺席周一晚上兰心剧院的演出之后,警方接到报案。截至今天,自她上次露面已有六天。

警察一直在询问几个网上交友机构。据了解,这位单身的女演员会在网上约会,当晚可能是去赴约。她的父母呼吁那晚见过她的人主动提供线索。

我给霍桑看了这则报道,他点了点头,仿佛这也在他的意料之中。"你为什么会对阿曼达·丽感兴趣?"我问他。

他没有回答。我们仍然站在小区中央,四周是一模一样的房屋和花园,几辆停放的汽车增添了唯一一抹亮色。就在这时,又一架飞机在头顶上方驶过,轰隆作响,轮子已经放下,庞大的身躯挡住了光线。等它从头顶飞过,我对霍桑说:"你不会是要告诉我阿曼达·丽也被人谋杀了吧?可她和整个案子无关。在今天之前我们甚至都没有听说过这个人。"

霍桑的电话响了。他一边举起一只手,示意我稍等,一边从口袋里掏出手机接通电话。通话持续了大约一分钟,而霍桑几乎没说什么——只是说了两三次"是",然后是"好的""没问题",最后挂断了电话。他的表情冷峻。"是梅多斯打来的。"他说。

"出了什么事?"

"我得回坎特伯雷一趟,他想和我聊聊。"

"怎么了?"

霍桑看我的眼神让我感到不安,"昨晚有人放火烧了奈杰尔·威斯顿的房子,"他说,"他们在信箱里倒上汽油,然后放了一把火。"

"天哪!他死了吗?"

"没有,他和他的男朋友都逃出来了。威斯顿住院了。他吸入了大量浓烟,但不严重,他会没事的。"他看了一眼手表,"我要去赶地铁。"

我说:"我和你一起去。"

他摇了摇头:"不用了,我想你不该去。我一个人过去。"

"为什么?"一阵沉默。我追问道:"你知道谁是罪魁祸首,对不对?"

又一次,他露出了那熟悉的、冷峻的目光。那目光提醒我,他与我看待这个世界的眼光全然不同,而我们永远都无法成为真正亲密的朋友。

"对,"他说,"是你。"

第二十一章　皇家戏剧艺术学院

我不懂霍桑是什么意思，但我越是琢磨，就越是沮丧。我为什么要为奈杰尔·威斯顿家的纵火事件负责呢？在我去他家之前，我都不知道他的住址。当霍桑用他那习以为常的、有失体面的说话方式，对那位老先生穷追猛打时，我可一个字都没说。我也没有告诉过任何人我们打算去见他——除了我的妻子、助理，或许还有我的一个儿子。霍桑是不是故意在冲我发泄怒火呢？他这么做我也不惊讶。发生了一件让他出乎意料的事，所以他只能迁怒于碰巧离他最近的那个人。

我不禁想，我们的调查下一步该怎么办？当霍桑在我公寓里的时候，他已经或多或少排除了艾伦·戈德温的嫌疑。那位前法官应该也挖不出有价值的线索了。诚然，威斯顿法官和戴安娜·考珀有关联，他让她免于刑事处罚的判决有些争议，但没有证据表明他有犯罪的嫌疑。况且，他还受到了袭击！我渐渐开始认为，这两起谋杀案最终还是和那场车祸没有关系，可就在这个时候，事实证明却恰恰相反。

戴安娜·考珀是开车撞死蒂莫西·戈德温、致其哥哥重伤的人。为了保护儿子达米安·考珀，她从现场驾车逃逸。威斯顿法官只是象征性地惩罚了她，并没有给她判刑。而他们三个都不约而同地遭人袭击……其中两次还出了人命。这不可能是巧合。

可这又引出了一个问题。阿曼达·丽，那个曾经在皇家戏剧艺术学院和达米安·考珀一起演戏却离奇失踪的女孩，又和整件事有什么关联呢？当然，有可能，她和这一切没有关系。在我们离开格蕾丝·洛威尔的住处后，我在手机上搜索过她，尽管霍桑看了那则报道，可他并没有发表评论。所以，我根本不确定其中的关联。

我突然讨厌起了自己。

午后，我独自坐在一家俗气廉价的咖啡馆里。和霍桑分别之后，我就走进了这家豪恩斯洛东站附近的店里。他坐地铁离开了。我被镜子、浮夸的菜单和正在播放日间古董节目的宽屏电视机包围着。我点了两片吐司和一杯茶，但其实没有胃口。我都经历了什么？与霍桑初次见面时，我还是一个成功的作家。我负责创作剧本的电视剧在五十个国家都播出过，我还在机缘巧合下与那部剧的制片人结婚了。霍桑为我们工作。他拿着一小时十到二十英镑的报酬为我的剧本创作提供专业的咨询服务。

可短短几周后，一切都变了。我把自己变成了一个沉默的搭档，变成了我自己书里的一个配角！更糟糕的是，我莫名其妙地说服了自己，如果不询问他的意见，我连一个线索也解不开。我的聪明才智当然不仅限于此。这么久以来，我都跟随他的脚步。现在，既然霍桑离开了，我终于有机会掌握主动权。

茶盏表面泛着油润的光泽，吐司上抹的黄油也融化了，像汽车的排放物。我把盘子推到一旁，拿出电话。霍桑之后有事要忙，这给了我充足的时间调查这位新的嫌疑人：阿曼达·丽。奇怪的是，《南伦敦新闻报》的那篇报道里没有登她的照片。我想知道她长什么样。网上一张照片都找不到，只有几篇报道提到了她。她失踪了,至今下落不明。仅此而已。她的父母也许仍在伤心,可公众的兴趣已经消失了。

我想了解更多有关她的信息。倘若一直以来,我都在错误的方向上努力(也就是迪尔那条线索),那是时候找出被我遗漏的线索了。在皇家戏剧艺术学院有没有可能发生过什么事,将阿曼达、达米安和戴安娜·考珀三个人联系起来,而那又是如何引出了谋杀案?

正当我思考的时候,我忽然想到了一个办法。皇家戏剧艺术学院偶尔会邀请演员、导演和编剧去做客,和学生们面对面分享。一年前,我还在一群学生面前分享过演员、作家、剧本之间令人好奇的三角关系。在一小时的分享里,我试着向他们解释,一个好演员总会在剧本里发现连作家都没有发现的东西,而一个坏演员总会把一些东西强加进剧本里,作家宁愿他们没有这么做。我还和他们分享了一个角色是如何塑造成功的。比如,克里斯托弗·福伊尔这个角色,在迈克尔·基臣出演之前已经在纸上存在了很久,但只有在他决定出演这个角色后,真正的挑战才出现。二者之间的关系或多或少总有些紧张,比如,迈克尔几乎从一开始就认定福伊尔永远不会提问,为此我绞尽脑汁。至少对一名侦探来说,这是不寻常的事。可这个想法并不愚蠢。于是,我们想出了更原创的方法来传达剧情需要的信息。福伊尔自有办法让嫌疑人不知不觉地吐露更多不愿透露的信息。通过这种方式,年复一年,角色塑造起来了。

总之,我和学生们谈了这些,还分享了其他许多心得,我不确定他们从这场分享中收获了多少。不过,我很享受。没有什么比谈论写作更让一个作家有成就感了。

那次是位副院长邀请我去做分享。我姑且称她为丽兹,因为她要求不透露她的身份。我在咖啡馆给她打了个电话，幸运的是，她那天下午碰巧在皇家戏剧艺术学院，她同意下午三点钟抽一小时和我见面。丽兹是一个聪明又非常热情的女人，她比我年长几岁。她自学表演成为一名演员，最终却从事创作和导演的工作。在和媒体有过一段不愉快的经历后，她回到了教学岗位。那次经历与她执导的一部以英国的锡克人为主题的戏剧有关。尽管初衷是好的，但它引发了骚乱，有两个地方议员（她告诉我，他们既没有读过，也没有看过她的作品）煽动人们的怒火。艺术指导屈服了，这部剧停演了。没有人为丽兹说话。即便现在，很多年过去了，她还是宁愿匿名。

皇家戏剧艺术学院位于高尔街的主楼很奇怪。入口处有一悲一喜两座雕像，是由艾伦·杜斯特于二十世纪二十年代雕刻而成，让人印象深刻的同时又不喧宾夺主。狭窄的门廊通向建筑内部，麻雀虽小，却五脏俱全，里面容纳了三个剧院、几间办公室、多个彩排厅，还有工艺品商店。在我印象中，里面就像一座由无数条白色走廊和楼梯构成的迷宫，到处都是双开式弹簧门，所以第一次参观的时候，我就像一只实验室里的小白鼠。这次，我和丽兹约好在一层新开的时髦咖啡厅见面。

"我对达米安·考珀印象很深，"她告诉我。我们都点了一杯卡布奇诺，四周挂着大三学生的黑白照片。周围的桌子旁三三两两坐着几名学生，有的在聊天，有的在读剧本。她压低声音："我总有一种感觉，他会做出一番事业。不过，那小子有点自大。"

我说："我没想到你当时就在这里教书了。"

"那是一九九七年，我刚来不久。达米安应该上大二。"

"你不喜欢他。"

"我不会这么说。我试着把对每个学生的感受隐藏起来。待在这里的麻烦之处就是，人人都高度敏感，一不留神很容易遭人控诉'偏心'。我只是告诉你事实。他非常有野心。如果能帮他拿到角色，他会不惜捅自己母亲一刀。"她斟酌了一下，"鉴于眼下的情形，这么说不是非常妥当，对吧？但你懂我的意思。"

"你看过他演的哈姆雷特吗？"

"看过，他演得非常出色。我几乎不想承认。他能得到这个角色，是因为之前演主角的那个男孩得了腺热。那年这个病有点流行，有一段时间，整个学院就像大瘟疫肆虐时期的伦敦。当然，他一开始就想演主角。他在特里秀演过其中的片段，这是他炫耀的方式。其实，你知道吗，你说得没错。我不喜欢他。他喜欢操纵别人，我感觉有点吓人，还有之后迪尔发生的那件事。"

"什么事？"我突然提起了兴致。那场车祸和戏剧学院之间有没有连霍桑都不知道，被我们都遗漏了的联系呢？

"嗯，就是他在一堂表演课上利用了那件事。我们当时正在探讨所谓的当众孤独，学生必须带来一个在某些方面对他们来说重要的东西，并当着同学的面谈论。"她稍作停顿，"他带来了一个塑料玩具，一辆伦敦的公交车模型。他还给我们播放了一首儿歌的录音：'公交车的轮子转啊转。'你一定听过吧？他告诉我们，这是车祸中丧命的那个小男孩的葬礼上放的一首儿歌，当时他母亲驾驶着那辆车。"

我好奇道："究竟哪里吓人？"

"之后，我和他有一些小小的争论。他当时非常情绪化。他说那首儿歌快把他撕成碎片了，那段旋律在他脑海里驱之不散——诸如此类的话。但事实上，我不觉得他真的和那场事故有关。我觉得他几乎是在利用它，把它当成了一个道具。他的独角戏太过以自我为中心了。在某种程度上，他是出于练习表演的目的,可那场车祸中却死了一个八岁的男孩。也许达米安的母亲不用负全责,可毕竟是她撞死了人。我觉得在课堂上利用这件事不妥,我也是这么和他说的。"

"你能给我讲讲阿曼达·丽的事吗?"我问她。

"我对她的印象就没有那么深了,她很有才华,但很安静。她和达米安约会过一段时间,他们非常亲密。我想,她毕业之后,恐怕事业发展不太顺利。演了几部音乐剧,没有激起什么水花。"她叹了口气,"有时候就是这样。你永远预测不到谁会走上哪条路。"

"然后她失踪了。"

"消息登在报纸上,甚至有警察到这里来询问过情况,尽管她失踪的时候已经是在毕业四五年之后了。有人说,她当时是去见一位粉丝了……不过后来警察改变了说法,说她可能是去见约会对象。她打扮得很漂亮,她的室友说她离开时心情很好。她在伦敦南部和别人合租。"

"斯特雷特姆。"

"没错。总之,她出门了,之后再也没有人见过她。如果她名气大一点,或是有人将她和达米安·考珀联系在一起,会引发更多的舆论关注。达米安当时已经小有名气了。但我想伦敦失踪的人那么多,她只不过是其中之一。"

"你说你有他们的照片。"

"是的。你很幸运,因为那时留下的照片不多。当然,现在,人人都有手机。不过,因为《哈姆雷特》那部戏,我们保存了一张照片。"她把随身携带的那个大帆布袋拎到桌上。"我在办公室里找到的。"

她拿出一张装裱好的黑白照片,放在咖啡杯之间。我看着照片，感觉就像从一扇窗户眺望一九九九年。照片里是五个年轻演员，在空荡荡的舞台上对着镜头一本正经地摆姿势。我立刻认出了达米安·考珀。十二年来，他变化不大。只是那时候他更加苗条、英俊……我脑海里立刻冒出了"自大"这个词。他直视着镜头，眼神让人无法忽视他的存在。他穿着一条黑色牛仔裤和一件黑色开襟衫，拿着一个白色的日式面具。饰演奥菲莉亚的格蕾丝·洛威尔，还有扮演雷欧提斯的男孩站在两边。头上方是展开的扇子。

"这是阿曼达。"丽兹指着一个绑着长马尾的女孩，她就站在他们后面。她扮演了一个男性角色，穿着和达米安一模一样的服装。我必须要说，她的照片让我有些失望。我不确定自己在期待什么，可她看上去非常普通……就是一个长着雀斑、扎着马尾辫的漂亮女孩。她站在人群的边缘，转过头看着一个从侧面走来的男人。

"那个人是谁？"我疑惑道。

这个男人几乎没有进入镜头里，我看不清他的脸。他一团黑，戴着眼镜，抱着一束花，年纪明显要比其他人大。

"我不知道，"丽兹说，"可能是谁的父母吧。照片是首演之后拍的，剧院里挤满了人。"

"你之前……"

我正要问她关于阿曼达和达米安感情的事，可就在那时，我注意到了一个细节，话说到一半停住了。我盯着照片中的某个人，突然之间，我知道他是谁了。他的身份应该毫无疑问，兴奋之情涌上心头，我意识到，我发现了一条重要线索，而这一次，也是唯一一次，我领先了霍桑一步。我知道了他不知道的事！在我们离开格蕾丝·洛威尔的家时，他故意奚落我。而且一直以来，他对我漠不关心，有时候几乎可以说是不屑一顾。哎呀，等他从坎特伯雷回来，如果我可以告诉他这条他遗漏的线索，那场面该多么有趣。我情不自禁地嘴角上扬。这么久以来，我跟着他在伦敦四处奔波，做一个安静的旁观者，这次终于能让我扬眉吐气一回了。

"丽兹，你太棒了。"我说，"这张照片可以借给我吗？"

"抱歉，它不能离开这栋楼。不过如果你愿意的话，可以拍下来。"

"太好了。"我的手机一直放在桌上录音，记录我们谈话的全过程。我拿起手机，拍了一张照片，然后起身。"非常感谢。"

在皇家戏剧艺术学院门外，我打了三个电话。首先，我安排了一次会面。然后我打电话给正在办公室等我的助理，告诉她我下午不回去了。最后，我给妻子留言，说我会晚点回去吃晚饭。

实际上，我根本没吃上晚餐。

第二十二章　面具之下

我从高尔街乘地铁返回伦敦西部，然后来到富勒姆宫路上一处方方正正的红砖建筑前，这里距离汉默史密斯环岛只有五分钟的路程。顺便说一句，那处地标已经不存在了。它的原址上建了一栋崭新的办公大楼——埃尔西诺之家。哈珀柯林斯出版集团驻英国的出版社就坐落在这里，我的作品的美国版就是他们出的。

我要去的那栋楼，故意设计得注重私密性，窗户是磨砂玻璃的，没有设置路标。当我按下大门门铃时，问候我的是一阵愤怒的蜂鸣声，咔嗒一声之后锁开了，门是从内部操控的电控门。监控摄像头注视着我来到空无一人的接待区，墙壁裸露，地板上铺着瓷砖。这里让我想起了诊所，或是医院里某个昏暗的角落，也许是最近刚关闭的某个部门。起初我以为就我一个人，可接着我听见有人冲我打招呼。我走进拐角处那间办公室，殡仪馆的馆长罗伯特·康沃利斯正在往两个杯子里倒咖啡。办公室和楼里其他区域一样平平无奇，里面摆着一张桌子和几把非常实用的椅子——软垫一点都不舒服。一旁的支架台上放着咖啡机，墙上挂着一份日历。

这就是我们初次见面的时候康沃利斯提到的停尸房。他的客户来南肯辛顿咨询，但尸体实际是被运到这里。附近不远处有一座小教堂。艾琳·劳斯形容这里为"丧亲之地",有些名不副实,我进入的这个房间没有给我丝毫慰藉。我特意留心有没有其他人的动静。我从没想过,也许房间里就只有我们两个,可毕竟现在已经是傍晚了,也许其他人都回家了。其实,我是先给康沃利斯的办公室打了一个电话,但他坚持要在这里和我见面。

他叫我的名字,和我打了个招呼,我进来坐下,发现他看上去比我之前两次见他都更加热情和放松。他穿着一身西装,没系领带,还解开了衬衫最上面的两粒纽扣。

"我之前不知道你的身份。"他说着,递给我一杯咖啡。我和他打电话的时候告诉了他我的名字。"你是一名作家!我不得不说,我很惊讶。你来我办公室,还有家里的时候,我还以为你也是协助警方办案的人。"

我回答说:"某种程度上,我也算是。"

"不是。我的意思是,我以为你是个侦探。霍桑先生在哪里?"

我喝了一口咖啡,他没征求我的意见就在里面加了糖。"他现在不在伦敦。"

"他送你来的吗?"

"不是。老实说,他不知道我来见你。"

康沃利斯思索了一下,看上去颇为困惑。"你在电话里说你正在写一本书。"

"是的。"

"那不是有点不合常规吗?我以为警察调查谋杀案会私下进行。我会出现在你这本书中吗?"

我实话实说:"我想是的。"

"我不确定我愿意。戴安娜·考珀和她的儿子,这一连串事件让人感到极其难过,而且我真的不希望公司卷进去。事实上,我敢肯定,你会发现书中涉及的一些人会有异议。"

"我想我必须征求他们的同意。如果有人反对,我随时可以更改他们的名字。"我本来还想补充说,没有什么可以阻止我描写这些真实的人物,如果他们不受版权限制的话。可我不想引起他的敌对心理。"如果我改了名字,你会介意吗?"

"恐怕我会坚持我的态度。"

"我可以叫你丹·罗伯茨。"

他好奇地看着我,笑容在他脸上慢慢绽放:"这个名字,我好多年没有用过了。"

"我知道。"

他拿出一包香烟。我不知道他抽烟,尽管现在回想起来,他的办公室里确实放着一盏烟灰缸。他将烟点燃,然后愤怒地把火柴甩灭。"你在电话里说,你是从皇家戏剧艺术学院打来的电话。"

"是的,"我说,"我下午去过那儿。我见过……"我告诉他副院长的名字,他似乎对不上号。"你都没提过你在皇家戏剧艺术学院上过学。"我补充了一句。杯里的咖啡已经被我喝了一半。我把杯子放回桌上。

"我一定说过。"

"没有。霍桑和你两次面谈,我都在场。你不仅在皇家戏剧艺术学院上过学,而且还和达米安·考珀是同学。你和他一起表演过。"

我想他一定会否认,可他眼睛都没有眨一下。"我早就不再提皇家戏剧艺术学院了,那不是一段美好的回忆。而这与你和我说的事情也毫无关联。你到我在南肯辛顿的办公室见我,清楚地表明你们的调查——或者,我应该说,是霍桑先生的调查——是指向迪尔发生的那场事故。"

"可能有关联。"我说,"达米安说起那场事故的时候你也在场吗?显然,他把它作为了某堂表演课的素材。"

"事实上,我在场。当然,那是很久以前的事了,如果不是你提起来,我都完全没有印象了。"他绕过桌子一侧,坐在边缘,俯身看着我。房间里有一盏刺眼的霓虹灯,他的眼镜镜片反射着灯光。"他带了一辆小小的红色公交车,然后播放了那首儿歌。他讲述了事情的经过,还有它给他留下的印象。"罗伯特·康沃利斯思考了片刻,"你知道吗,他其实很自豪,他妈妈撞倒两个孩子,最终造成其中一个孩子死亡,而她第一时间考虑的都是他,还有他的事业。这对母子真是太了不起了,你同意吗?"

"你和他一起表演过。"我说,"你们演了《哈姆雷特》。"

"能剧版的。以日本古典戏剧为基础,面具、扇子什么的。说起来好笑,我们当时都只顾着自己,心怀抱负,但那当时对我们来说很重要。"

"人人都说你很出色。"我说。

他耸了耸肩:"有一段时间我想成为演员。"

"但是你成了殡仪员。"

"你上次在我家的时候,我们讨论过这个问题。这是家族企业。我的父亲,我的祖父……记得吗?"他似乎冒出一个想法,"我想给你看个东西。你也许会觉得有意思。"

"什么东西?"

"不在这里,在隔壁……"

他起身,期待我跟上来。而我也打算这么做。但当我试图站起来时,我发现我动不了。

实际上,远不止如此。我此时描述的无疑是我这辈子最恐怖的一个时刻。我动不了。我的大脑正在向双腿发出信号——"站起来",它们却不听使唤。我的胳膊像异物一样黏在身体上,没有知觉。我感觉自己的脑袋就像一个足球,顶在一堆无用的肌肉和骨头组成的躯壳上,心脏慌乱地怦怦直跳,似乎要从胸腔里挣脱出来。我永远也无法准确地描述出当时那种肠子被抽空一般的恐惧,我知道我被下药了,而且我正身处巨大的危险之中。

"你还好吗?"康沃利斯一脸关心地问道。

"你做了什么?"甚至我的声音听起来也不像自己的了。我的嘴巴不得不加倍努力地组织语言。

"站起来……"

"我做不到!"

然后他笑了,笑得毛骨悚然。

他慢慢向我走来。当他掏出一条手帕的时候,我畏缩了。他把手帕塞进了我的嘴里,成功地堵住了我的嘴。我这才意识到我早该大声呼救,虽然也不会有什么区别。我现在明白了,他早就计划好了,这里只有我们两个人。

"我会取点东西,很快就回来。"他说。

他走出房间,没有关门。我坐在那里,探索这种全新的感觉——或者说是,没有知觉。除了恐惧,我什么都感觉不到。我试图减缓呼吸,心脏仍在怦怦直跳。手帕贴着我的嗓子眼,让我呼吸困难。我实在太害怕了,以致还没搞清楚本应该显而易见的事:我欢欣雀跃地前来赴死——而几乎可以确定,这就是我的结局。

康沃利斯推回来一把轮椅。也许他用它来运尸体,尽管他留着这把轮椅更像是为来悼念亡者年长的亲戚准备的。他自顾自地吹着口哨,脸上有一种好奇而又迷茫的神色。他不再戴那副眼镜，我看着他闪闪发亮的双眼、整洁的小胡子、稀疏的头发，意识到，它们就像是一张面具，隐藏了面具底下非常可怕的东西，而现在这些东西正逐渐显露出来。他知道我无法动弹。他一定是在我的咖啡里放了一些东西，而我，这个傻瓜，竟然毫无防备地喝进了肚子里。我在心里冲自己尖叫。这就是那个勒死戴安娜·考珀，把他儿子砍得面目全非的男人啊！可是为什么？为什么在来这里之前我没有想明白呢——这难道还不够明显吗？

他俯下身，有那么一刹那，我以为他要吻我。我厌恶地想缩起来，但他只是把我揪起来丢在轮椅上。我大概有八十五公斤重，这一番操作让他费了不少力气，他停下来平复了一下呼吸。然后他掸了掸身上看不见的灰尘，把我的腿伸直，继续吹着口哨，推着我离开了办公室。

我们走过一扇敞开的门，里面是一座小教堂。我瞥见了蜡烛、木板、祭坛——也许还挂着一个十字架，摆着烛台或是其他合适的圣像。走廊尽头有一个工业电梯，足以容纳一口棺材。他把我推进去，按下按钮。门关上时，我感觉我的整个人生都被关在了门外。电梯颤动了一下，接着开始下降。

电梯再次打开，我们直接来到一个很大的工作间，低矮的天花板，里面均匀分布着更多盏霓虹灯。我看到的一切都让我涌起全新的恐惧，一想到现在孤立无援的处境，恐惧又加深了几分。远处那头有六个银光闪闪的柜子，是冷藏隔间，分成两组，每组三个，每一个都大到足以放进一具尸体。房间一侧就像是一个基础的手术室，摆放着一台金属轮床，架子上放着大大小小的深色瓶子，桌子上摆着一排手术刀、针和刀。他把轮椅停在这里，我面对着眼前的一切，背朝电梯。墙壁是粉刷过的砖墙，地上铺着灰色的乙烯基塑料地板。角落里有一只桶，还有一个拖把。

"我真希望你没来过这里。"康沃利斯说道。他一开口仍然是多年来养成的那种非常通情达理、礼貌的语气,符合他扮演的角色。因为我现在终于知道了,那只是他扮演的一个角色。时间一秒一秒地流逝,罗伯特·康沃利斯渐渐向我露出了他的真面目。

"我对你没有意见,不想伤害你,可你偏偏要来这里多管闲事,该死。"他说话的嗓门越来越大,当他吐出脏话的时候,已经有些歇斯底里。他恢复了一点正常,"为什么要问关于皇家戏剧艺术学院的事?"他继续质问道,"为什么要把过去那些事再挖出来?你来这里问我这些愚蠢的问题,我就不得不告诉你,然后不得不把你解决掉——我真的不想这么做。"

我试着说话,但手帕让我无法发出声音。他把手帕从我的嘴里拉出来。它一被取出来,我就找回了自己的声音。"我告诉过我的妻子要来这里。"我说,"我要是有什么不测,他们就会知道。"

"如果他们能找到你的话。"康沃利斯回答,语气平静得就像在陈述一个事实。我正要再次开口,他举起了一只手。"我不在乎。我不想听到你再说一句话。真的对我不会有任何影响,但我要解释一下。"

他的指尖抵着脑袋一侧,整理着思绪,目光凝视着不远处。我坐在轮椅里,默默地在心里尖叫:我是作家啊。这种事不能落到我头上。我一点都不想这样。

"你知道我之前过的是什么样的生活吗?"康沃利斯终于开口道,"你觉得我喜欢我的工作吗?日复一日地坐在那里听悲痛的人们滔滔不绝地聊他们过世的可怜的父母、祖父母,筹备葬礼、火葬。和冰冷的棺材、墓碑打交道,而外面却阳光明媚,其他人都过着幸福的生活,你懂这种感觉吗?人们看着我,他们看到眼前这个穿着西装的男人，这个无趣的男人，不苟言笑，永远说着妥帖的话——'节哀顺变''哦，我很抱歉，请让我帮您拿一张纸巾'。可实际上，我却想一拳打在他们脸上，因为这个人不是我，这不是我想要成为的那个人。

"康沃利斯父子。那就是我生来逃不掉的宿命。我的父亲是殡仪员，祖父是殡仪员，他的父亲也是殡仪员。我的叔叔婶婶都是殡仪员。我小时候，认识的每个人都是一身黑。大人领我出去看马拉着灵车在大街上走，说这是给我的犒赏。我看着父亲吃晚饭，心里想，他和死人待了一整天，他的那双手，那双抱过我的手也碰过死人吧。死亡跟着他来到了房间里。全家人都被感染了。死亡是我们的生命！而最糟糕的是，有一天，我会变得和他们一样，因为他们就是这么为我计划的。没有任何疑问。因为我们是康沃利斯一家，而我就是那个儿子。

"学校里的孩子嘲笑我。大家都知道这个名字，康沃利斯。他们去坐公交的途中会经过殡仪馆，它不像是琼斯、史密斯之类容易忘记的名字。他们叫我'葬礼男孩''死亡男孩'。他们问我，我爸爸是不是对尸体感到兴奋，问我是不是也一样。他们想知道死人没穿衣服是什么样子。他们会勃起吗？他们的指甲还会长吗？有一半的老师觉得我阴森森的——不是因为我这个人，而是因为我家的生意。其他孩子谈论大学，谈论职业。他们有梦想，有未来。我不行。我的未来，就和字面上一样，死了。

"只是——这是件有趣的事——我确实有一个梦想。发生这样的事很奇怪，不是吗？有一年，他们让我在校园剧里演一个角色。不是什么重要角色。我演的是《驯悍记》中的霍坦西奥。但重要的是，我爱这个角色。我爱莎士比亚，爱他丰富的语言，还有他构建起一整个世界的精湛功力。我穿着演出服，站在聚光灯下，感到非常兴奋。也许，那时的我只是发现了成为别人的乐趣。我意识到自己想当演员是在十五岁那年。从那一刻起，这个想法就渐渐吞噬了我。我不想只是成为一名演员。我要成为著名演员。我不要成为罗伯特·康沃利斯，我要成为别人。我天生就要吃这碗饭。

"当我告诉父母，我想参加皇家戏剧艺术学院的试镜时，他们不开心——可你知道吗？他们让我去试试，因为他们根本不相信我有希望被选中。他们背地里嘲笑我，但他们决定让我自己打消这个念头，这样一来，我就不会再惦记着这件事，然后乖乖地回归家族传统的行当。我申请了皇家戏剧艺术学院，背着他们还申请了韦伯道格拉斯戏剧学院、中央演讲与戏剧学院，还有布里斯托老维克剧团，如果没考上的话，我还会再申请十几所，但是用不着了。因为，事实上，我演得不错。我很有天分。当我表演的时候，我整个人都活过来了。我轻松地考进了皇家戏剧艺术学院。我试镜的时候就知道了，他们永远都不会拒绝我。"

我想要说话。可话说出口，却变成一连串口齿不清的噪声，药物已经发生了作用，影响了声带发声，我说不了话。我想要恳求他放过我，可反正也是在浪费时间。康沃利斯皱着眉头，走到桌子前，拿起一把手术刀。我盯着他一步步向我走来，霓虹灯在锋利的银质刀刃上闪着微光。接着，他毫不犹豫地把手术刀插进了我的身体里。

我一脸错愕地盯着胸前伸出的刀柄，奇怪的是，我并没有感觉很疼，也没有流很多血。我只是不敢相信他做了什么。

"我告诉过你，我不想听你说话！"康沃利斯解释说，他再次提高嗓门，嘶声咆哮。"你想说的话，我都不想听。所以给我闭上嘴！听清楚了吗？闭嘴！"

他让自己冷静下来，然后继续说道，就像什么也没有发生过。

"从我进入皇家戏剧艺术学院的第一天起，大家接纳的是现在的我，还有我之后的表现。我不再是罗伯特·康沃利斯，也从未谈起过家人。我给自己起名为丹·罗伯茨……没有人会介意你改名字。反正，这也是我的艺名。我不再是'葬礼男孩'。我是安东尼·霍普金斯。我是肯尼思·布拉纳。我是德里克·雅各比。我是伊恩·霍尔姆。这些有名的演员都在那里演出过，我也会成为其中之一，像他们一样出名。每次我走进大楼，都感觉找到了自己。我现在可以告诉你，那是我人生中最快乐的三年时光，也是我一生中仅有的三年快乐的时光！

"达米安·考珀也在这所学校。你说得对——不要误会我的意思。我喜欢他。一开始，我很欣赏他。但那是因为我还没认清他。我以为他是我的朋友——我最好的朋友。我还没有看穿他的真面目：一个冷酷、野心勃勃、爱操纵别人的无耻之徒。"

我低头看着那把手术刀，仍然卑鄙地插在我的身体里，只露出一截。伤口处晕出一摊血迹，只有手掌大小。伤口处突突地跳着。我感觉很不舒服。

"第三年的时候，竞争到了白热化的程度，一切都比之前更有竞争性。我们都假装是彼此的朋友，假装互相支持。可我告诉你，等到了个人秀和毕业大戏，就是各自使出浑身解数的时候了。那栋大楼里的每一个人都会把他们最好的朋友推下防火梯，如果他们觉得这么做会帮他们得到经纪人的青睐的话。当然，每个人都在对教职员工拍马屁。达米安对此很擅长。他会逢人就笑，会说好听的话，一直以来，他都对那个最重要的奖励虎视眈眈，最后，你猜他做了什么？"

康沃利斯停下来,但我太害怕,不敢说话。他凝视着我,然后拿起第二把手术刀。我不禁呼喊,他把手术刀刺进了我的身体,这一次插在肩膀上,没有拔出来。"猜他做了什么?"

"他骗了你!"我不知怎么努力挤出了一句话。我不知道我在说什么,我只是不得不开口。

"不仅如此!当我被选中演哈姆雷特的时候,他气坏了。他觉得那是他的角色。他在特里秀上演出过其中的片段,希望人人都看见他演得有多好。但这回轮到我了,这个角色是我的。最后这场戏是我千载难逢的机会,向众人展示我的演技,可他,还有他女朋友那个贱人,对我使了诡计。他们俩一起策划的。他们故意让我染病,因此我无法出席彩排,不得不被换掉。"

我其实不明白他在说什么,可当时我也不在乎。我像竞技场里的一头公牛,身上插着两把手术刀,伤口越来越疼。我确信自己会死在这里。他似乎在等我说话。我害怕沉默只会更加激怒他,喃喃自语道:"阿曼达·丽……"

"阿曼达·丽。就是她。他利用她来设计我,但最终她落到了我手里,并付出了代价。"他一个人咯咯地笑着。这是我有史以来见过的,关于疯子最真实的写照。"我让她吃了点苦头,然后她就消失了。你知道她在哪儿吗?如果你想知道的话,我可以告诉你——但是,如果你想找到她,就需要挖开七座坟墓。"

"你杀了达米安,"我说,声音嘶哑,竭尽全力才吐出这句话。我的心脏好像快要爆炸了。

"是的。"他双手合十,低下头,就像在祈祷,即便是现在,我仍然能从他的举止中感觉到一丝做作。这是一场只有一个观众的表演。"在出演哈姆雷特之前,大家都说我很出色。"他继续说道,"我才应该是哈姆雷特。但是我演不了。因为我生病了,所以我最终出演了雷欧提斯。我把雷欧提斯也演得很出色。但问题在于,雷欧提斯只有六个场景。整部剧大部分时间他都坐在台下。我大概有六十句台词。最后,我没有被中意的经纪公司签下。从皇家戏剧艺术学院毕业后,我也没有获得梦寐以求的事业。我尝试过的。我努力保持身材,去上表演课,去试镜。但机会再也没有了。

"有一段时期,我在布里斯托老维克剧团《第十二夜》这部戏剧中扮演费斯特,我以为那是我事业的开端,可在那之后,我依然是个无人问津的小演员。我离成功曾经近在咫尺。我给《加勒比海盗》的制作方回过三次电话,可最后他们却把角色给了别人。还有电视节目、新的戏剧……我总在想我会红的,可不知是什么原因,我一直没红,而年纪却一天天增长,积蓄也花光了。当月复一月,变成年复一年,我终于不得不接受事实,我内心的梦想破碎了,而它是被阿曼达和米安亲手毁掉的。失业对于一名演员来说,就像是癌症。时间越久,治愈的可能性就越低。而一直以来,我那群该死的家人就在隔岸观火,等着看我失败,重新回到羊圈里。他们几乎是乐见其成。

"祸不单行:我的经纪人决定放弃我。我天天喝得烂醉,在污秽的房间里醒来,口袋里没有一分钱,我意识到,我的人生失败了。而我终于如梦初醒,我不再是丹·罗伯茨。我是罗伯特·康沃利斯。我穿上深色西服,和表姐艾琳一起打理南肯辛顿这家殡仪馆。就是这样。游戏结束了。"

他停下来,我畏缩了一下,不知道他是否打算再拿起一把手术刀。之前插在我身体里的两把刀像火烧一样,可他太过沉浸在自己的故事里,没顾得上再伤害我。

"我其实很擅长这份工作。我想,你可以说,这是流淌在我血液里的东西。但我无时无刻不厌恶它,你见过哪个殡仪员是高兴的呢?痛苦让我变得更加胜任殡仪员这个身份。借一首歌的歌词来形容:我过着被安排好的人生。我在芭芭拉叔叔的葬礼上遇见了她——这不浪漫吗?然后,我们结婚了!我从来没有真正爱过她,这只是我必须要做的事。我们生了三个儿子,我学着当个好父亲,但事实是,他们于我而言就像陌生人。我从未想过要生下他们,从未想要过上这种生活。"他露出一个苦笑,"安德鲁说他想当演员的时候,我觉得很滑稽。你以为他是从哪里得到的天赋?当然,我永远都不会让他成为演员。我会拼尽全力让他远离那个地狱一般的圈子。

"地狱这个词几乎可以描述我过去十二年的生活。最后,我设法找到了阿曼达的下落。有一天,我终于忍无可忍,联系上了她,邀请她出去吃晚饭。她是我杀的第一个人,我承认,这么做让我产生了一种真正的满足感。你可能以为我疯了,但你不明白她和达米安对我做了什么。我真正想要解决掉的人是达米安·考珀。这些年他斩获了不少奖项,变得越来越出名,还去了美国拍电影。可我知道这是白日做梦,他是我遥不可及的人。我怎么才能靠近他呢?

"所以你可以想象,有一天,当他的母亲走进殡仪馆,我当时是什么感觉。'来我家做客吧?蜘蛛对着苍蝇说!'[1] 我立刻认出了她。她去过皇家戏剧艺术学院好几次,她去看过《哈姆雷特》那场演出,甚至称赞过我的表演。而现在她就坐在我面前,安排自己的葬礼!她没有认出我,她为什么会认出我呢?从戏剧学校毕业之后的这些年,我有了很大变化。我掉了头发,还蓄上

---

[1] 引自十九世纪英国女诗人玛丽 霍维特《蜘蛛与苍蝇》这首诗的第一句。

胡须，戴上眼镜。况且，说到底，谁会正眼看殡仪员呢？我们只是一种人。是和死者打交道的人，生活在阴影里，没有人真的想承认我们的存在。于是，她和我聊天，选定了她的柳藤棺材、葬礼上放的音乐和祷辞，她没有注意到座位上震惊的我。

"你瞧，我是被这个拍案叫绝的想法震撼了：如果我杀了她，达米安会参加她的葬礼，然后我就可以杀了他！这个想法立刻闯进了我的脑海里。而我就是这么干的。她给了我她的地址，我去她的家中拜访，然后勒死了她。然后，几周之后，我在达米安的豪华公寓里捅死了他。我很享受那个过程，超乎你的想象。我小心翼翼地在葬礼上避开他，让艾琳负责所有的私人对接。不过当我告诉他我是谁的时候，你真应该看看他的表情！我还没拿出刀，他就知道我是来要他命的。他知道为什么。我只是后悔，当时没能慢慢地折磨他。真希望他承受更多的痛苦。"

我等着他继续说下去。很多事情他还没有解释，而且他说话的时候就不会攻击我了。可他的话戛然而止。就在这一刻，我想，我们俩都明白，他已经无话可说。我的腿和胳膊还是不能动弹。不知道是被下了什么药。我虽然不能动弹，却还有感觉。胸膛和肩膀上的疼痛在一点点向外扩散，衬衫上晕开大片的血迹。

"你要对我做什么？"我勉强才把话说清楚。

他面无表情地看着我。

"我和整件事无关。"我说，"我只是个作家。只是因为霍桑要我写他，我才参与进来。如果你杀了我，他就会知道你是凶手。我想，他已经知道了。"我强打起精神，努力让他听懂我说的话，在我看来，我跟他说得越多，活下来的可能性就越大。"我有妻子，还有两个儿子，"我说，"我理解你为什么会杀死达米安·考珀。他是个烂人，我也这样认为。但是杀了我就是另外一回事了。我和整件事都没有关系。"

"我当然要杀了你!"

当康沃利斯从桌子上拿起第三把手术刀的时候,我的心沉到了谷底。这把手术刀将会成为凶器。他现在看上去有些疯癫,面色铁青,目光涣散。

"你真的以为,我把这一切告诉你之后,还会让你活着吗?这都是你的错!"手术刀在空气中划过,似在强调这一点。"没人知道皇家戏剧艺术学院的事。"

"我告诉了很多人!"

"我不相信,反正也无所谓。你就应该继续写你那愚蠢的儿童读物,不应该来碍我的事。"

他一步一步朝我走来。

"我真的很抱歉……"他说,"但这是你自找的。"

在这最后一刻,他脸上是专业殡仪员在接待新客人时那种悲切的神情。他手中的手术刀向上倾斜,目光在我身上徘徊,似在判断该从哪个部位下手。就在这时,门突然被撞开了,我甚至都没发现有扇门。一个人闯进了房间里,在我视野的边缘,我挣扎地转过头去看。是霍桑。他拿着雨衣挡在面前,就像是举着一面盾牌。我毫无头绪,他怎么找到这里的?可我从未像此刻这么高兴见到他。

"放下武器,"只听他说,"结束了。"

康沃利斯就站在我面前,只有几米远。他的目光从霍桑身上转到我身上,我不知道他想做什么。下一秒,我看到他下定了决心。他没有放下手术刀。相反,他把它举到自己的喉咙前,猛地横拉一刀,抹了脖子。

鲜血从他身上喷涌而出,喷到了头顶,像幕布一样淌过胸前，在脚边汇聚成一摊血泊。他仍旧站在原地，狰狞的表情至今还是会让我做噩梦。他脸上带着胜利者的愉快表情。接着，他轰然倒地，全身抽搐，更多的鲜血在他周围散开。

我没再看下去。霍桑一把抓住轮椅，推着我转身离开，这时，我听到头顶上方传来尖厉的警笛声，那声音越来越近，让人安心。

"天哪，你在这里做什么？！"霍桑蹲在我旁边，瞪大了眼睛，盯着我身上插着的那两把手术刀，疑惑我为什么不站起来。我必须坦白说，华生对歇洛克·福尔摩斯的敬仰，黑斯廷斯对波洛的欣赏，都远不及此刻我对霍桑的万分之一。我昏倒前的最后一个念头是，有他在我身边，我是多么幸运。

第二十三章　探视时间

现在回想起来，我很遗憾当初决定采用第一人称写这个故事，因为显而易见，读者从头到尾都清楚我不会死。第一人称视角的讲述者不会死，这是一个文学惯例，尽管我最喜欢的电影之一，《日落大道》，打破了全部规则，电影开头就用一枪结束了叙述者的生命。还有一两部小说，比如《可爱的骨头》也是一样。我希望能用某种方式掩饰我活到了这一章，并且在距离富勒姆宫路不远的查令十字医院的急诊病房醒过来的事实，但恐怕我想不出来。悬念到此结束！

我有点不好意思，这是我第二次在调查过程中晕倒，但是医生安慰我，不是因为我懦弱，更多是因为药物的作用。我被下的药是洛喜普诺①，比迷奸药毫不逊色。康沃利斯是从哪里得到这种药的，已经无从得知。他的妻子芭芭拉是一名药剂师，也许他是通过她弄到的。顺便说一句，我永远也不知道她和她的孩子之后发生了什么。当她发现自己嫁给了一个变态，那感觉想必不会太好。

医生让我留院观察一晚，但总体来说，我的身体状况并没有

---

①洛喜普诺：是一种强效安眠药，服用者会说话困难、难以移动，甚至丧失短时记忆。

这么差。那两把手术刀造成的伤口很疼,可每处只缝了两针。我受到过度的惊吓,大概需要八到十二个小时,药物的作用才会退去。

有人来探望过我。最先来的人是我妻子,她打乱了制片流程,马不停蹄地赶到了医院三楼,我如今已经被转移到了这里。看到我还活着,她简直不能再高兴了。"你到底在做什么?"她质问道,"你可能会没命。"

"我知道。"我说。

"还有,你不会真的要写这本书吧,嗯?你会看起来很可笑!甚至你为什么要走进那栋大楼?如果你明知道他是凶手……"

"我不知道里面没有人。而且,我也没想到他就是凶手。我只是以为他可能有很多线索没向我们透露。"

这是实话。我是从丽兹拿给我看的那张照片里认出了罗伯特·康沃利斯,但问题在于,我的内心深处早已认定,如果艾伦·戈德温不是凶手,那格蕾丝的父亲马丁·洛威尔一定脱不了干系。他也出现在了那张照片里,照片边缘那个捧着花的男人就是他。他有充分的理由希望达米安·考珀死去。为了保护女儿,帮助她重启事业,他什么事都愿意做。我对自己的推断非常信服,以至于没有考虑清楚,差点害自己丧命。

"为什么你从来没和我说过你在写这本书?"妻子问我,"通常有事你不会瞒着我。"

"我知道,对不起。"我心里感到难过,"我知道,你会觉得这不是个好主意。"

"我不喜欢你那些让自己陷入危险的想法。看看你到了哪儿:重症监护!"

"只缝了四针。"

"你非常幸运。"就在这时,她的手机响了。她瞥了一眼屏幕,起身说,"我带了这个给你。"

她带来了一本书,把它放在床上。是丽贝卡·韦斯特的《背叛的意义》,我为了创作《战地神探》的剧本正在读的那本书。"独立电视台还在等新剧的消息。"她提醒我。

我保证道:"我接下来就会写。"

"你要是死了,就写不成了。"

我的两个儿子发来了体贴的慰问短信,但他们没有来医院。我去年在希腊骑摩托车出了车祸,他们也没有来。他们一看我平躺着,就会紧张兮兮。希尔达·斯塔克也顺便来探望了我。自从上次共进午餐后,我再也没见过她,或是收到过这位经纪人的消息。她在赶时间,要去参加英国电影电视艺术学院的放映会。她风风火火地闯进了我的房间,坐在椅子上,匆匆打量了我一番。"你感觉怎么样?"

"我没事,他们只是让我留院观察而已。"

她看上去不太相信。

"我被下药了。"我解释说。

"那个罗伯特·康沃利斯袭击了你?"

"是的,然后他就自杀了。"

她点点头。"好吧,我必须承认,这本书的结尾会非常精彩。顺便说一句,我得到了最新消息。一个好消息和一个坏消息。猎户星[①]没选中它。我告诉了他们这个想法,他们不感兴趣。同时,他们想让你按照合同约定,继续创作之前签的三本书,所以你也许要过一阵子才能写这本书了。"

[①]指的是猎户星出版集团,英国一家大型图书出版公司,以小说类作品尤以犯罪小说和恐怖小说闻名。

"好消息是什么？"我问。

"哈珀柯林斯已经确认了美国版的版权。还有，我和一位出色的编辑赛琳娜·沃克尔提过这本书，她喜欢你的作品，因此，她准备等这本书完稿。她之后会来找我签协议。"

我可以看见面前摆着一堆书。有时候，当我坐在办公桌前，感觉身后好像跟着一辆翻斗车，我能听到它的引擎嗡嗡作响，接着，它突然卸下了车斗里的东西……滚出成百上千万的文字，像瀑布一样一泻千里，不知道什么时候能流到头。可我无力阻止。我想，文字，就是我的生命。

"我也和警方取得了联系。"希尔达继续说道，"很明显，这件事或多或少会登报，不过我们会尽量避免让你的名字出现在报纸上。他们很尴尬，你先卷了进去，但更重要的是，我们不希望在你完稿之前，就让人们知道这个故事。"她站起来，准备离开，"顺便说一句，"像又想起了什么似的，她补了一句，"我和霍桑先生沟通过了。书名就叫《霍桑探案》，利润对半分。"

"等一下！"我大惊失色，"书名不能叫这个，我记得你说过，你绝不会同意这个交易。"

她好奇地看着我。"可这是你同意的呀。"她的话点醒了我，"而且，这是他唯一接受的交易方式。"她似乎颇为紧张，我情不自禁地想，是不是霍桑抓住了她的什么把柄，他是不是拿它做了谈判的筹码。"不管怎样，等赛琳娜有了回音我们再谈不迟。"她稍作停顿，"你还有什么需要吗？"

"没有了，我明天就出院回家了。"

"那我再给你打电话。"我还没来得及说话，她就离开了。

我的最后一位客人是在当天晚上来的，早已过了医院的探视时间。我听到一位护士试图阻止他进入病房，和他干脆利落的回复:"没关系,我是警察。"然后,霍桑出现在我床脚边,抱着一个皱巴巴的牛皮纸袋。

"你好,托尼。"他说。

"你好,霍桑。"说来也怪,见到他,我却感觉很高兴。不仅如此,我看着他感觉心里涌出一股暖流,没有任何逻辑,也说不清什么道理。那一刻,除了他我没有更想见的人。

他坐在希尔达腾出的椅子上。"你感觉好点了吗?"他问我。

"好多了。"

"我给你带来了这些。"他把袋子递给我。我打开,里面有一大串葡萄。

"非常感谢。"

"不是这个,就是运动型饮料。我想,你会更喜欢葡萄。"

"你想得真周到。"我把袋子放在一旁。医院给我安排了一个单间,也许是因为我卷入了警方调查的案件中。房间里灯光昏暗,除了床和椅子,就只有我们两个。"在汉默史密斯的时候,"我说,"我非常高兴你出现了。罗伯特·康沃利斯要杀我。"

"他完全就是个疯子。你不应该一个人去那里,老兄。你应该先给我打电话。"

"你知道他是凶手吗?"

霍桑点了点头。"我正要逮捕他,但我得先处理奈杰尔·威斯顿家的纵火案。"

"他怎么样了?"

"房子被烧毁了,有些生气。除此以外,他挺好的。"

我叹了口气。"整件事我其实都云里雾里。"我说,"你最早是什么时候知道康沃利斯是凶手的?"

"你现在就想知道吗?"

"除非你告诉我,否则我睡不着觉。等一下!"我四下摸索我的手机。一连串的动作牵动了胸部和肩膀的伤口,疼得我龇牙咧嘴。可是我必须要给他录音。我打开录音功能。"从头说起,"我说,"不要遗漏任何细节。"

霍桑点了点头:"行。"

他是这么说的:

"从一开始,我就告诉过你,我们遇上了棘手的案子。梅多斯和其他人破不了的案子。一个女人走进殡仪馆,为自己安排后事,六小时过后,她死了。这就是案件的蹊跷之处。如果她没有去过殡仪馆,那她的死不足为奇。可能是梅多斯总是挂在嘴边的入室盗窃。但这两件不寻常的事情相继发生,问题在于,我们无法弄清其中的关联。

"不过实际上,我很清楚为什么戴安娜·考珀去了康沃利斯父子殡仪馆。我和你在火车上说过。你必须考虑她当时的心境。这是一个一辈子都在独立生活的女人。她非常想念丈夫,以至于她仍然会去她们曾经住过的地方悼念他,为此她还专门辟出一处花园来纪念他。她不能相信任何人。雷蒙德·克鲁尼斯坑了她一大笔钱。她宠爱的儿子一气之下去了美国。她的朋友很少。她遭人杀害后,过了两天才被发现。即便如此,那个人还是家里的清洁工。从一开始我就在想,她一定很痛苦。所以她才想……"

我倒抽了一口凉气:"自杀?"

"没错。你见过她浴室里的东西。三包羟基安定,剂量足以使她致命。"

"我们见过她的医生!"我说,"她睡不着觉。"

"她是这么和他说的,可她没有服药,而是把药片都攒了起来。她或多或少觉得自己已经受够了,这时,她的猫失踪了。我猜蒂布斯先生把她推到了崩溃的边缘。艾伦·戈德温去她家中拜访过，他威胁过她，还寄给她那封信，她一定以为是他杀死了那只猫。'我知道你最珍贵的东西是什么。'蒂布斯先生的失踪是压垮她的最后一根稻草，也是她下定决心的那一刻。可是像她这样优雅体面的女人，办起事来有条不紊，她希望把所有事情都安排妥当，包括自己的葬礼。所以，就在她去康沃利斯父子殡仪馆的当天，她辞去了环形剧院的董事一职。"

他说话的语气，好像一切都是明摆着的事。

"这就是为什么她知道自己会死，"我说，"因为她打算自杀！"

"没错。"

"她没有留下遗书。"

"她留了，用一种特别的方式。你看她的葬礼安排。先是那支《埃莉诺·里格比》。'所有孤独的人，他们都来自哪里？'如果之前听过这首歌，你会知道那是她在呼救。还有西尔维娅·普拉斯的那首诗和耶利米·克拉克作曲的那支古典乐。他们都自杀了，我不认为这是巧合，对吗？"

"那《诗篇》怎么解释？"

"《诗篇》第三十四章。'义人呼救，耶和华听见了，便救他们脱离一切患难。'这是一首关于自杀的诗篇。你应该找一位牧师聊聊。"

"我想你这么做了。"

"当然。"

"戴安娜·考珀去殡仪馆第一眼看到的是什么？"我不解道，"你说过这很重要。"

"没错，她看到的第一眼是橱窗里的大理石书。上面也引用了一句话。"

悲伤降临时,从不形单影只,而是气势汹汹。我早已牢记于心。

"出自《哈姆雷特》。对于莎士比亚我是外行。我原本以为你会更擅长。有趣的是,莎士比亚在整件案子里随处可见。戴安娜·考珀家的冰箱上贴着莎士比亚的名言,她家楼梯一侧的墙上挂的都是莎士比亚的戏剧海报。我们在迪尔见到的那座喷泉上的那句话也出自莎士比亚。"

"'睡着了,也许还会做梦。'也出自《哈姆雷特》。"

"没错。当她走进那家殡仪馆的时候,脑海里想的就是《哈姆雷特》——因为她在橱窗里看到的这句话,之后会发挥作用。但是,最开始是罗伯特·康沃利斯认出了她。显然她有个著名的儿子,但我猜她拿达米安炫耀。这个举动刺激了康沃利斯。其实,他一直精神就不太正常。

"你现在知道了,康沃利斯和达米安·考珀是皇家戏剧艺术学院的同学。"霍桑背靠着椅子,找了个舒服的姿势。"你还记得我们在他办公室里看到的那盏烟灰缸吗?它被授予罗伯特·丹尼尔·康沃利斯(Robert Daniel Cornwallis),年度最佳殡葬承办人。他取了中间名的前三个字母,还有他的名字,把它们倒过来,就变成了丹·罗伯茨(Dan Roberts)。"

"他告诉我说,是因为他不想让任何人知道他的家人都是殡仪员。"

"有趣的是,格蕾丝·洛威尔认为阿曼达·丽才是改了名字的人。似乎这些搞戏剧的不太在乎别人怎么称呼自己。隐去前几年的人生,突然之间对于康沃利斯来说很有帮助。他不想让我们知道他尝试过却没能成为一名演员。他不想我们知道他和皇家戏剧艺术学院有联系。"

可我还是找到了其中的关联。即使完全没搞清楚其中的利害关系,我还是找到了。如果我当时给霍桑打个电话,那事情就是另一番局面了。

"我们在他家的时候,他小心翼翼地没向我们透露他二十多岁的时候在做什么,"霍桑继续说道,"他说年轻的时候也做过几件疯狂的事,可你算一算就知道了!他现在三十五岁左右。他说他在殡葬行业干了大约十年。所以在做这行之前至少有五年时间他在从事其他的工作。我们在他家里时,他的儿子安德鲁宣布自己想当演员。芭芭拉·康沃利斯是这么和我们说的:表演是流淌在他血液里的东西。她的意思是,他是随了爸爸。可是,当安德鲁走到楼下,开始谈论起自己时,他父亲恰恰在这时打断了他:'我们现在先不谈论这件事,安德鲁。'安德鲁知道他父亲上过戏剧学院,康沃利斯害怕他会说漏嘴。"

"原来是这么回事。"我说。这下全都说得通了。"改编自《哈姆雷特》的那部戏剧!那本该是罗伯特·康沃利斯的——我是说,丹·罗伯茨的高光时刻。他拿到了毕业演出里主角的戏份,届时各大经纪公司都会前来观演。后来却被达米安抢走了角色。"

"他告诉你是怎么回事吗?"

"没有。"我努力回想,"达米安·考珀和阿曼达·丽正在约会。可格蕾丝却告诉我们他们分手了。在排练前夕,她看见阿曼达和丹抱在一起。"突然间,全部都说得通了。"那不是真的!"我惊呼道,"是达米安指使她这么做的!"我又想起了一些东西,"我朋友丽兹说,当时学校里腺热很流行……"

"腺热也被称为接吻病。"霍桑补充说,"阿曼达故意将病毒传给了丹。丹被迫让出了主演一角。达米安取代了他,之后的事大家就都知道了。罗伯特·康沃利斯从未原谅他们。四年之后,他联系上了阿曼达·丽,然后杀死了她。"

"他把她肢解了,把她的尸骨分别埋进了他之后承办的七场葬礼的墓地里。"我想起了康沃利斯和我说的话。

霍桑点了点头。"如果想摆脱一具尸体,我猜殡仪员这个身份肯定有所帮助。"

"我惊讶的是,他的妻子从未注意到有什么不对劲。"

"芭芭拉·康沃利斯会错了意。"霍桑说,"她告诉我们,他看过达米安演的所有剧。他把录像带看了一遍又一遍。她以为他是达米安的粉丝,却没有意识到他实际上是对这个人'念念不忘'。他脑子里挥之不去的都是他那失败的演艺生涯。他的演艺生涯只有过一次辉煌,他甚至用它给孩子起名。"

"托比、塞巴斯蒂安和安德鲁。他们都是《第十二夜》中的人物。"我为什么没想到呢?

"那是他从戏剧学院毕业之后出演的那部剧。那可怜的家伙可能每天晚上做梦都在想怎么杀死达米安以泄心头之恨,他把人生中的不如意都怪到了他头上。"

"然后戴安娜·考珀走进了他的办公室。"

"没错。达米安于他而言遥不可及。他人在美国,很有名,身边总是有随行人员。可在葬礼上——对他来说,那是一个千载难逢的机会,可以做他想做的事,那是他多年来梦寐以求的事。这就是他杀害达米安母亲的动机。只是为了把手伸向达米安。"

"他和我说过。"

霍桑出乎意料地咧开嘴笑了:"能把音乐播放器放进棺材里,一定是内部人员干的。想想看。他们必须知道是哪种棺材,知道是那种几秒钟就能打开的棺材。他们必须对靠近棺材的时机一清二楚,而康沃利斯就是那个给出指示的人。他任何时候都有机会单独靠近棺材。他知道那首儿歌对达米安意味着什么。他在表演课上听过它的来历。他一定在墓地的隐蔽处偷偷观察着葬礼的全过程。他的计划是引达米安回到公寓,在那里谋杀他——天衣无缝。你知道吗,在葬礼过后我给康沃利斯打电话时,他可能就在阳台上等着猎物落入他的陷阱。当达米安独自回到家中时,时机到了。精神病的狂欢时刻!"霍桑用一把看不见的刀在空气中挥舞。

"他是如何做到那么快就赶了过去?"我疑惑道。他不可能在达米安之前就先行离开墓地。

"他有一辆摩托车。你没看到就在他的车库里停着吗?当然,他穿着皮衣,避免血液飞溅到身上。他杀死达米安之后,脱下皮衣,把它扔掉或是拿回家。他很聪明,这个家伙。那天下午我们见到他时,他的妻子问他为什么还穿着西装。那是因为他知道我们要来,他想向我们展示衣服很干净,没有沾上血迹。他去看了校园演出,然后回到家,喝了一杯茶。而这些全都发生在同一天,就在这一天,他砍死了他最好的朋友。"

我躺在那儿,琢磨霍桑说的话。全都说得通,可同时还有一些事情无法解释。我问他:"迪尔和整件事无关吗?"

"不见得。"

"那是谁袭击了奈杰尔·威斯顿?为什么你说是我的错?"

"因为就是。"霍桑掏出一包烟,想起自己人在医院,又收了起来。"我们第一次和罗伯特·康沃利斯见面的时候,你问他戴安娜·考珀有没有提起过蒂莫西·戈德温这个人。"

"你当时还生我的气。"

"这是一个低级错误,老兄。你这么做,是在告诉他,我们对迪尔那场车祸很感兴趣。因此,他决定利用它来误导我们。也正是这样,他想到了'公交车上的轮子转啊转'这个主意。他知道这会让达米安心神不宁,与此同时,将我们引向错误的方向。他能想到放火烧威斯顿的房子,真是个天才!威斯顿是让戴安娜重获自由的法官,所以他也变成了袭击目标。但就像我一直告诉你的:还没到事故的十周年纪念日。现在是九年零十一个月。如果艾伦·戈德温或是他的妻子真想让戴安娜·考珀为她的所作所为付出代价,他们应该选对日子。"

"那戴安娜·考珀发送的那条短信怎么解释呢?"

霍桑缓缓地点了点头:"让我们回到第一起谋杀案,"他说,"事出偶然……有点一时冲动。考珀太太来过康沃利斯的办公室。他知道她住在哪里。也许她提到过她是一个人住——我相信,他一定会尽可能从她那里套出信息。但他需要一个借口去见她。你记得我问过是否在殡仪馆里独处过。我是想找出她在殡仪馆里确切的活动轨迹,得到的回复是她去过厕所。我的猜测是,她把手提包留在了康沃利斯的办公室里,他趁机偷走了它。"

"什么?"

"她的信用卡。它放在客厅的餐具柜上,我当时就想它放在这里做什么。我们还知道,康沃利斯两点刚过的时候给她打过电话,她当时还在环形剧院。我问他为什么给她打电话,他胡编乱造了一通,说他需要知道她丈夫的墓地编号。他怎么会觉得她知道墓地编号呢?他为什么不直接给教堂办公室打电话,问工作人员呢?我知道他在骗我们。他的目的就是借此顺理成章地给她打电话,贴心地告诉她,他找到了她的信用卡,晚些时候就送上门。'不用担心,考珀太太。一点都不麻烦。'"

"所以之后，他就来到了她家里，尽管天已经黑了，她一个人在家，她还是让他进门了。'这是信用卡！'他把信用卡放下，然后寒暄了几句。就在这时，戴安娜·考珀才恍然大悟，她想起了橱窗里《哈姆雷特》里的那句名言。楼梯旁的海报，还有冰箱贴，也许无形中点醒了她。突然，她认出了罗伯特·康沃利斯，并且想起了之前在哪里见过他。那是很久以前，他们也许只说过几句话。他的样子变了不少。他现在是穿着深色西装的殡葬员。但她知道他就是丹·罗伯茨，也许是他的态度有些吓人，她很害怕。她知道他会伤害她。

"她该怎么办？如果她拉响警报，他就会攻击她。也许她看得出他是个彻头彻尾的疯子。所以她冲他微笑，问他想喝点什么。'好，麻烦了。我想要一杯水。'她走进厨房——这时，康沃利斯趁机解开了绑窗帘的绳子，打算用来勒死她。与此同时，戴安娜用最快的速度给儿子发了一条短信。"

终于，在他下一秒就要解释之前，我恍然大悟："手机自动纠错。"

"你说对了，老兄。'我看见了那个演雷欧提斯的男孩，我害怕'她想不起他本名叫什么了，但是她想让儿子知道谁在她的客厅里。她飞快地编写短信——她很紧张，甚至没有时间在最后加上句号。

"她没有注意到短信被自动纠错了，最后变成了：我看见了那个脑损伤的男孩。① 我当时就觉得有点奇怪。考珀太太情急之下肯定不会用'脑损伤'这样一个复杂的词形容杰里米·戈德

---

① 罗伯特·康沃利斯以丹·罗伯茨为艺名出演了《哈姆雷特》中雷欧提斯一角，角色的英文名为"Laertes"，考珀太太仓促间来不及细看，没有发现短信中的"Laertes"被自动纠错成了"lacerated"，也有受伤之义，通常指"撕裂性的损伤"，相对于"hurt""injure"不太常见。因此，短信阴差阳错地指向了在车祸中大脑受到损失的男孩。

温,即使是在仓促之间。也许她会用'受伤害'这个词,可'受伤'不是更简单明了吗?不巧的是,我们看到的那则报道提到了脑损伤,下意识地得出了错误的结论。"

我忍不住好奇霍桑是否真的有意拖延。他是按天计酬。调查范围越广,去过的地方越多,赚的也就越多。也许他是在拖延办案,但检验每一种可能性是他的兴趣所在。

他继续说道:"发完短信后,她回到了客厅,端着一杯水。她也许正打算让康沃利斯离开她家。既然已经通知过了达米安,我可以想象她鼓起了勇气。可康沃利斯行动太迅速了。她刚放下水杯,他就用绳子套住了她的脖子,勒死了她。然后他四处走动,拿走了几件东西,伪造成入室抢劫的现场,这才离开。"

医院这个地方很奇怪。当我最初被送到查理十字医院的时候,整个医院灯火通明,医生、护士手忙脚乱,一片嘈杂。可等探视时间一过,突然间就好像有人随手拉下了开关,一切都静止了。灯光变得昏暗,走廊里静悄悄的,那是一种让人几乎感到不适的死寂。我很疲倦。缝过针的伤口隐隐作痛,虽然我的四肢勉强还能动,可我动都不想动。可能,我还没有从惊吓中恢复过来。

霍桑看出自己是时候离开了。

"他们让你在这里住多久?"他问我。

"我明天就出院。"

他点了点头:"你真幸运,我及时赶到了。"

"你怎么知道要去停尸房的?"

"我打电话给你的助理,想要联系上你。她告诉我你去了哪里。我听到那个地方的时候简直不敢相信。我担心你会出事。"

"谢谢。"

"哎,你不在了,谁来写这本书呢?"他的表情突然有些局促。我之前没见过他这副模样,那一瞬间我似乎瞥见了孩提时的他,那个小孩仍然藏在他的体内。"老兄,听我说,我一直想说……我骗了你。"

"什么时候?"

"在坎特伯雷的时候。你冲我发火,我生你的气——但是我没有找其他作家聊过这本书。你是我唯一接触过的作家。"

沉默良久,我不知道该说些什么。

"谢谢。"最后,我咕哝了一句。

他起身。"我听你那位经纪人说了,"他语气轻快地继续说道,"我喜欢她。看来我们的书要等一阵才能出版,但她说可以帮我们谈一笔可观的预付金。"他微微一笑,"至少案子是怎么破的,你有的写了。我想,这本书会很精彩。"

他走后,我躺在病床上思考他刚才说的话。"这本书会很精彩。"他说得没错。也许这是头一次,我有了一点信心。

第二十四章　河苑

我回到家后，开始工作。

我看得出，我的工作方法和以前的习惯有很大不同。通常，当我有了创作灵感，它会在我的脑海中翻来覆去至少一年的时间才动笔。如果是一本侦探小说，我会从谋杀案开始写起。谁因为什么杀了谁。这是问题的核心。我会塑造相关人物，然后围绕他们一点点地构建起整个世界，设定嫌疑人之间的联系，补充他们的过去，厘清人物关系。散步的时候，躺在床上的时候，坐在浴缸里的时候，我的脑子里都是他们，直到故事有了大致明显的轮廓，我才开始动笔。经常有人问我，会不会没想好结局前就开始创作一本书。在我看来，这么做就像架桥的时候不清楚终点一样。

而这一次，一切都是现成的，与其说是实际的创作，更多是如何布局的问题。我对一些素材并不十分满意。坦白说，如果让我选，我不会去写一个被宠坏的好莱坞演员，因为我认识太多这样的人，偶尔甚至和他们一起工作。但不走运的是，被害人是达米安·考珀，我无可避免地周旋于他，还有他母亲、伴侣和在葬礼上露面的各色人等之间。我还有一层顾虑是，我和他们见面的时间都很短暂。雷蒙德·克鲁尼斯、布鲁诺·王、巴提沃尔医生,还有其他人,在故事中都如同跑龙套一般。因为霍桑主要负责说话,我对他们知之甚少。我该不该自行增加一些人物?事实证明,迪尔那场意外,至少在某种程度上,与案件无关。我不知道该不该把它写进书中。

我不得不问自己——应该在多大程度上尊重事实?我知道我不得不修改一些人名,那为什么我不能同样修改情节呢?尽管我讨厌借助卡片体系,但我还是记下了每一次走访、每个事件的标题,然后把卡片按情节发展的先后顺序摆在书桌上,以戴安娜·考珀进入殡仪馆为开头,接着是我如何卷入案件之中、我去她家实地走访,等等。要写出一部九万字的小说绰绰有余。事实上,有些场景——比如,我的个人生活——就可以全部删去。安德莉亚·卡卢瓦涅克唠唠叨叨地讲述她的童年生活,与雷蒙德·克鲁尼斯的会计师一起度过的那个尤为乏味的下午,就是两个例子。

在浏览笔记,听手机录音的时候,我发现自己并非全程都显得头脑迟钝,这让我舒了一口气。我初次见罗伯特·康沃利斯时,凭直觉写下的那句话'仿佛是在扮演着这一角色'——正是他的真实写照。我还质疑过他是否真的喜欢殡仪员这份工作,最终证明,这是一连串事件的关键。总而言之,我做得还不错。我注意到他房子外面停着的那辆摩托车、走廊里的摩托车头盔、冰箱贴、那杯水、钥匙挂钩……实际上,我会说我的笔记本里至少记录了百分之七十五的重要线索,只是我没有意识到它们的重要性。

接下来的两天,我写了前两章。我试图找到这本书的"声音"。如果我真的要出现在这本书中,我必须确保自己不会显得太突兀、没有碍事。但即使在最初试验性质的那版稿件里(之后又改了五版），我发现自己面临着一个更大的问题，那就是霍桑。捕捉他的表情和说话口吻不算太难。我对他的感觉也很明确。麻烦的是，我对他了解多少？

- 他和妻子分居了——他的妻子住在间士丘。
- 他有个十一岁的儿子。
- 他是天生的侦探，聪明绝顶，但不讨人喜欢。
- 他不喝酒。
- 他因为把一位恋童癖推下楼梯被从重案组革职。
- 他厌恶同性恋。（顺便说一句，我没有暗示同性恋与恋童癖之间有任何联系，但这两点似乎都值得留意。）
- 他是某个读书会的成员。
- 他对第二次世界大战期间服役的战斗机有深入的了解。
- 他住在泰晤士河畔一栋高档的公寓楼中。

可这还不够。我们每次在一起，除了手边要处理的事外，几乎不聊别的。我们从来没有一起喝过酒，从来没有吃过一顿像样的饭——在哈罗山丘的咖啡厅里吃的那顿早餐不算。他唯一一次向我展示出些许善意，是来医院探望我的时候。不知道他住在哪里，平时如何生活，我怎么写他呢？房屋是一个人的第一印象，充分展现了他的个性，但他仍然没有邀请我去他家里。

我想过给霍桑打电话，但后来有了一个更好的主意。梅多斯给我提供了他的住址：河苑，在泰晤士河南岸。某天下午——我出院大约一周后——抛下散落在桌面的索引卡、揉成一团的白纸和桌上的便利贴，动身前往那里。那是美好的一天，虽然衬衫底下缝过针的伤口还在隐隐作痛。我在暖洋洋的春光下漫步，沿着法林顿路，一直走到黑衣修士桥，河对岸的那栋高档公寓映入眼帘。我在去国家剧院或是老维克剧院的路上看见过无数次。让我意想不到的是，霍桑就住在这里。最先从梅多斯口中得知这个消息时，我的第一念头也是如此——他怎么能负担得起？

尽管地段绝佳——坐落在黑衣修士桥附近，联合利华大厦和圣保罗大教堂对面——河苑远不能说是一处美丽的住宅小区。它建造于二十世纪七十年代，要我说，设计这栋建筑的是一群色盲建筑师，他们的灵感源自最简单的几何图形——很可能是火柴盒。建筑有十二层楼高，有着狭小的窗户，分布得杂乱无章的阳台。一些公寓有阳台，一些则没有，全凭运气。在一座几乎每天都有壮观的玻璃塔拔地而起的城市，它看起来尤为老式。也许是因为它看上去太可笑了，一意孤行地坐在二十一世纪的门外（隔壁的酒吧居然就叫作孤行），竟然散发出一种说不出的魅力。此外，这里的风景绝佳。

公寓入口就在后面，在通往牛津塔和国家大剧院的那条路上。梅多斯告诉了我公寓的名字，但没有告诉我门牌号。公寓楼门敞开，我看见门口站着一个搬运工，我走上前去，忙不迭地从口袋里掏出随身带的一封信，说："我有一封信，要送到丹尼尔·霍桑家里。"我说，"二十五号。他知道我要来，可我按了门铃，没人应答。"

搬运工是个上了岁数的男人，正晒着太阳悠闲地抽烟。"霍桑？"他搓了搓下巴，"他在顶层公寓。走另一个门。"

顶层公寓？他住在这栋楼里已经足够令人惊讶，顶层公寓更是让我惊掉下巴。我挥了挥信封，走到门口，但我没有按门铃。我不想给霍桑机会找借口不让我进去。相反，我等了大概二十分钟，直到有一位住户从里面出来。就在这时，我向前一步，拿着一串钥匙，装作正要进门的样子。那位住户没再看我一眼。

我乘电梯来到顶层。一共有三户人家，但我凭直觉选择了可以俯瞰河景的那一户。我走到门口，按下门铃。过了很久都没有动静，霍桑一定是出门了，我正要忍不住爆粗口，门忽然开了，他就站在门口，表情困惑地盯着我。他还穿着平时那套衣服，只是没穿外套，衬衫袖子卷起。他的手指上沾着灰色油漆。

霍桑原来"在家"。

"托尼！"他惊呼道，"你是怎么找到这里的？"

"我自有我的方法。"我故意卖关子。

"你见过梅多斯，是他给你的地址。"他若有所思地凝视着我，"你没有按门铃。"

"我想给你一个惊喜。"

"老兄，我想请你进来。可我正要出门。"

"不要紧，"我说，"我不会逗留很长时间。"霍桑挡在门口，可我拒绝走开，场面一度僵持不下。"我想和你聊聊这本书。"我补充了一句。

又过了片刻，他才下定决心，终于接受了这一必然发生的事实，退后一步，敞开大门。"请进！"他说，好像见到我始终都很高兴一样。

于是，丹尼尔·霍桑，关于这位前警督的一部分谜底即将揭晓。他的公寓很大，至少有两千平方英尺（约一百八十六平方米）。主体的房间已经打通成单独的空间，厨房和书房与主要居住区之间用宽门廊隔开。房间里确实可以俯瞰河景，可天花板太低，窗户又太窄，无法产生那种让人发出"哇"的一声惊叹的效果。房间整体是米色的，颜色与外观相同，颇具摩登气质。地毯是全新的。房间几乎没有一点特色。墙上没有挂一幅画。他几乎没有添置家具：里面只摆着一张沙发，一张桌子配两把椅子，几排架子。书桌上摆着不止一台而是两台电脑，还有一些体形巨大的硬件设备，连着一团缠绕的电线。

我注意到桌上散落着几本书。最上面一本是阿尔贝·加缪的《局外人》。书旁边是一堆杂志，至少有五十本。《航空模型世界杂志》《模型工程杂志》《国际海洋模型杂志》。加粗的标题吸引了我的注意力，让我想起了迪尔的古董店。这么说，他不是对历史感兴趣。他喜欢的是做模型。环顾四周，我发现房间里毫不夸张地说有十几个模型：飞机、火车、船艇、坦克、吉普车，全部都是军用的，架子上摆着，地毯上放着，电线上挂着，桌子上还有组装了一半的模型。我按门铃的时候，他正在组装一架主战坦克，这也许可以解释，他为什么过了那么久才开门。

他看到我在仔细观察它们。"这是我的爱好。"他说。

"制作模型。"

"没错。"霍桑的外套搭在一张工作椅的椅背上，他穿上外套。

我看着那台坦克，零部件在桌子上散开，其中一些格外细小的零件需要用镊子逐一夹起，我记得小时候曾收到过钢铁苍穹的组装模型。我总是信心满满地开始组装，但很快就会出错。零部件会粘得我满身都是，而不是互相粘住。我的手指会沾满胶水，像结了一层蜘蛛网。我从来没耐心等每个部件自然晾干，哪怕我设法组装成功了（虽然这种情况很罕见），它也会歪歪扭扭，无法服役。绘制就更别提有多糟了。我会把所有颜料罐子排列整齐，可总是会蘸太多颜料。颜料会流到别处，把模型弄脏。等第二天早上醒来，我会心怀内疚地把所有东西都打捆扔进垃圾桶里。

霍桑的作品和我的成品有天壤之别。房间里的每个模型都被完美地组装在一起，足见组装者非比寻常的细心和耐心。模型上色也很漂亮。我毫不怀疑上面的各种标记——丛林迷彩、旗帜、机翼上的条纹——都十分精准。他一定花了成百上千小时制作模型。他有两台电脑，但是房间里没有电视。模型占据了他全部的业余生活。

"这是什么？"我问他。我还在研究那辆坦克。

"这是百夫长MK10型坦克。英国制造。六十年代为北约服役。"

"看起来很复杂。"

"制作起来有些费事。你绘制完成，才能装好组件，炮塔架简直像个恶魔。不过其余的操作很简单。这个模型设计得很漂亮。这家公司很专业，模型制作也很讲究。"之前我唯一一次听到他用这种口气说话是在迪尔，他描述那架福克沃尔夫飞机的时候。

"你做这些多长时间了？"我问他。

我留意到他犹豫了。即便到了现在，他也不想透露任何信息。接着，他松口了。"我已经做了一段时间了，"他说，"那是我小时候的爱好。"

"你有兄弟姐妹吗？"

"我有一个只有一半血缘关系的哥哥。"他停顿了一下，"他是个地产经纪人。"

这样一来，有关公寓的疑问解开了。

"我很不擅长制作模型。"

"这只是耐心的问题，托尼。你必须得慢慢来。"

短暂的沉默，但我第一次感到并不尴尬，和他待在一起几乎没什么不自在。

"所以这就是你的住所。"我说。

"暂时的，只是临时的。"

"你就像是个看管？"

"业主在新加坡。他们没在这里住过，但是他们喜欢房子有人住。"

"所以，你有一半血缘关系的哥哥把你安顿在了这里。"

"是的。"桌上有一包烟，他一把抓过去，但我没有闻到房间里有烟味儿。他一定是去外面抽烟了。"你说你想聊聊这本书。"

"我想出了一个书名。"

"《霍桑探案》有什么问题？"

"我们已经讨论过了。"

"然后呢？"

"今天早上翻阅笔记的时候，我注意到了我们第一次在克拉肯韦尔见面时你对我说的一句话。你当时让我写你。我说，人们看侦探小说，因为他们对人物感兴趣。你不同意我的看法。'关键词是谋杀。这才是重点。'这是你的原话。"

"然后呢……"

"'关键词是谋杀。'我想，这会是一个好书名。毕竟，我是作家，你是侦探。我们各司其职。"

他思考了一会儿，然后耸了耸肩："用这个也行，我想。"

"听你的口气，不是很信服。"

"只是觉得有点卖弄，不是那种我会在海滩度假看的书。"

"你去海滩度过假吗？"

他没有回答。

我冲桌上那堆书努了努下巴："《局外人》你看得怎么样了？"

"我看完了。结局我很喜欢。阿尔贝·加缪……他很会写。"

我们面对面站着，我开始怀疑，到这里来是不是一个错误。

我得到了自己想知道的。我对霍桑有了一些了解。但与此同时，我隐隐感到不安，背着他和梅多斯联系、未经许可就登门，破坏了我们之间的信任。

"也许下周我们可以一起吃晚饭。"我说，"到时候，我没准能给你看新写的几章。"

他点了点头："也许吧。"

"那再见了。"

本来就只是这样。我差点就离开他家，为来这一趟，内心隐隐歉疚，可当我转身的时候，我注意到架子上摆着一个相框。照片里是一个金发女人，眼镜挂在颈链上。她的手搭在一个小男孩的肩膀上。我立刻明白过来，照片里的两个人是霍桑的妻子和儿子，我最先冒出的想法是，他对我有多不公平。我们在戴安娜·考珀的家中时，我看到她亡夫的照片，他还抢白我："他们要是离婚了，她不会留着他的照片。"可他同样不是离婚了还留着前妻的照片吗？

我正要反唇相讥，忽然一个念头闪过：我认识这个女人，我以前见过她。

接着，我想起来了。

"你这个浑蛋！"我说，"你这个死浑蛋。"

"什么？"

"这是你的妻子吗？"

"是的。"

"我见过她。"

"我不这么认为。"

"她就是在你和我见面两天之后，那个在海伊文学节上露面的女人。她言辞犀利地批评我的作品。说我的作品不真实，无关痛痒。她就是为什么我……"我克制了说下去的冲动,"是你指使她这么做的。"

"我不知道你在说什么。"

他用那双如孩童般天真的眼睛看着我,可我不吃这一套。我不敢相信,我这么轻易就被他玩弄于股掌之中。他真以为我那么蠢?我很生气。"别骗我。"我差点吼出声。"是你派她来的,你心里清楚你做过什么。"

"托尼……"

"这不是我的名字。我叫安东尼。从来没人叫我托尼。你可以忘记整件事情。你出的坏主意,差点害我死于非命。我一开始就不该听你的话。我不干了。"

我气势汹汹地冲出房间,没有去乘电梯,直接从十二楼下到了底层,呼吸着室外的新鲜空气。我不停地走,直到上了黑衣修士桥,走到半路才停下来。

我掏出手机。

我打算给我的经纪人打电话。我要告诉她,这笔交易取消。我还要给猎户星出版社写两本书。还有最新一季的《战地神探》。有太多的项目要赶。

可是……

如果我转身离开,霍桑就会找另一位作家,那会是什么结果?我最终会沦为书中的一个小人物,就像其他侦探小说里的跟班。比起成为自己小说里的真实人物,那种待遇真是前所未有的糟糕。他们可以随心所欲地写这本书。如果他们想的话,完全可以把我写成一个彻头彻尾的傻瓜。

换而言之,如果由我来写这本书,就可以由我掌控。霍桑承认他找我写书,只找过我一个人。这是我的故事。希尔达找好了出版商，这么一想，我已经完成了一半的工作。

我仍然拿着手机。

我的拇指停在快速拨号键上方。

当我抵达河对岸的时候，已经想清楚该怎么做了。

致　谢

在写这本书的时候，很多人给予了我帮助。

我非常感谢爱德华·肯普，皇家戏剧艺术学院的院长，邀请我进入学院观看他们排练。演员培训主任露西·斯基尔贝克为我提供了详尽的背景材料，并且向我引荐了佐伊·韦特斯，她向我讲述了在学院期间精彩的生活——她和达米安·考珀几乎是同龄人。刚毕业的查理·阿彻还向我描述了他的试镜经历，给了我更多的启发；戏剧导演林塞·泊斯纳为我提供了他在执导那部至今仍备受瞩目的戏剧《哈姆雷特》时的笔记；为了理解罗伯特·康沃利斯这个角色，我和安德鲁·勒沃顿共度了一段时光，他自己开的殡仪馆和书中描写的那家殡仪馆完全不同。科林·萨顿之前是一名侦探，像霍桑一样，和很多电视公司合作过。我必须要说，他在背景细节方面提供的帮助远比霍桑本人要多。关于戴安娜·考珀那场交通事故，以及之后的案件，我的兄长菲利普·霍洛维茨为我提供了法律支持。我在企鹅兰登书屋的新编辑塞琳娜·沃克尔很出色，霍桑和我都很高兴她看中了这本书。我们也非常感谢我们勤奋的责任编辑——凯瑟琳·普雷蒂，感谢乔纳森·劳埃德，在希尔达·斯塔克没空的时候给我们提出了宝贵的建议。

一如既往，我必须感谢我的妻子吉尔·格林和我的两个儿子尼克和卡斯，他们不仅提前阅读了这部作品，对初稿提出了修改建议，而且在发现自己出现在书中之后，也没有向我抗议。

THE WORD IS MURDER by Anthony Horowitz
Copyright © 2017 by ANTHONY HOROWITZ
Simplified Chinese edition copyright © 2021 New Star Press Co., Ltd.
All rights reserved.

图书在版编目（CIP）数据

关键词是谋杀 /（英）安东尼·霍洛维茨著；梁清新译 . —— 北京：新星出版社，2021.4（2021.11 重印）
ISBN 978-7-5133-4445-6
Ⅰ. ①关… Ⅱ. ①安… ②梁… Ⅲ. ①侦探小说 – 英国 – 现代 Ⅳ. ① I561.45
中国版本图书馆 CIP 数据核字（2021）第 060513 号

午夜文库
谢刚 主持

关键词是谋杀

[英] 安东尼·霍洛维茨 著；梁清新 译

责任编辑：王　欢
特约编辑：郑　雁
责任校对：刘　义
责任印制：李珊珊
装帧设计：hanagin

出版发行：新星出版社
出 版 人：马汝军
社　　址：北京市西城区车公庄大街丙3号楼　　100044
网　　址：www.newstarpress.com
电　　话：010-88310888
传　　真：010-65270449
法律顾问：北京市岳成律师事务所

读者服务：010-88310811　　service@newstarpress.com
邮购地址：北京市西城区车公庄大街丙3号楼　　100044

印　　刷：北京天恒嘉业印刷有限公司
开　　本：910mm×1230mm　　1/32
印　　张：10.25
字　　数：170千字
版　　次：2021年4月第一版　2021年11月第三次印刷
书　　号：ISBN 978-7-5133-4445-6
定　　价：52.00元

版权专有，侵权必究；如有质量问题，请与印刷厂联系调换。